A HISTÓRIA DE JACK & CASSIE CONTINUA EM...

J. STERLING

VIRANDO O JOGO

Tradução de CHICO LOPES

FARO EDITORIAL

COPYRIGHT © 2012, BY J. STERLING
COPYRIGHT © FARO EDITORIAL, 2014

Todos os direitos reservados.
Nenhuma parte deste livro pode ser reproduzida sob quaisquer meios existentes sem autorização por escrito do editor.

Diretor editorial **PEDRO ALMEIDA**
Tradução **CHICO LOPES**
Preparação de textos **MICHELLE STRZODA | BABILONIA CULTURA EDITORIAL**
Revisão **FERNANDA GUERRIERO E GABRIELA DE AVILA**
Projeto gráfico e diagramação **OSMANE GARCIA FILHO**
Capa original **MICHELLE PREAST**

Dados Internacionais de Catalogação na Publicação (CIP)
(Câmara Brasileira do Livro, SP, Brasil)

Sterling, J.
    Virando o Jogo / J. Sterling ; [tradução de Chico Lopes]. — 1. ed. — São Paulo : Faro Editorial, 2014.

    Título original: The Game Changer.
    ISBN 978-85-62409-24-0

    1. Ficção norte-americana I. Título.

14-04065   CDD-813

Índice para catálogo sistemático:
1. Ficção : Literatura norte-americana 813

1ª edição brasileira: 2014
Direitos de edição em língua portuguesa, para o Brasil, adquiridos por **FARO EDITORIAL**

Alameda Madeira, 162 – Sala 1702
Alphaville – Barueri – SP – Brasil
CEP: 06454-010 – Tel.: +55 11 4196-6699
www.faroeditorial.com.br

Este livro é dedicado a todos aqueles que se apaixonaram por um cara adorável e atrapalhado, como o meu Jack, e se recusaram a deixá-lo ir embora. Obrigada por quererem mais.

Sumário

Não foi um sonho, 9

Perseguidor, 26

Fique, 41

Melhores amigos, 55

Mudança de assunto, 72

Você é Mandona, 77

Eu nunca mais deixarei você, 84

Bem-vindo às ligas superiores, 95

Eu insisto, 107

Quando a vida lhe der limões, 114

Muitos dos caras traem, 128

Eu não preciso de babá, 137

Não deixarei nada acontecer com ela, 149

Ele pode me dirigir quando quiser, 156

Dois quartos no vigésimo terceiro andar, 166

Pegos em flagrante, 175

Ela não deveria ser mais gostosa?, 186

Não fui feita para isso, 197

Não me importa quanto isso custará, 215

Força, 220

O amor faz a vida valer a pena, 231

Não pode ser, 240

Virando o jogo, 247

Não posso acreditar que fiz isso, 256

Uma proposta, 266

Epílogo, 273

Obrigada, 277

Não foi um sonho

CASSIE

 Abri meus olhos na manhã seguinte, meio aterrorizada de que tudo tivesse sido um sonho... embora um sonho lindamente excitante, doce, romântico. Meu olhar rapidamente pousou sobre Jack esparramado na cama ao meu lado, parecendo muito satisfeito em dormir. A mera visão dele fez meu coração disparar, mas eu resisti à ânsia de despertá-lo para o segundo round. Ou seria o terceiro? Todas as emoções da noite anterior se confundiam dentro de mim e, antes que eu pudesse assimilá-las totalmente, percebi que realmente me sentia feliz. Aparentemente, a felicidade vinha me evitando há meses.

 Aquela nova realidade inundou minha mente. Jack aparecera na minha porta na noite passada, depois de seis meses sem comunicação, usando uma camiseta do Mets e segurando uma dúzia de rosas vermelhas. Ele me olhou nos olhos e disse que lamentava, que me amava, e que ganharia minha confiança novamente. Eu não conseguia acreditar que ele estava ali. O simples fato de vê-lo tirou todas as minhas forças e tive de me segurar para não desmoronar. Eu queria muito trazê-lo de volta à minha vida, mas precisava saber que desta vez isso seria para sempre.

 E agora ele estava deitado na cama ao meu lado. Eu tinha perguntas sobre por que levara tanto tempo para vir e por que nunca fizera contato comigo, mas, honestamente, neste momento, nenhuma delas importava.

 Ao menos, era o que eu tentava dizer a mim mesma.

Minhas perguntas podiam esperar, mas eu sabia que não podiam esperar por muito tempo. Eu não era de deixar as coisas passarem sem uma explicação. E, francamente, Jack tinha um monte de explicações a dar.

Lentamente, rolei para fora da cama, tentando não acordá-lo. Eu havia acabado de pôr os pés no chão quando ele lançou seus braços fortes em torno da minha cintura, puxando-me de volta para a cama.

— E aonde é que você pensa que vai? — Jack ofegou contra meu pescoço.

— Aonde eu quiser, estou no meu apartamento — repliquei, com uma risada.

— Eu não disse que você podia sair da cama — ele soou tão determinado que não pude deixar de dar uma risadinha abafada.

— Não preciso de sua permissão — retruquei, e ele rolou para cima de mim antes de beijar a ponta do meu nariz.

— Você não faz ideia do quanto eu sentia falta de seu jeito desafiador.

— Bem, eu não senti falta do modo com que você tenta me matar com o peso de seu corpo. Argh, cai fora.

— Estou tentando. — Seu rosto se contorceu num sorriso malicioso ao deslizar sua mão sobre minha coxa nua.

Dei um tapa em seu ombro antes de revirar meus olhos.

— Você é tão safado!

— É. Mas sou *seu* safado. — Ele se abaixou, pressionando seus lábios contra os meus. Instintivamente, virei minha cabeça para longe dele, fechando meus lábios numa muralha firme, impenetrável. Jack se afastou de mim, rolando para o outro lado. — O que houve?

Sorri, tapando a boca com minha mão.

— Não posso beijá-lo assim de manhã. Tenho que escovar os dentes primeiro.

Ele fez um sinal de assentimento.

— Você realmente está cheirando como um dragão.

Meu queixo caiu, mas rapidamente o fechei, tentando com todas as minhas forças exalar o mínimo possível.

— Não estou nada. Cale a boca!

Ele riu, e eu me perdi em suas covinhas maravilhosas. Sentia falta delas.

— Estou brincando, gatinha. Você cheira a rosas.

— Não consigo entender como senti falta de seu jeito irritante.

— Até parece. Somos assim mesmo. Você é uma chata e eu a suporto.

— Oh. Meu. Deus. — Eu me projetei da cama, lançando sobre ele meu melhor olhar furioso antes de correr para a porta.

— Estou brincando! Você é um maldito anjo por suportar minhas cagadas.

— Está certo, eu sou, e não se esqueça disso! — gritei do corredor.

Escovei os dentes em meu minúsculo banheiro para uma só pessoa antes de voltar para o quarto. Jack não havia movido um músculo. Seus olhos fixaram-se nos meus, lançando arrepios de expectativa que percorreram minhas veias. Era enlouquecedor como eu amava e odiava o efeito que ele produzia sobre mim. Odiava o modo como ele sabia o que causava em mim, mas amava a maneira como me fazia sentir.

Acho que devo procurar ajuda psiquiátrica.

Prendendo um suspiro, eu me sentei na beira da cama antes de me reclinar e virar meu rosto para ele.

— Qual é o problema, gatinha? — Ele enrugou as sobrancelhas, duas rugas se formando entre elas.

— Não é nada — menti.

— Conheço você mais do que pensa, Cass. O que foi?

— Eu só queria lhe perguntar uma coisa.

— Pergunte o que quiser — ele disse, num tom sincero.

Hesitei, em dúvida se já deveria abordar esse assunto. Ele acabara de chegar. Eu acabara de recuperá-lo. Mas minha mente estava implacável. Eu não conseguia pôr fim à constante exigência de respostas e sabia que nunca estaria completamente satisfeita até que as obtivesse.

— O que aconteceu depois que deixei a Califórnia para vir para Nova York?

— O que você quer dizer?

— Ora, Jack. Levou seis meses para você vir aqui. Seis meses! — Meu tom soou mais áspero do que eu pretendia, e observei seu olhar se afastar do meu. Ele exalou lentamente e passou as mãos sobre seus cabelos escuros.

— Sinto muito, Jack. Só que preciso falar disso, ou vai me consumir por dentro e vou acabar explodindo.

Ele olhou para mim, um sorriso tímido, arrependido, em seu rosto.

— Não, você está certa. Você merece respostas.

— Nós temos tempo? Quero dizer, você precisa ir ao campo hoje? — Afinal, ele era um jogador profissional de beisebol e a temporada estava em pleno andamento.

— O time está na estrada. Eles me trouxeram aqui para ficar acomodado, em vez de me levarem para lá. Tenho que me apresentar amanhã de manhã, às dez horas.

— Ok. Então, podemos conversar sobre isso agora? — Meu pulso estava disparado, enquanto o nervosismo tomava conta do meu corpo. Jack estava aqui, comigo, em minha cama. Ele me amava e nunca deixou de me amar. Então, por que eu estava tão nervosa?

— O que aconteceu depois que saí de Nova York?

— Você quer um relato jogo por jogo dos seis meses inteiros? Eu posso deixá-la tão entediada que voltará a dormir.

Revirei os olhos, e ele franziu a testa.

— Conte só as partes boas.

— Se esta fosse uma história cheia de partes boas, gatinha, eu teria vindo aqui há muito tempo — ele caçoou, estendendo o braço para acariciar meu queixo com seu polegar.

Eu me encostei em sua mão e fechei os olhos, perdida no conforto que seu toque proporcionava.

— Quero dizer, as partes que fizeram você demorar tanto. Conte-me as versões resumidas — pedi, delicadamente, em dúvida sobre quais palavras estavam por vir.

Jack aninhou-me nele, e começou a me contar a história.

E então, sem mais nem menos, ela se foi. Mas não sem antes dizer a maldita palavra que povoava meus pesadelos. A garota sempre me pedia para "provar" o meu amor e devoção por ela. Eu merecia, depois de tudo que a fizera passar. Ela não confiava mais em mim.

Eu também não confiava em mim mesmo.

Era irônico, certo? Irônico que fosse eu o abandonado no meio-fio dessa vez. Juro que, se meu coração pudesse ter saltado fora do meu peito e caído em minhas mãos, ele teria saltado. Imaginei isso por um momento... o sangue escorrendo pelos meus dedos, espirrando sobre o concreto abaixo enquanto eu o observava dar suas últimas batidas antes de parar totalmente.

Que merda.

Minha vida não faz sentido sem essa garota. E agora ela se foi.

Outra vez.

Por que estou sempre perdendo-a?

Eu desabotoei minha camiseta de jogo e a deixei cair sobre o cós de minhas calças de uniforme. Dei uma olhada para a porta do apartamento no alto da escada atrás de mim e lentamente comecei a descê-la, minha chuteira batendo ruidosamente no piso a cada passo. Eu não estava preparado para voltar para o hotel com meu time. Não naquele momento. Eles estariam celebrando a vitória daquela noite e eu precisava lamentar a derrota da noite.

A visão de Cassie desaparecendo de vista naquele táxi flutuava sem parar em minha mente. Fechei meus olhos, desejando que a imagem odiosa desaparecesse. O som de risadas femininas e a voz familiar do meu irmão me despertaram de meu torpor preenchido por Cassie.

"Minha nossa. O que é que há, Jack?" A simpatia de Melissa emergiu em alto e bom som, tanto em seus olhos quanto em seu tom de voz.

Olhei de relance para a melhor amiga de Cassie na escada com meu irmãozinho. Dean tinha apenas dois anos a menos que eu, mas ele seria sempre pequenino para mim, mesmo que já tivesse quase a minha altura. Meus olhos estavam pesados, meu coração disparado, e eu apenas assenti com a cabeça.

"Vamos lá, mano, vamos entrar." Dean passou um braço em torno de minhas costas e me deu impulso para subir a escada de cimento, enquanto Melissa abriu a porta de seu apartamento e entrou.

"Você a viu?", ela perguntou, jogando todos os seus pertences em cima da mesa da cozinha.

"Eu a vi", respondi, friamente, acrescentando meu chapéu à bagunça ao cair sentado numa cadeira junto à mesa.

"Bem, que diabos aconteceu? O que ela disse?", ela exigiu, gesticulando agitada.

"Ela foi embora." Eu dei de ombros. "Está se mudando para Nova York."

"Bem, é claro que ela está se mudando para Nova York", ela disse, sua voz ficando fria.

Dean pôs uma das mãos em meu ombro, antes de explicar. "Melissa só quer dizer que Cassie tem que começar uma vida só dela. Ela tem de tomar decisões que não têm nada a ver com você."

As palavras doeram de maneira infernal. Ergui bruscamente minha cabeça, olhando ferozmente para meu irmãozinho. "Eu sei disso. Você pensa que eu não sei?"

"Sabe mesmo? Sabe realmente ou você pensava que ela apenas se jogaria em seus braços e vocês viveriam felizes para sempre?", Dean retrucou, sua voz repleta de acusação.

Uma rápida bufada de ressentimento escapou de meus lábios, e eu sorri timidamente. "Achei que ela poderia se jogar um pouco", reconheci, erguendo um ombro.

Os lábios geralmente encantadores de Melissa se retorceram num rosnado: "Isso é besteira, Jack. Você esperava que ela desistisse de sua carreira só porque você pediu?"

"Eu não pedi que ela desistisse de sua carreira. Apenas supus que ela ao menos falaria comigo. Adiaria seu voo. Que ela me daria uma maldita chance."

"Do mesmo modo que você deu uma chance a ela quando se casou com aquela vagabunda?"

"Melissa", Dean repreendeu-a baixinho, tocando o seu braço de um modo que, fosse lá como fosse, conseguiu apagar a raiva do rosto dela.

Senti um aperto no peito e meu queixo se enrijeceu quando as suposições de Melissa me apunhalaram como punhais. "Você não achou que foi de matar para mim deixar Cassie aquela noite? Tudo que eu queria era ficar com ela, pedir seu perdão e..."

"Mas você não ficou! Você não ficou com ela. Você a deixou chorando num meio-fio enquanto partia com aquela piranha!", Melissa gritou, liberando cada grama de frustração que ela acumulara em consideração à Cassie, suas recriminações perfurando meu crânio e meu coração.

"Eu sei o que eu fiz!", gritei retrucando, meu pescoço latejando. "Você acha que eu não sei bem o que fiz? Eu tenho que conviver com isso 24 horas por dia. Eu fodi com tudo, ok? Nós todos sabemos que eu fodi com tudo!" Eu bati a palma de minha mão sobre a mesa e fiquei olhando quando algumas moedas de prata para troco tilintaram e rolaram para o tapete embaixo dela, trazendo de volta lembranças de meu primeiro encontro com Cassie. Minha mente foi preenchida pela imagem dela sentada à minha frente naquela pequena cabine no fundo do restaurante. Eu me lembrei de ter puxado o saco de papel de minha jaqueta e derramado as moedas sobre o topo da mesa, orgulhoso de minha inteligência, já que várias rolaram para o piso ladrilhado embaixo dela. Todas as lembranças que costumavam me trazer alegria agora enchiam de dor meu coração.

"Não é o suficiente saber o que esta história toda causou a você. Se deseja consertar isso, deve saber o que causou a ela", Melissa disse, sua voz começando a se abrandar.

Olhei com raiva para ela, desejando que minha irritação se abrandasse. "Então me conte."

"Todo mundo sabia o que você fizera quando Cassie voltou da visita que lhe fez no Alabama. Estava em todos os jornais que você se casaria. E também no Facebook. Você sabia que a estúpida revista da escola para a qual ela trabalhava teve a capacidade de ligar para ela e pedir fotografias suas? Disseram que tinham apenas fotos velhas e queriam saber se ela tinha mais novas."

"Você está brincando?", eu soltei, enojado.

"Quem dera estivesse."

Cerrei os punhos. "Vou matar esses malditos, pequenos irresponsáveis..."

Ela apontou um dedo acusador para mim, parando-me no meio da arenga. "Não foram só os jornais, o Facebook e a revista. Foi todo lugar para onde ela ia. A escola era o pior. Cassie não podia sequer caminhar pelo campus sem que as pessoas fizessem comentários e observações maldosos. Ela teve seus momentos mais pessoais e penosos expostos para todo mundo ver e julgar. E, acredite, todo mundo tinha uma opinião sobre o rompimento de vocês."

Eu me encolhi. Ouvir isso já era suficientemente doloroso; não conseguia imaginar minha garota ter que conviver com isso. "Eu não tinha a menor ideia de que isso estava acontecendo ou teria feito algo para interromper. Teria assegurado que ninguém dissesse nenhuma outra palavra negativa a ela outra vez."

"Eu não estou lhe dizendo isso para fazer você se sentir mal, Jack. Estou lhe dizendo para que você entenda a repercussão que seus atos tiveram sobre ela. O erro foi seu, mas ela teve que pagar por ele."

Deixei cair minha cabeça entre as mãos e puxei meu cabelo de tanta frustração, meus dedos retorcendo as mechas enquanto eu repelia as lágrimas que se formavam em meus olhos.

"Você a destruiu, Jack." Melissa acrescentou o golpe final em meu estômago, que caiu aos meus pés. Eu havia ferido Cassie de uma forma que nunca imaginara, que eu nunca tivera intenção. E nunca seria capaz de me perdoar por isso.

"Eu também me destruí", reconheci, afastando para longe a única lágrima que ousara escorrer furtivamente pelo meu rosto.

"Jack, olhe." Melissa sentou-se diante de mim e cruzou os braços sobre a mesa. "Eu amo você. Amo muito. Mas você tem que deixá-la fazer o que ela quiser."

Senti um aperto no peito com a verdade de suas palavras enquanto eu engolia em seco. "Eu a quero de volta. Eu preciso dela. Para mim, ou é Cassie ou é ninguém."

"Não é a mim que você tem de convencer." Ela estendeu sua mão, as pontas de seus dedos roçando os nós dos meus antes que eu os recuasse.

Afastei meu olhar de seus olhos azuis brilhantes e dei uma olhada para meu irmão. "Eu sei."

"Ela ainda ama você", Dean disse, antes de dar um gole em sua garrafa de água. Meus olhos se apertaram e ele reagiu com: "O quê? Você não acredita nisso? Ela acredita".

"Não é questão de Cassie amá-lo ou não", Melissa disse.

"É um pouco, sim, do contrário nós não estaríamos tendo esta conversa", Dean disse com um sorriso.

"Você tem prestado atenção?", ela caçoou, seu cabelo balançando sobre os ombros enquanto ela mexia a cabeça.

"Dean está certo", eu disse. "Quero dizer, eu não teria uma chance de lutar se ela não me amasse mais."

"Então, o que você vai fazer?", a expressão de Melissa me desafiou.

"Primeiro, vou conseguir que este casamento seja anulado. Depois, vou pegar um avião para Nova York e recuperar a minha garota", eu disse, com uma determinação recém-descoberta.

"Como assim?", ela perguntou.

Passei minha mão pelos cabelos e dei uma bufada. "Eu ainda não sei."

A incerteza pairava no ar, embaraçosa em seu silêncio. A pressão me corroía, insistindo para que desta vez eu acertasse. Se eu fosse atrás desta garota e lhe pedisse outra chance, era melhor que eu transmitisse muita confiança. Porque, se eu estragasse isso, terminaríamos de uma vez por todas. Pelo menos disso eu sabia.

"Posso usar o banheiro?", perguntei, antes de me levantar, precisando de uma desculpa para entrar no quarto de Cassie, desejando ficar cercado por quaisquer partes suas que ela houvesse deixado.

"Naturalmente."

"Posso usar o dela?" Eu não sabia por que estava perguntando se podia usar o banheiro de Cassie. O que diabos Melissa iria me dizer — não? Como se eu fosse ouvi-la, mesmo que ela o dissesse.

"Oh, claro", ela disse, com um revirar de olhos que ela sabia que me irritaria.

Entrei no quarto de Cassie e examinei as paredes. Tudo dentro de mim doía com o vazio. Todas as suas fotos haviam desaparecido; não havia muita coisa deixada por ela, além de sua mobília. Mas então meus olhos captaram um lampejo dela, e meu coração bateu com um ritmo sincopado. Eu me aproximei de sua cama, sentando-me à beira antes de estender a mão até a sua mesa de cabeceira. A jarra de Mason cheia de moedas se erguia ali, zombando de mim, preenchida até quase o topo. A mesma que eu tinha dado a ela, as moedas pretendendo "pagá-la" por todas as vezes em que eu a tocasse. Minha memória se voltou para o momento em que agarrei o seu braço pela primeira vez na festa da fraternidade naquela noite. Ela se afastou de minha mão com força e praticamente gritou: "Vai custar cinquenta centavos toda vez que você tocar em mim. Não faça isso novamente". Eu queria aquela boquinha atrevida de volta para a minha vida.

Meus olhos focalizaram novamente a jarra de Mason; a nota escrita à mão com os dizeres "Trocos da Gatinha" ainda estava colada. Ela não a levara consigo. Por que diabos ela não levara? Era um mau sinal. Ela viajara para o outro lado do maldito país e deixara um pedaço de nós aqui. Um pedaço muito importante.

A jarra em minhas mãos zombava de mim, ostentando seu preenchimento enquanto meu coração permanecia vazio. Virei o vidro com meus dedos, passando meu polegar sobre sua superfície lisa. Pensei em estraçalhá-la contra a parede e vê-la se espatifar em centenas de pedaços, pois assim espelharia minhas emoções fraturadas, mas sabia que me arrependeria disso imediatamente.

A montanha-russa de meu relacionamento com Cassie precisava parar. Não que eu quisesse sair dela. Eu simplesmente queria que Cassie fosse menos como as montanhas-russas do passado, tão sacudidoras de ossos, causadoras de dores de cabeça e feitas de madeiras frágeis, e mais parecidas com a fluida maciez das montanhas-russas de ponta dos dias atuais.

Coloquei a jarra de volta em seu lugar e saí do quarto, deixando o que restara do meu coração em algum lugar entre a mesa de cabeceira e o piso.

"Por que é que algumas coisas dela ainda estão aqui?", encarei os olhos azuis de Melissa quando entrei novamente na sala de estar.

"Deduzimos que seria mais fácil deixá-las aqui por enquanto. Não sabemos por quanto tempo ela ficará lá, e eu não vou me mudar agora. Além do mais, encontrar um apartamento totalmente mobiliado em Nova York é fácil."

"O que quer dizer quando diz que não sabe por quanto tempo ela ficará lá?", perguntei, ansioso por toda minúcia de informação que pudesse obter sobre os planos de Cassie.

"Ela pode odiar morar lá. Ou pode ser que não dê certo no emprego. Ela não tinha certeza, sabe?"

Fiz que sim, desviando os olhos enquanto minha mente lembrava os nossos momentos juntos neste apartamento. Uma rápida visão dela naquele vestido de domingo branco, antes que eu a levasse para casa para conhecer minha família, lampejou em minha cabeça e eu estremeci, fechei os olhos com força tentando afastar a dor aguda que se seguiu.

"Você está bem?", a voz de Melissa forçou meus olhos a se abrirem.

Engolindo em seco, eu disse: "Estou só lutando contra fantasmas".

Eu precisava ir embora.

Precisava fugir daquele apartamento onde o cheiro de Cassie e as lembranças dela ainda pairavam. Doía estar lá sem ela, e eu de repente percebi que devia ter sido igual para ela quando eu fui embora para viver com outra pessoa. Quão doloroso deve ter sido morar ali com a consciência de tudo que eu causara a nós dois. Quanto ela devia ter sofrido por meus atos. Ela era inocente; então, por que tivera que pagar o preço mais alto?

"Tenho que voltar para o hotel antes que eles entrem em desespero e pensem que eu desertei ou algo assim." Eu me dirigi à porta da frente, minha cabeça latejando a cada batida do meu coração.

"Você precisa que eu o deixe em algum lugar?", Dean perguntou, suas sobrancelhas se apertando.

"A menos que você queira que eu leve seu carro de volta para o hotel. Mas, a primeira coisa que você terá que fazer amanhã será recolhê-lo para não ser guinchado", eu disse, lembrando-o educadamente de que o time estava programado para voltar para o Arizona de manhã.

Dean deu uma olhada para Melissa antes de me dirigir um sorriso. "Nada disso. Eu levarei você."

"Jack? Não esqueça que eu estou aqui também. Você pode me ligar a qualquer hora e eu o ajudarei se puder", Melissa disse com um sorriso simpático.

"Eu vou lhe cobrar isso", forcei um sorriso em retribuição.

"Ótimo. Porque, mesmo que você seja um idiota, você é o idiota dela, e vocês dois pertencem um ao outro", ela sussurrou, antes de passar seus braços por minha cintura e me apertar com mais força do que eu percebia que sua pequena constituição poderia fornecer.

"Você está me matando, baixinha", eu sufoquei, e ela deu uma risadinha.

Dean lançou um braço em torno dos ombros dela e os apertou ao baixar os olhos para ela. "Vejo você mais tarde, tudo bem?"

"Sim", ela disse, e eu não deixei de perceber a expressão em seus olhos. Ou nos dele.

Peguei as chaves da mesa, botei meu boné do Diamondbacks na cabeça, e me virei em direção à porta.

Caminhamos silenciosamente em direção ao Mustang cinza-escuro que eu comprara para Dean, as janelas pintadas parecendo quase negras como breu na escuridão. Ele se queixou a princípio, insistindo que não precisava dele, mas eu sabia que aquele era o carro de seus sonhos e queria fazer uma coisa legal para ele quando consegui meu bônus contratual. Joguei as chaves para ele e esperei à porta do passageiro. Ele clicou o controle remoto, dois bips preencheram o ar noturno, e nós dois deslizamos para cima dos assentos de couro gelados.

O motor rugiu despertando para a vida enquanto eu olhava fixamente para fora das janelas, minha mente disparando com pelo menos uma dúzia de pensamentos, todos competindo por uma atenção exclusiva. Balancei a cabeça e me concentrei em meu irmão. "Então, o que está rolando com você e Meli?", perguntei, ansioso por uma distração.

Ele sorriu ao sair do estacionamento, mas não olhou para meus olhos. "Nada. Por quê?"

"Não minta para mim", dei um soco no braço dele de brincadeira, fazendo com que ele desse uma puxada no volante e o carro guinasse com um solavanco.

"Ei! Não faça isso!" Ele deu uma olhada para mim rapidamente antes de voltar sua atenção para a rua.

"Diga-me, o que está rolando entre vocês dois? Eu vi o modo como ela estava olhando para você."

"De que modo? De que modo ela estava olhando para mim?", Dean se endireitou no assento do motorista. Eu obviamente captara a sua atenção.

"Você está brincando, certo? Você não vê o modo como ela olha para você? Com seus olhos penetrantes como se quisesse lhe devorar. Você é tão distraído assim?"

Dean riu com desdém: "Ela não me quer".

"Como é que somos da mesma família? Cara, ela quer você, sim. Confie em mim. Conheço as mulheres."

O barulho do motor quando ele acelerou na estrada foi o único som dentro do carro. Dean se concentrou atentamente na estrada à frente, antes de me lançar uma olhadela e soltar um longo suspiro.

"Eu tentei beijá-la uma vez. Pensei ter entendido todos os sinais. Mas ela me impediu", ele admitiu, com voz desalentada.

"Você perguntou a ela por quê?"

"Não. Só pedi desculpas."

Dei uma risada. Só mesmo meu irmão para pedir desculpas por tentar beijar uma garota com o qual ele passava todo o tempo livre. "Jesus, Dean. Eu apostaria mil dólares que ela quer você."

"Então, por que ela não me deixou beijá-la?" Ele deu uma olhadela para mim novamente.

"Essa é uma boa pergunta. Você devia perguntar a ela", eu disse. "É hora de formar um casal, irmãozinho. Como você vai se sentir se ela começar a namorar outro cara?"

Eu vi os nós de seus dedos se branquearem quando sua mão no volante se apertou mais. "Eu não vou ficar feliz."

"Exatamente."

Dean parou no estacionamento do hotel, e eu saltei do carro, meio que rezando para meus colegas de time estarem em seus quartos, em vez de no bar do hotel. Dei uma volta para o lado do motorista e estendi a mão para o meu irmão, antes que ele me puxasse para me dar um abraço desajeitado, como de costume, através da janela. Recuei, e nos demos tapas nos ombros antes de trocarmos um longo olhar. Rompi o contato visual e me virei para ir embora.

"Tudo vai dar certo. Você vai recuperá-la", Dean previu, com confiança ingênua.

Eu respirei profundamente antes de dizer: "Melhor que eu consiga mesmo, ou não sei o que farei".

"Eu vou ajudá-lo", Dean ergueu um sorriso para mim que estranhamente se parecia com o meu.

Eu fiz que sim e reconheci: "Vou precisar mesmo da sua ajuda". Dando-lhe um último afago, eu disse: "Ligo para você depois".

"Tudo bem. Tome cuidado."

Fiquei olhando quando ele se foi, sua mão se esticando para fora da janela num aceno. Ergui o braço, acenando em retribuição antes que ele ficasse fora de vista.

Com um suspiro profundo, rumei para dentro. Todas as esperanças de uma entrada discreta foram esmagadas quando o som de meu sobrenome infiltrou pelo bar do hotel e penetrou no saguão.

"Carter! Carterrrr! Venha cá!"

Dei uma olhada à minha direita, notando alguns de meus colegas de time à vontade com um grupo de mulheres bonitas. Balancei minha cabeça antes de caminhar para lá, não tentando esconder a desaprovação em meu rosto.

"Para onde você fugiu esta noite, garoto?", meu colega de quarto, Costas, perguntou, sua cabeça farejando a mulher escassamente vestida que naquele momento estava sentada em seu colo. Pensei em sua esposa, na casa deles com seus filhos, enquanto ele viajava com o time, e forcei meu julgamento a se transformar em uma silenciosa submissão.

"Eu tinha alguns problemas pessoais para resolver."

"Tome um drinque com a gente", ele disse e apontou para a atendente loura do bar. Ela terminou de secar o copo que segurava antes de colocá-lo no lugar e vir em nossa direção.

"Hoje não", balancei a cabeça.

"Mais drinques para nós, então", Costas piscou e meu estômago se revirou. Queria desabafar minha desgraça com ele, agarrá-lo pelo rosto presunçoso e perguntar se ele percebia o que estava fazendo, o que estava pondo em risco. Como é que apenas uma garota... numa noite sem sentido... poderia fazer seu mundo desabar em torno dele. Mas não podia ficar puto da vida com Costas por meus erros, por minha perda.

"Vejo vocês amanhã cedo." Eu me virei para me afastar do bar, seus comentários me seguindo.

"Pobre novato, você viu a cara dele?"

"Bem-vindo às grandes ligas, garoto... mulheres em todos os estados. Sem querer ofender, doçura."

Idiotas.

Interpretaram o desgosto em meu rosto como choque. Talvez se fossem algum dia forçados a perder a única pessoa que significava tudo para eles, entendessem o que, na verdade, meu rosto dizia.

Caminhei para o meu quarto de hotel e desabei sobre a cama. Com meu celular na mão, fiquei olhando a tela pelo que pareceram horas, resistindo à ânsia de discar o número de Cassie ou enviar a ela uma mensagem de texto. Percebi que não seria fácil ficar longe dela quando tudo em meu corpo a queria de volta.

De repente, pulei de minha cama e caminhei em direção à escrivaninha no meu quarto. Usando a papelaria de cortesia e a caneta do hotel, fiz uma coisa que nunca havia feito em minha vida.

Escrevi uma carta.

Gatinha,

Percebi que o único meio de parar de ligar para você ou de lhe mandar mensagens de textos ou de lhe enviar e-mails ou de mandar um pombo-correio para sua maldita janela, é escrever para você. O que de certo modo faz com que eu me sinta um fraco, honestamente. Mas, se eu não fizer isso, temo arruinar tudo antes de sequer ter a chance de explicar.

Você provavelmente está pensando no que teria acontecido nesta noite. Sei que você não esperava me ver, nem mesmo sei como você está se sentindo por tudo isso, mas espero que seja o mesmo que eu. Eu nunca deixei de amar você. Sei que demonstro de um modo engraçado, mas vou compensar isso. Você verá.

Estou morrendo de vontade de embarcar no próximo voo para Nova York e recuperar você. Mas não posso fazer isso até que eu esteja totalmente livre de todos os meus apegos passados. Estou apenas tentando fazer a coisa certa para você. Percebo que nem sempre a coisa certa para mim é a mesma para todo mundo, mas espero que neste caso você concorde comigo.

Então... espero que você entenda que não pedirei seu perdão enquanto eu estiver legalmente casado com outra pessoa.

Você provavelmente pensa que isso é uma estupidez, certo?

Eu sempre amarei você.

Jack

Ele parou de contar sobre a noite em que parti e eu repeli as lágrimas que se formavam em meus olhos.

— Você me escreveu uma carta?

— Escrevi um monte de cartas para você.

Atônita, murmurei:

— Gostaria de vê-las algum dia.

Por conta do meu choque, eu literalmente ansiava por uma mudança de assunto. Eu sabia que tinha pedido isso, mas doía. Falar sobre nosso passado não devia importar para nosso futuro. Mas isso era meu coração bobo falando. Meu coração... meu pequeno e estúpido coração, que queria ser guardado numa caixa envolta em algodão por trás de um muro com tijolos e concreto onde ninguém nunca o ferisse. Minha mente estava em guerra com aquela coisa pulsante. Eu acreditava totalmente que, se meu coração e minha cabeça pudessem travar uma batalha dentro de mim, eles o fariam. E, no final, eu é que morreria.

Não, Cassie.
Você precisa ouvir isso.

A única maneira de seguir em frente sem remorso era aceitar o que acontecera. Eu não podia mudar nosso passado, mas podia mudar nosso futuro. E, para que eu realmente o perdoasse e aprendesse a confiar nele outra vez, precisava ouvir o que lhe tomara tanto tempo. De forma confiante, desejava começar minha própria cura interna.

— E então, e depois? — Minha atitude ficou séria com meu tom.

— O que você quer dizer com... e depois? — ele perguntou, sua expressão mostrando que ele estava perplexo com minha pergunta.

— Isso foi apenas a noite em que eu parti. Depois, o que aconteceu? Nós temos seis meses de resumo para chegarmos até aqui, Carter.

— Eu pensei que seria expulso do time no dia seguinte — ele admitiu.

Eu me defendi imediatamente.

— Cale essa maldita boca. O que aconteceu?

Cansado e remelento, lancei a alça de minha sacola sobre meu ombro e apertei o botão de descer no elevador. Mexi nervosamente em minha gravata, endireitando minha jaqueta quando as portas tilintaram para abrir, e dei um passo para dentro do compartimento vazio.

O saguão rapidamente se encheu de conversas quando o resto do time se infiltrou, puxando sacos de equipamento pessoal e alguns até arrastando seus filhos atrás de si.

Fiz o checkout, puxei meu boné e saí em direção ao ônibus fretado que esperava.

"Carter, venha cá." A voz do Treinador me sobressaltou, e eu deixei cair a sacola ao meu lado.

Caminhei em direção a ele, que lançou seu braço em torno do meu ombro. "Vamos caminhar", ele disse.

Merda. Será que ele já vai me rebaixar para as ligas inferiores?

O Treinador se inclinou e cravou seu olhar no meu. "Você é um bom garoto, Carter. Eu gosto de você. Mas nunca mais saia correndo da sede do meu clube antes que eu lhe diga que você pode ir. Você me entende?" Sua voz era bondosa, mas havia um peso nela, peso que ele queria que eu percebesse.

"Sim, senhor. Eu realmente lamento isso..."

"Não peça desculpas, garoto. Só não deixe que isso aconteça outra vez ou eu rebaixarei você para as categorias inferiores tão rapidamente que você ficará até tonto", ele ameaçou, assegurando que eu entendesse minha posição entre os totens do time. Mensagem recebida em alto e bom som.

"Sim, Treinador", respondi respeitosamente, grato que ninguém estivesse próximo o suficiente para ouvir nossa conversa.

"Vá pegar o ônibus." Ele deu um tapinha no meu ombro com um ligeiro empurrão.

———

— Eu teria chorado — disse a ele com uma careta.

— Não, você não teria. Mas eu estava cagando de medo — ele reconheceu, com uma risada desconfortável.

— Aposto que sim. Certo, então você voou de volta para o Arizona, onde haveria o jogo. Nós dois sabemos como isso aconteceu — dei uma pausa, referindo-me ao jogo que eles perderam que finalizara sua temporada final para o ano. — Então, o que você fez?

— Acho que você está gostando disso um pouco demais. — Ele puxou o travesseiro por baixo de mim, e minha cabeça bateu contra o colchão.

— Ei! — gritei, esticando a mão para o travesseiro que ele segurava fora de alcance. — Jack, eu realmente *preciso* saber.

Ele jogou meu travesseiro do outro lado do quarto e depois deu tapinhas no alto do seu de maneira convidativa. Forçando-me a dividir com ele seu travesseiro, ele pressionou sua testa sobre a minha.

— Você quer saber como comecei a perseguir você assim que voltei para o Arizona?

— Mas é claro! — praticamente soltei um grunhido, e ele riu.

— Eu lhe contarei depois do café da manhã. Estou morrendo de fome. — Ele piscou e tascou um beijo em minha testa antes de pular da cama. Depois, esticou seus braços acima de si e seus músculos se flexionaram e avolumaram. Meu olhar se voltou para seu abdômen definido, bronzeado. — Está gostando do que está vendo?

— Ei, eu já vi melhores — disse brincando, recusando-me a alimentar o ego enorme de Jack Carter.

— Duvido muito. — Ele desceu uma mão pela extensão de sua barriga bem esculpida. — Isto aqui é produto com selo Classe A. Você tem sorte por eu não cobrar ingressos.

— Para quê? Para o show de armas? — Apontei para seus braços, meus lábios se recurvando em diversão.

— Exatamente! O show de armas — ele provocou, antes de pular na cama e me prender sob ele. Jack me segurou com força enquanto eu me espremia, tentando escapar de seu abraço. — Aonde você pensa que vai?

— Pensei que íamos comer — eu disse, com atitude, inclinando minha cabeça para o lado.

Ele soltou um suspiro áspero, pulando da cama.

— Vamos, então. Você é quem não consegue parar de olhar para mim como se eu fosse um pedaço de carne.

— Você mesmo se rotulou como Classe A! Isso é uma classificação de carne! — gritei, minha voz animada enquanto eu apanhava um travesseiro e o atirava sobre ele. Ele o apanhou sem esforço no ar.

— Você parou com a brincadeira? Pensei que você queria ouvir o resto da história. — Ele sorriu maliciosamente antes de sair do quarto, deixando-me sozinha com meus pensamentos.

Perseguidor

JACK

Quando ela finalmente entrou na cozinha usando nada além de minha camiseta, eu quase a virei de costas e a fiz marchar de volta diretamente para o quarto. Ignorando a pulsação dentro de minha cueca, olhei fixamente para dentro de sua geladeira quase vazia.

— Você não tem comida — eu me queixei, fechando a porta.

— Eu como muito fora. — Ela deu de ombros. — Mas tenho cereal. E pão.

Ela pôs quatro fatias de pão na torradeira, e eu a conduzi pela mão até a mesa da cozinha, puxando-lhe uma cadeira. Coloquei uma tigela vazia e uma colher diante dela, seguidas pelo leite e uma caixa de cereal. Depois sentei-me perto dela, enchendo minha tigela até a beira com a porcaria crocante.

— Posso saber da perseguição agora? — ela pediu ao derramar leite em sua tigela.

— Primeiro de tudo, gatinha, você tem que entender que assumi um compromisso comigo mesmo. Eu tinha que colocá-la em segundo plano até que a temporada acabasse. Sabia que se perdesse tanto o beisebol quanto você, eu não teria nada na vida. Nunca seria capaz de sobreviver a tanta perda.

Estava certo de que ela entendera isso, conhecendo-me bem como me conhecia, mas ainda era preciso dizê-lo. A mera ideia de não ter nem beisebol nem minha gatinha me revirava por dentro e me deixava oco.

— Entendo isso. — Seus olhos se suavizaram com compreensão antes de se apertarem demoniacamente. — Agora, vamos à perseguição.

Lentamente enfiei uma pilha de cereal em minha boca antes de dizer mais uma palavra. Meu ritmo de contador de histórias estava torturando-a, e eu sabia disso. Gostava de ter a supremacia numa situação na qual eu não tinha realmente vantagem nenhuma. Tivera sorte de ela não bater a porta com violência em minha cara na noite passada. Normalmente não teria uma segunda chance com a garota que quebrou todas as suas regras por mim. Eu daria tudo o que ela quisesse. Responderia a cada pergunta duas vezes se precisasse.

— Você está fazendo cera — ela disse, erguendo-se de sua cadeira para pegar a torrada.

Meu compromisso terminou no momento em que perdemos a última partida em casa e nossa pós-temporada se encerrou. Eu tinha duas semanas para fechar meu apartamento no Arizona e me mudar. Eu não tinha muitas coisas ali, já que a maior parte de meus pertences permanecia abandonada na casa no Alabama. A casa que eu compartilhava com aquela piranha, Chrystle. Eu sabia que teria que voltar para lá para empacotar tudo antes que minha vida pudesse seguir em frente, mas receava só de pensar nessa ideia. Se pudesse evitar, nunca mais poria um pé na maldita propriedade novamente. Graças a Deus, o Alabama não tem um time de beisebol da liga superior.

Pegando uma garrafa de água, entrei na sala de estar e desabei no sofá. Peguei meu celular, procurando pelo nome de meu advogado entre meus contatos. Selecionei seu número, pressionei Ligar e relaxei entre as almofadas, enfiando minha cabeça sobre os travesseiros.

"Ei, Jack, o que há?", a voz de Marc soou bem alto, interrompendo o ruído ao fundo.

"Você tem um minuto? Preciso falar com você."

"É claro. Espere um segundo." Com uma batida violenta de uma porta, as distrações anteriores foram silenciadas. "Certo, estou aqui. O que está acontecendo? Você está bem?"

Eu fiz que sim, esquecendo por um momento que ele não podia me ver através do telefone. "Estou. Só quero conversar com você sobre o que preciso fazer para desfazer o casamento."

"Certo", Marc respondeu rapidamente, e depois eu o ouvi digitando. "Bem, então, obviamente, suas duas opções são um divórcio ou uma anulação."

Percebi que meu queixo estava cerrado e tentei relaxá-lo. O mero fato de que eu estava tendo esta conversa já me deixava fulo da vida. "Uma anulação significa que o casamento nunca aconteceu, certo?"

"Sim, mas você só pode requerê-la sob certas circunstâncias." Ele continuou digitando.

"Chrystle mentiu sobre estar grávida", eu disse, desejando fazer este casamento maldito desaparecer completamente. Odiava ter esperado tanto tempo para lidar com tudo isso, mas não podia tomar as medidas necessárias durante a temporada de beisebol. Se eu precisasse ir ao tribunal para testemunhar ou dar uma declaração, não estaria disponível enquanto estivéssemos em desempates. Minha vida pessoal tinha que esperar.

"Eu sei." A batidinha rápida continuou enquanto eu esperava. "Ok, temos tudo de que precisamos. Pediremos a dissolução do casamento sob a categoria de fraude e o ônus da prova ficará para nós, se for necessário. A primeira coisa que farei amanhã de manhã será pedir a revisão. Não será difícil."

Prendi um fôlego profundo. "Fabuloso. Obrigado, Marc."

"De nada."

"Então, há alguma outra coisa que eu tenha que fazer? Quanto tempo isso levará?"

"Você não precisa fazer nada ainda. Descobrirei se você tem que fazer uma declaração legal diante de um juiz ou não. Tão logo Chrystle a assine, nós enviaremos a revisão e deverá levar umas poucas semanas para a conclusão."

"Caramba. Sério mesmo? Só umas poucas semanas?" Fiquei de boca aberta e depois abri um enorme sorriso.

"Sim. É só um processo, não vai ser longo. Entrarei em contato com você."

"Tudo bem. Obrigado mais uma vez, Marc. Falarei com você depois." Apertei o Fim antes de lançar meu celular sobre a mesa de centro e estender a mão para meu laptop.

Só umas poucas semanas. Que foda!

Abri meu navegador e digitei um nome na barra de busca on-line: "Cassie Andrews".

Quando uma quantidade absurda de opções apareceu, estreitei minha busca: "Cassie Andrews, fotógrafa".

Seu nome surgiu em primeiro lugar com um link para seu novo cargo em Nova York. Dei um clique nele e me vi numa página cheia de suas informações de contato. Procurei loucamente por uma caneta ou alguma coisa com que escrevê-las, como se eu não as anotasse em papel imediatamente, elas desapareceriam para sempre e eu nunca mais as veria. Anotei o telefone do seu trabalho, seguido pelo seu e-mail de trabalho, só por precaução.

Precaução contra o quê?

Você não pode ligar para ela até que tenha organizado sua bagunça. Até que Chrystle esteja fora de sua vida de uma vez por todas. Não pode ligar ou mandar e-mails para Cassie até que esteja livre de toda a sua bagagem.

Dei uma olhada no relógio do meu DVD player. Oito da noite. Isso significava onze horas em Nova York.

Pensei que isso seria bom, certo?

O desespero me percorreu com a ideia de ouvir como ela soaria. Eu de repente precisava ouvir a voz de Cassie. Convencido de que não havia como ela ainda estar no escritório, disquei seu número de trabalho, meu coração acelerando em meu peito a cada chamada.

"*Você ligou para Cassie Andrews, fotógrafa júnior.*"

Meu abdômen se contraiu quando o som de sua voz penetrou em meu ouvido.

"*Sinto ter perdido a ligação, mas, por favor, deixe uma mensagem detalhada e retornarei assim que possível. Se for urgente, por favor, aperte zero para retornar à recepção. Obrigada.*"

Um bipe soou, e eu rapidamente apertei o botão de Fim em meu celular, com minha respiração entrecortada. Ela soou feliz... animada, até. Meu coração se apertou à dor de perceber que ela podia simplesmente estar bem sem mim. Eu desejava que ela estivesse feliz, mas, com toda franqueza, queria fazer parte disso. Ela havia se tornado uma fixação permanente dentro de mim. Eu lutava para lembrar como eram as coisas antes que ela se entocasse dentro de minha alma. Não conseguia me lembrar de existir sem ela. Cada parte de mim havia se ligado a ela. Foi naquele exato momento que percebi o quanto estava malditamente desesperado para que ela sentisse o mesmo por mim, e como eu francamente não tinha ideia se ela ainda sentia.

— Você ligou para o telefone do meu trabalho e desligou? Adoro isso. — Ela inclinou sua cabeça sobre meu ombro, pressionando seus lábios macios sobre meu rosto.

— Fiz isso muitas vezes.

— Quantas são muitas vezes?

— Quase toda noite — admiti, estendendo minha mão através do espaço aberto na cadeira e pousando-a sobre a parte de baixo das suas costas. Esperava que ela achasse que meus atos eram belos em vez de sinistros.

— Você ligou para a minha secretária eletrônica quase toda noite, mas nunca ligou para mim?

Que merda.

— Não enquanto ainda estava... — dei uma pausa, não querendo dizer a palavra "casado". Estremeci.

— Você é tão teimoso, às vezes — ela me repreendeu.

— Eu sei. Mas juro que meu coração está no lugar certo. — Como se eu não tivesse lhe pedido para entender o suficiente, desejava que ela compreendesse esta parte também.

— Seu coração e eu vamos ter uma conversa depois.

— Espero ansiosamente por isso. — Ergui minhas sobrancelhas e ela deu um tapa no meu ombro.

— Então, assim que sua temporada terminou, você se mudou de volta para a casa de seus avós na Califórnia? Acho que me lembro de Melissa me dizendo que você tinha voltado para lá.

Empurrei minha cadeira para a mesa de novo, peguei nossas tigelas e coloquei-as na pia. Eu as lavaria depois. E, para deixar claro, eu não lavo louça. Mas, por Cassie, eu lavaria as louças da cidade inteira, se ela pedisse.

— Sim. Voei de volta para ficar com meus avós logo depois que a temporada terminou. Eu sentia muito a falta deles.

— Aposto que eles também sentiam sua falta. — Seus olhos verdes brilharam com suas palavras. Eu amo como eles fazem isso, às vezes, quando ela está empolgada ou lembrando de alguma coisa..

— Foi bom estar em casa, sabe? Cercado por pessoas que realmente se preocupam com você e seu futuro.

Enxuguei minhas mãos numa toalha de louça antes de conduzi-la em direção ao sofá da sala de estar. Puxei sua cabeça para meu peito e suspirei quando ela passou seu braço em torno de mim, seus dedos agarrando minha pele.

— É estranho que eu sinta falta de seus avós mais do que sinto falta de meus próprios pais? — Ela deu uma risadinha contra meu peito.

— Não, seus pais são meio chatos.

— Os seus também — ela disparou defensivamente, seu corpo ficando tenso.

— Sem essa.

— Bem, não somos um casal? — Ela relaxou seus ombros e meus nervos se acalmaram.

— Acho que sim. — Eu beijei sua cabeça, suspirando com o aroma de seu shampoo. Ela sempre cheirava bem.

— Vovó e vovô estavam ficando desesperados com tudo isso?

Meu estômago contraiu com as lembranças que inundavam agora minha mente.

— Eles ficaram realmente tristes, na maior parte do tempo. Acho que vovó sofreu mais. O fato de ela saber que estava acontecendo alguma coisa comigo que ela não podia consertar ou melhorar lhe doía muito.

A cabeça de Cassie fez que sim em meu peito.

— Pobre vovó...

— Sim, foi ruim. Eu me senti péssimo. Ainda me sinto. — Minha respiração travou.

Ela arqueou seu pescoço, puxando minha cabeça para trás para olhar para mim enquanto o ar frio enchia o espaço agora vazio de meu peito.

— Não faça isso com você mesmo, Jack. Isso acabou. — Sua boca se desenhou num sorriso e eu tentei sorrir em retribuição, mas falhei.

— Eles sabem que você está aqui? Comigo? — ela perguntou, com voz trêmula. Por que diabos Cassie teria que ficar nervosa em relação aos meus avós? Eles a adoravam. Ela tinha que saber disso.

— Eles sabem. Estão superfelizes com isso.

— Mesmo? Eles não ficaram assustados pela possibilidade de eu não recebê-lo de volta? — Seus olhos se focalizaram nos meus com atenção.

Eu sorri.

— Não realmente.

Seu queixo caiu um pouco.

— O que você quer dizer com *não realmente*?

— Vovó disse que conhecia o amor verdadeiro quando o via. Ela tinha certeza de que você me perdoaria. Que poderia não ser fácil, mas que por fim você voltaria.

Os lábios de Cassie formaram um sorrisinho malicioso de boca fechada.

— Vovó é esperta.

Meus dedos se contorceram através das longas tranças louras de seu cabelo enquanto minha mente derivava por um momento, convencido de que isso era apenas um sonho. Esperei para estar bem ali, segurando esta garota em meus braços, por tanto tempo, que eu quase não conseguia acreditar que isso estava realmente acontecendo.

— Vamos voltar à história — suas palavras interromperam meus pensamentos.

"Senti sua falta!" Vovó me espremeu antes de me olhar de alto a baixo. "Você está com aparência sadia, isso é bom." O sorriso se expandiu por todo o seu rosto, até que seus olhos se espremeram em meias-luas.

"Senti sua falta também, vovó". Eu me inclinei para dar um beijo em sua bochecha bem conservada.

"Você parece maior", vovô disse com um sinal de aprovação e eu sorri, abraçando-o com força.

"Eu venho me esforçando muito. Tenho que fazer isso, neste nível."

"Você sempre se esforçou muito", Dean disse ao sair de seu quarto e entrar na sala de estar. Desde que deixei minha casa para jogar beisebol, não acho que Dean tenha pensado um só dia em se mudar. Eu não podia culpá-lo. Vovó e vovô eram a melhor coisa do mundo.

Estendi os braços para ele e o puxei num apertado abraço de urso antes que ele começasse a sufocar com um som irreconhecível.

Eu dei risada. "Não deste jeito. Não neste nível, com toda esta quantidade de dias e horas. É literalmente um novo jogo estar nas ligas superiores."

"É mais difícil?", Dean perguntou.

"Muito mais difícil. Eles podem rebater meu arremesso de 150 km/h. E podem rebatê-lo longe."

"Isso é ruim."

Abri minha boca para responder. "Onde está a gatinha?", vovô interrompeu com um sorriso insolente, e meu sorriso foi embora.

Vovó bateu seu pé sobre o tapete. "Vamos deixar Jack pôr suas coisas no quarto. Podemos falar disso depois do jantar."

Lancei para vovó um olhar de "muito obrigado" antes de descer pelo corredor para meu velho quarto. Olhei ao redor para as minhas coisas, intocadas desde que eu havia partido. Um quadro emoldurado de Cass e eu estava disposto em minha mesa de cabeceira. Estendi a mão para ele, passando meu dedo sobre as curvas do rosto dela. Esmagado pelo desejo de ligar para ela, peguei algum papel solto e comecei a escrever. Eu fazia esse tipo de bobagem apenas por ela. Por ninguém mais. Nunca.

Gatinha,

    A pós-temporada oficialmente acabou. Eu me mudaria de meu apartamento no Arizona e voaria direto para o Alabama para pegar meus pertences, mas senti falta de vovó e vovô. Por isso estou sentado em meu quarto em casa, pensando na última vez em que estivemos todos juntos aqui. Sinto sua falta quase tanto quanto vovô. Ha!

    Esqueci o quanto estar em casa faz com que eu me sinta seguro. Talvez seja apenas porque é bom estar cercado por pessoas que amam você e se preocupam com você verdadeiramente, em vez de gente tentando tirar vantagem. Quem pensaria que eu seria tão fácil de manipular?

    Conversei com Marc outro dia sobre a anulação e ele começou a dar entrada na papelada. Felizmente, isso acabará logo, e eu estarei lá antes que você se dê conta, pedindo seu perdão e rezando para que você me aceite de volta.

    Por favor, não desista de nós.

    Eu sempre amarei você.

    Jack

    P.S.: Vi suas fotografias hoje. Elas estão realmente bonitas, Cass. Estou orgulhoso de você.

Rumando para a cozinha, Dean e vovô já estavam sentados enquanto vovó terminava seu trabalho no fogão.

"Posso ajudá-la, vovó?", perguntei, antes de chegar à minha cadeira.

"Não, querido. Sente-se e comece a falar."

Dei risada. "Falar? Sobre o quê?"

"Oh, você sabe o quê! O que está acontecendo com tudo? Quando seu divórcio com aquela mulher medonha será concluído?"

A colher na mão de vovó balançou com sua fúria enquanto ela resmungava alguma coisa baixinho.

"Marc entrou com o pedido de anulação. Estamos apenas esperando que ela assine." Dei de ombros, sentindo o peso dos olhares fixos de Dean e vovô nos meus ombros.

"Ela vai assiná-lo, certo?", Dean perguntou, num tom preocupado.

O peso da pergunta de meu irmãozinho era uma coisa que não havia me ocorrido até que ele a fizesse. "Não sei por que ela não assinaria." Eu estava olhando ao redor da pequena cozinha na qual passara a maior parte de minha vida antes de me deparar com o olhar fixo de vovó.

Dean sufocou uma risada. "Eu sei. Você a conhece, né? Ela é uma piranha."

"Dean! Olhe o palavreado!" A testa de vovó franziu quando ela agitou sua colher de pau na direção dele.

"Desculpe, vovó", Dean tombou sobre sua cadeira.

Eu me inclinei para frente, pondo meus cotovelos sobre a mesa antes de acrescentar: "Mas tudo está bem acabado entre nós! Ela assinou um acordo pré-nupcial antes de nos casarmos, de modo que não ganha nada com não assinar".

"Exceto controle", Dean observou.

Minha raiva se inflamou. "De que merda você está falando?"

"Quantas vezes preciso lembrar vocês dois para controlar suas línguas?", vovô interrompeu antes de fazer um sinal com a cabeça para vovó.

Soltei um longo suspiro, desejando que minha raiva se abrandasse. "Sinto muito, vovó."

"Só quis dizer que ela teria controle sobre você se não assinasse os papéis. Ela sabe como você deseja terrivelmente anular este casamento, então não me surpreenderia se ela surgisse com um monte de mer...", Dean pausou antes de continuar, "... de coisas só para atrapalhar seus planos."

Analisei as palavras de meu irmãozinho cuidadosamente quando vovó apareceu, colocando pratos cheios de comida fumegante diante de cada um de nós.

"Ele está certo, Jack. Ela foi tão maldosa desde o começo! O que vai impedi-la de ser difícil agora?", vovó perguntou, com voz trêmula.

Estendi minha mão, pondo-a sobre o ombro de vovó. "Eu não sei. Acho que estou apenas tendo esperança de que ela saiba que terminou e que não adianta adiar o inevitável."

"Espero que você esteja certo", ela disse, com um sorriso simpático.

"Como vai a gatinha? Você falou com ela desde que ela se mudou para Nova York?" Observei quando o rosto de vovô se iluminou como o de uma criança no Natal.

"Vovô, se eu não lhe conhecesse bem, diria que você tem uma quedinha por minha garota", brinquei.

"Sua garota?", vovô zombou em resposta.

Meu garfo tilintou contra a lateral do prato. "É, minha garota."

Dean deu risada. "Talvez eu a faça minha garota. Para mantê-la na família."

Lancei um olhar feroz para ele, o calor imediatamente dominando minhas bochechas. "E eu vou deserdá-lo antes de chutar sua..."

"Garotos, já chega."

Dean enfiou uma colher cheia de arroz na boca enquanto sorria para mim. "Você tem sorte de ela ser como uma irmã para mim."

"É mesmo? Eu diria que você é o sortudo. Porque eu lhe mataria se você a tocasse e você sabe disso."

"Sou seu único irmão e é assim que você me trata?"

Tentei impedir o sorriso de se espalhar por meu rosto quando vovô interrompeu. "Você está tentando tirar a gatinha do homem, Dean."

Vovó deu uma risada e meu sorriso se ampliou.

"Preocupe-se com sua namorada não existente, irmãozinho, e deixe minha garota em paz."

"Você tem uma namorada?", vovó voltou seu foco para Dean enquanto seus olhos se arregalavam.

Dean me lançou uma advertência ao apertar seus olhos. "Não. Jack só está falando sobre Melissa."

"Ela é a melhor amiga de Cassie, certo?", vovó perguntou.

"Sim."

"Você já falou com ela?", perguntei, pondo-o na berlinda desta vez.

Ele deu de ombros. "Não."

"Eu lhe disse para falar com ela", lembrei-o.

"Eu já disse que ela não quer nada comigo", ele respondeu de pronto.

"Isso é besteira, você sabe. Definitivamente, ela está a fim de você."

"Então, qual é o problema?", vovô deixou cair o queixo na mão, seu olhar indo e voltando entre mim e Dean.

"Eu não sei. Ela diz que não quer um namorado, mas acho que ela apenas não quer a mim como namorado. Podemos falar sobre outra coisa agora?", Dean se remexeu na cadeira enquanto enchia a boca com mais comida.

"Quem não iria querer você como namorado? Bobagem", nossa sempre vovó-coruja disse com uma bufada.

"Podemos conversar sobre outra coisa, por favor? Qualquer outra coisa", Dean suplicou.

Ficando com pena de meu pobre e desconfortável irmão, mudei de assunto. "Encontrei algumas das fotografias de Cassie hoje na internet."

O silêncio preencheu o ar quando todos pararam de mastigar sua comida, dirigindo seus olhares para mim. "O quê?", perguntei nervosamente.

"Como você as encontrou?", vovô perguntou, secando o canto de sua boca com um guardanapo.

"Eu fui ao website da revista dela. Eles tinham uma nota on-line sobre mudar-se para Nova York, e todas as fotografias no artigo eram dela." Meu peito se inchava de orgulho enquanto eu falava sobre ela.

"Isso é uma ótima notícia! Quero que você me mostre depois do jantar", os olhos de vovô se iluminaram de entusiasmo enquanto ele batia sua mão sobre a mesa.

"Espere." Dean inclinou sua cabeça quando um sorrisinho malicioso apareceu. "Você segue a revista on-line dela?"

Ajustei meu olhar, olhando para ele diretamente. "Você está certo. Eu sigo. Quero saber o que ela está fazendo cada segundo em que não está comigo. E se houver uma fotografia que ela tire para aquela revista, eu vou querer vê-la."

"Acho isso bonito", vovó disse.

"Acho isso psicótico", Dean disparou.

Eu mudara o assunto da conversa para ele e era assim que ele me recompensava? "Mesmo, Dean? Depois de tudo que Cassie e eu passamos, você acha que eu seguir o trabalho dela na internet é psicótico?"

"É um pouco esquisito, você não acha? Você não pode sequer falar com ela na vida real, e mesmo assim a segue on-line?"

A cadeira raspou o chão quando eu empurrei, ficando em pé de um pulo. Minha respiração travou quando minhas defesas se armaram. Ninguém falava sobre mim e Cassie daquele jeito. Nem mesmo meu irmão.

"Jack, sente-se!", vovó disse severamente. "E Dean, pare de insultar seu irmão! Vocês dois estão agindo como dois garotinhos."

Puxei um fôlego penetrante antes de recolocar a cadeira junto à mesa e sentar-me. "Não posso falar com ela até que eu não esteja mais casado, entendeu? Então, até lá, sim, eu vou seguir tudo que ela faz pela internet. E se aquela revista pode me dar um vislumbre de como ela anda vendo o mundo, eu acessarei. Porque, até que eu esteja de volta à vida dela, esta é a única Cassie que terei. E se isso me torna psicótico, estou me lixando. Sinto muito, vovó...", eu me antecipei, antes que ela desse um tapa em meu ombro.

"Eu vou trancar você no quarto! Não me importo com sua idade", ela ameaçou com uma ligeira risada.

"Foi ele quem começou", eu disse, fazendo um sinal com a cabeça em direção ao meu irmão. "Vamos falar um pouco mais sobre Melissa."

Dean agitou seus braços no ar em derrota. "Sinto muito. Trégua?"

Antes que eu pudesse responder, vovó perguntou: "Por quanto tempo você planeja ficar em casa?"

Vovô ergueu os olhos de seu prato e olhou diretamente para os meus. "Sua pós-temporada toda?"

Engoli meu último bocado de comida. "Eu não sei. Supus que esperaria por Marc me telefonar sobre a anulação, e depois iria para o Alabama para assinar os papéis e fechar a casa ao mesmo tempo."

"E depois disso?", Dean perguntou.

"Terei que trazer minhas coisas para cá, mas eu quero ir a Nova York o mais breve possível para acertar as coisas com Cass", admiti. "Tenho apenas alguns meses antes de voltar para o Arizona para o treinamento da primavera e ainda preciso encontrar um lugar para alugar."

"Isso não é muito tempo", vovô soou preocupado.

"Eu sei."

"O que você está planejando dizer para Cassie?", vovó inclinou sua cabeça em minha direção. "Como você vai ganhá-la de volta?"

"Ainda não sei. Mas será alguma coisa sobre como eu sou ruim e como ela não é."

Vovô riu de minhas palavras, e eu sorri.

"Muito romântico." Dean sarcasticamente levantou dois polegares para o ar.

"Cale a boca, Dean. Ninguém gosta de você."

"Você sabe que terá que dar a ela mais que algumas palavras bonitas, querido", vovó disse enquanto me lançava um olhar significativo.

"Confie em mim, vovó. Eu sei."

O rosto de Cassie relaxou quando ela se ergueu para beijar minha bochecha.

— Gostei que você tenha me seguido na internet. Também segui você.

Minha adrenalina começou a disparar quando ajustei minha posição no sofá.

— Você me seguiu?

— Claro que sim. Eu ainda amava você, Jack. Eu me importava com você. Queria ver como você estava. Foi um grande feito o seu nas ligas superiores. Não perderia isso — ela explicou, seus ombros caindo como se ela não tivesse escolha neste aspecto.

— Então, você não acha que sou psicótico?

— Eu não disse isso — ela caçoou, brincando.

Saltei sobre ela antes que pudesse se afastar, prendendo seu corpo por debaixo do meu e contra as almofadas do sofá. Seu peito se moveu pesadamente para cima e para baixo, — e exigiu todos os meus esforços para não rasgar sua camisa e perder-me em seu corpo. Minha cueca ficou rija quando me abaixei para beijá-la, roçando minha língua por sobre seu lábio inferior. Ela gemeu ligeiramente ao arquear a cabeça para trás, seus lábios se abrindo. Pressionei minha boca contra a sua, minha língua e a sua tocando-se eroticamente numa provocação brincalhona de empurrar e puxar.

Queria arrancar suas roupas e devorá-la centímetro por centímetro. Suguei seu pescoço, o sabor de sua pele quase me levando a um frenesi. Ela baixou suas mãos sobre a extensão de minhas costas ao puxar minha camisa para cima. E cravou seus dedos em minha pele enquanto eu a beijava e lambia sua orelha e pescoço antes de voltar à sua boca. Jesus, como eu queria esta garota! Ela me ateava fogo como nenhuma outra. Tentando manter alguma aparência de autocontrole, recuei do beijo, e suas mãos se apertaram em torno de meu pescoço. Eu dei uma risada e perguntei:

— Você não quer saber mais?

Suas mãos se apertaram ao puxar meu rosto para o dela.

— Dentro de um minutinho — ela disse, roçando sua língua sobre meus lábios.

Minhas mãos exploraram todo o seu corpo, parando no alto de suas coxas.

— Quero você tão intensamente. Você me deixa louco.

— Então me possua. — Ela sugou o lábio inferior para dentro da boca, e eu desejei colocar, em vez dele, uma coisa minha ali dentro.

Agarrei a gola de sua blusa e a ergui através de sua cabeça, incapaz de tirá-la com rapidez suficiente. Ela estendeu a mão para a minha camisa, dando puxões nela antes que eu me sentasse e a arrancasse eu mesmo. Meu corpo começava a pegar fogo quando ela correu suas mãos sobre meu peito nu, parando na altura de minha cueca. Quando as pontas de seus dedos delicadamente roçaram minha ereção, eu estremeci. Só aquele simples toque seu e eu quase perdi os sentidos.

É perturbador o quanto ela me domina. Ela sempre dominou, mas, ainda assim...

Chutei minha cueca para longe, dando silenciosamente uma batida nas minhas costas quando percebi onde os olhos de Cassie estavam fixos. Meio tentado a fazer alguma observação insolente sobre como ela gosta de olhar para meu pau, eu me contive. Eu ainda não havia voltado para a sua vida por vinte e quatro horas; não precisava ir já estragando tudo.

Meu olhar se moveu de seus olhos, descendo para seu corpo nu.

— Você é tão sexy! — Eu realmente quis dizer estas palavras, mas elas saíram num rosnado lascivo e ela mordeu seu lábio inferior novamente. Deixei minha boca cair sobre a sua, sugando aquele lábio entre meus dentes, meu corpo se inclinando para juntar-se ao dela.

O calor disparou dentro de mim quando nos tocamos. A sensação de sua pele colada à minha fazia minha luxúria me dominar de maneira faminta. Enrosquei meus dedos em seus cabelos, puxando sua cabeça com força para trás para que eu pudesse beijar seu pescoço e seu queixo.

— Oh, Deus, Jack. Quero você dentro de mim. Por favor. Pare de me provocar.

Pressionei minha ereção contra ela, e quando ela uivou de prazer, eu me afastei.

— Maldição, Jack. Pare de ficar só ameaçando. — Seus dedos se enterraram em minhas costas enquanto ela me guiava com força para dentro dela.

Sem mais uma palavra eu a penetrei, meu corpo estremecendo quando o calor dela me envolveu completamente.

— Jesus Cristo, Cassie. Por que você parece sempre tão maravilhosa? — Minha respiração ficou difícil enquanto eu a penetrava e saía. A visão de seu mamilo me atraiu, de modo que passei meu dedo delicadamente em torno dele antes de enfiá-lo em minha boca, colocando minha língua ao seu redor.

Cassie gemeu, seu corpo se arqueando sob mim enquanto ela cravava suas unhas pelas minhas costas por completo até embaixo.

— Melhor parar com isso — eu disse, esbaforido.

— Ou o quê? — ela provocou, correndo seus dedos sobre minhas costas mais uma vez.

— Ou eu gozarei antes de você — admiti.

Ela balançou sua cabeça.

— Não vamos admitir isso.

— Então, comporte-se — exigi, agarrando seus braços e prendendo-os acima de sua cabeça, enquanto minha penetração prosseguia. Ela riu sob mim, e eu varri seus lábios com minha língua antes de enfiá-la em sua boca quente. Ela murmurou algo ininteligível contra mim, e eu a beijei com mais força.

— Jack — ela sussurrou, sua respiração se acelerando enquanto seus quadris se erguiam e abaixavam para se ajustarem aos meus. Estoquei dentro dela pela última vez antes de explodir. Meu ritmo de penetração diminuiu e eu desfaleci sobre ela, meu peso empurrando seu corpo ainda para mais fundo no sofá. — Oh.

Ela gemeu de novo enquanto seu corpo estremecia sob o meu.

Obrigada, meu Deus.

— Por que você gosta de me sufocar? — ela disse, dando tapas nas minhas costas.

— Gosto de me deitar assim com você.

Ela empinou a cabeça.

— De que modo? Comigo morta?

Uma rápida risada brotou de minha garganta.

— Não. Eu gosto de ficar dentro de você.

— Bem, saia agora. — Ela sorriu maliciosamente.

Recuei lentamente, e ela saiu correndo por baixo de mim, precipitando-se em direção ao banheiro.

Fique

CASSIE

Caminhei de volta à sala de estar usando uma nova sandália de couro e nada mais. Jack estava sentado no sofá, sua cueca ainda desabotoada, a camisa amontoada no chão junto à minha. Estendi a mão para apanhar a camisa amassada, enfiando-a pela minha cabeça antes de desabar ao lado dele.

— Foi uma bela distração — eu disse, inclinando meu corpo entre seus braços.

Seus dedos ajeitaram minhas tranças desarrumadas antes de enfiá-las por trás de minhas orelhas.

— Mais histórias ou mais distrações? — ele perguntou com um tom malicioso.

Meu celular soou lá no fundo, e eu dei uma olhada para ele, refletindo se deveria ver quem me mandava mensagem.

— Vou ver quem é.

Ele fez um sinal de assentimento e bateu em minha bunda quando corri para o quarto. Eu me aninhei outra vez em seus braços antes de dar um toque na tela de meu celular.

— Oooh, é de Melissa. — Eu me virei, olhando para seus olhos profundamente castanhos. — Ela sabe que você está aqui?

Jack deu de ombros.

— A negociação já deve ter sido noticiada, de modo que ela deve estar querendo saber.

Outro som soou e, desta vez, foi Jack quem estendeu a mão para pegar seu celular antes de rir.

— Mensagem do Dean.

— Eles são tão previsíveis.

Pressionando as teclas, eu li a mensagem de Melissa:

OH MEU DEUS, CASSIE! JACK FOI VENDIDO PARA O METS! VOCÊ SABIA DISSO? ELE ESTÁ AÍ? SE NÃO ESTIVER, LOGO ESTARÁ, ENTÃO FIQUE ALERTA! E ME LIGUE O QUANTO ANTES!!!!!!!!!!

Dei uma risada ruidosa.

— O que ela disse? — Jack perguntou, com as sobrancelhas erguidas.

— Bem, ela teclou em maiúsculas, de modo que esta é uma mensagem séria — sorri, estendendo meu celular para que ele pudesse ler.

— Oh, ela está gritando para você. Não é isso que as maiúsculas significam?

— Sim, mas acho que é o modo de ela demonstrar que está ficando louca. Ou excitada. Ou gritando — concordei com um sorriso.

— Alerta. Estou chegando. — Jack pressionou seus lábios sobre minha testa, e eu fechei meus olhos ao seu toque. Tanta coisa havia acontecido entre nós! Tão mais do que qualquer casal jamais passara, mas ali estávamos nós. Juntos.

— Vou responder à mensagem, ou ela não vai parar — rapidamente digitei uma resposta:

Ele está aqui. Estamos conversando. Resolvendo as coisas. Ligo para você lá do escritório na segunda-feira.

Baixei meu botão de volume no celular antes que ele soasse novamente.

SEGUNDA-FEIRA?!?! Uma ova que você vai me fazer esperar tanto tempo!

Dei uma risada e digitei uma última mensagem antes de colocar meu celular no mudo novamente.

Você sobreviverá. Não posso falar agora. Falarei depois. Amo você.

— O que Dean disse?

Ele examinou a tela do celular antes de sorrir e estendê-lo para mim.

Cara, você foi vendido ao Mets e não me falou? É por causa de Cassie? Claro que é por causa de Cassie. Como ela conseguiu que eles deixassem você fazer isso? Boa sorte. Ligue depois que você conversar com ela.

— Como não amar o Dean? — Estendi seu celular de volta para ele, sorrindo.

Ele endireitou suas costas e se afastou ligeiramente de mim.

— Boa pergunta. Falando de Dean, por que Melissa não namora com ele?

— O quê? — meu tom saiu mais surpreso do que eu queria.

— Não, realmente. Qual é a dela? Dean está totalmente caído por ela, mas ela não dá chances. Eu não entendo.

A expressão e o tom de Jack denunciaram o fato de que esta situação o aborrecia. Eu a achei terna, se quer saber a verdade. Ele se preocupava com seu irmão mais novo e, já que eu não tinha nenhum irmão para se preocupar comigo, achei-a inspiradora.

— Ela sempre foi assim. — Eu sabia que respondera insatisfatoriamente à pergunta, mas era tudo que eu podia dizer em se tratando dela.

Ele balançou sua cabeça, não aceitando minha resposta.

— Você a conhece desde sempre, gatinha. Ela nunca teve um namorado?

Cocei minha cabeça, refletindo sobre a sua pergunta e elaborando minha resposta.

— Não realmente. Quero dizer, ela sempre se relacionou com rapazes, mas nunca teve realmente um namorado sério.

— Por que não? — ele perguntou, aparentemente determinado a chegar ao fundo do mistério.

— Não sei.

— Como pode você, entre todas as pessoas, não saber? Você é a melhor amiga dela. Vocês são como irmãs. Irmãs muito ligadas falam sobre esse tipo de bobagem o tempo todo.

Meu corpo ficou tomado de calor quando minhas defesas rapidamente se ergueram.

— Em primeiro lugar, acalme-se. Segundo, não sei de coisa nenhuma. Eu nunca realmente pensei sobre isso. Os rapazes sempre gostaram de Melissa, e ela transou com alguns deles, mas nunca me disse nada sobre gostar deles. Nunca questionei, simplesmente aceitei. É o jeito dela. Não sei por quê. Não sei quando isso mudará. E não sei por que diabos ela não cai de joelhos de amor por Dean. Talvez você deva perguntar a ela em vez de ficar aqui me submetendo a um interrogatório.

Comecei a sair do sofá, mas ele agarrou meu braço e me puxou de volta. Estendeu a mão para o meu rosto, virando-o, forçando-me a olhar para ele.

— Desculpe, gatinha. Eu não tinha intenção de ficar tão inflamado por isso. É que simplesmente não entendo. Meu irmão é um cara bacana. E sei que ele gosta dela. Simplesmente não faz sentido para mim que ela não corresponda.

Ele relaxou seu aperto em meu rosto, mas eu me recusei a me virar.

— Não posso responder a isso. — Dei de ombros, minha irritação diminuindo.

— Sinto muito. Não tive intenção de gritar. — Os lábios de Jack se retorceram num sorriso, fazendo suas covinhas aparecerem.

Sou tão louca por essas covinhas!

— Vamos voltar à *nossa* história — ele sugeriu. Com sua ênfase na palavra *nossa*, minha raiva sumiu rapidamente.

— Ok. Mas agora estou muito chateada para lembrar onde tínhamos parado — admiti.

Ele me envolveu com seus braços, e eu permiti que ele me puxasse para mais perto de si.

— Estávamos falando de vovó e vovô. Não fique com raiva de mim.

Meu fôlego retornou.

— Ótimo — relaxei, sentindo minha irritação sumir com a proximidade dele. Eu odiava o modo com que ele conseguia o que quisesse de mim. — Então, por quanto tempo você ficou lá com eles?

Ele inalou longamente antes de soltar um suspiro por cima de minha cabeça, fazendo mechas dos meus cabelos caírem diante dos meus olhos. Eu as afastei enquanto esperava por sua resposta.

— Um pouco mais do que eu pretendia. Meu plano era ficar lá por umas semanas antes de voltar para o Alabama para organizar minha mudança e finalizar a anulação. Eu, honestamente, achava que duas ou três semanas eram tempo suficiente. Que a piranha iria assiná-la, e eu estaria a caminho daqui antes do Natal.

— Fiz bem em não prender meu fôlego.

Ele bufou.

— Sim. Os últimos seis meses não passaram de um drama, gatinha. Não lamento por ter deixado você fora disso, mas por ter deixado que isso se prolongasse tanto.

Eu me afastei do calor de seu corpo e me enfiei nas almofadas frias, aprumando meus ombros em direção a ele.

— Por que isso levou tanto tempo? Como ela pôde rejeitar a anulação, afinal?

Meu celular tocou, despertando-me de um sono profundo e forçando meus olhos a se arregalarem. A ansiedade me percorreu quando o nome de Marc apareceu no visor.

"Ei, Marc", eu disse, minha voz grogue.

"Jack, temos um problema."

"Que tipo de problema?"

"Ela não vai assinar."

"Hein?! Quem não vai?" Eu parei abruptamente antes de continuar. "O que você quer dizer com ela não vai assinar? Você não disse que isso era negócio encerrado? Um acerto fácil?" Meu coração bateu com força contra minhas costelas.

"O advogado dela declara que suas afirmações são ridículas. Que nenhuma fraude foi cometida e que, portanto, a cliente dele não assinará sob aqueles termos."

"Está brincando comigo, porra? Sob quais termos ela vai assinar?" Lutei para manter minha fúria sob controle.

"Ela não vai assinar uma anulação. Mas talvez leve em consideração assinar papéis de divórcio, embora prefira resolver as coisas."

"Resolver as coisas? Você está brincando, cara?"

"Quem dera."

"Você tem que dar um jeito nisso, Marc. Ela fingiu uma gravidez para me forçar a casar com ela. Como isso não é uma fraude?" Joguei a revista que estava ao meu lado contra a parede e fiquei olhando-a cair no chão.

"E é. Mas o ônus da prova está conosco."

"Então, vamos provar", insisti.

"Vamos ter tempos difíceis fazendo isso, pois ela já tem um monte de documentação apoiando suas alegações", ele suspirou.

"Que tipo de documentação?"

"Bem, relatórios médicos, para começar."

Maldição.

Eu tinha me esquecido de que Chrystle tinha prescrições de médicos, anotações e papelada.

"Não podemos processar o médico por imperícia ou algo assim?"

"Teríamos que provar que ele mentiu também, o que seria extremamente difícil, dadas as circunstâncias."

Quando as pessoas alegam que a raiva tem a capacidade de disparar dentro delas com tanta força que elas veem tudo vermelho... bem, é verdade. Eu vi tudo vermelho. Literalmente.

"Isso é uma desgraça. O que posso fazer?"

"Nada, Jack. Neste exato momento quero que você fique onde está e me deixe lidar com isso", ele disse, com um tom calmo e profissional.

Agarrei a beira do colchão, meus dedos se cravando nela.

"Todas as minhas coisas ainda estão no Alabama."

"Não pise nesse estado até que eu lhe diga. Você está me ouvindo?"

Eu me crispei quando ele me disse o que fazer.

"Veremos."

"Jack, é minha função cuidar de você. Pelo menos uma vez, deixe-me fazer isso." Sua voz soou tensa, e eu suspirei.

"Está bem."

"Ligarei em breve."

Apertei o botão de Finalizar em meu celular e joguei-o contra a parede. Por que diabos esta garota estava tão implacavelmente determinada a arruinar minha vida? Eu não posso seguir em frente com a minha vida se não puder deixar este erro no passado. Por que ela não podia agir como um ser humano decente e assinar os malditos papéis?

Alguém bateu seca e rapidamente na porta do meu quarto.

"Posso entrar?"

"Sim."

Dean entrou e deu uma olhada para o celular no chão antes de fechar a porta atrás de si. "O que está acontecendo? Ouvi você gritar."

Olhei diretamente nos olhos dele. "Você estava certo. Ela não vai assinar os papéis."

Ele se moveu em direção à minha cama, sentando-se na outra ponta. "Que merda, Jack. Sinto muito. Então, o que isso significa?"

Fechei meus olhos, massageando o dorso do meu nariz para aliviar a tensão.
"Eu não sei. Marc está trabalhando nisso."
"Você quer sair, fazer alguma coisa? Sair de casa um pouquinho?"
"Quero ficar sozinho agora."
Dean se levantou de minha cama sem mais uma palavra e saiu do meu quarto. Agarrei o caderno de anotações que estava no criado-mudo e o abri numa página em branco. Essa coisa de escrever cartas se tornara um hábito rapidamente! Ela me ajudava a pôr meus pensamentos no lugar, quando tudo que eu queria era apanhar o telefone e ligar para Cassie.

— Oh, meu Deus. Aquela piranha! Ela arrumou um jeito de o médico lhe dar um certificado de gravidez falsificado? — Meus olhos se arregalaram quando o choque e a raiva penetraram em meus ossos.

— Sim — foi tudo o que ele conseguiu responder.

— Não me admira que você tenha acreditado nela — eu disse a mim mesma, balançando minha cabeça.

— O que você quer dizer? — Seu corpo ficou tenso e seu queixo se endureceu.

— Bem, eu nunca entendi realmente por que você acreditou que ela estava grávida, em primeiro lugar. Sem checar ou ter certeza — tentei explicar.

Jack estalou quando a tensão visivelmente emanou de seu corpo e se dirigiu para o meu.

— Você pensou que eu fui aceitando estupidamente a palavra dela? Que me casei com ela sem nenhuma prova? Por que você simplesmente não me perguntou?

Seu tom amargo me chocou, fazendo crescer minhas defesas.

— Eu não sei. Talvez porque eu estivesse centrada demais em minha própria mágoa para perguntar quando tive chance. E não parece que estivéssemos realmente nos falando naquela época.

Ele estendeu uma das mãos para me tocar, pousando-a na minha perna. Esse simples movimento despedaçou minhas defesas e eu quis retirar tudo de que acabara de acusá-lo.

— Sinto muito, Jack. Mas...

— Não se preocupe. Sinto muito. — Sua mão se ergueu num gesto derrotado no espaço entre nós. — Você não estava lá. Você não sabia o que estava acontecendo. Acho que a coisa parecia nebulosa como o inferno visto pelo lado de fora.

Fiquei totalmente estremecida. Eu nunca iria querer ficar novamente "do lado de fora" de qualquer coisa em se tratando de Jack Carter.

— Mas eu não devia ter suposto.

— Você não sabia.

— Então, ela teve consultas com o médico e todo esse tipo de coisa? — Minha mente ainda corria em disparada para tomar conhecimento da intriga e das mentiras elaboradas. Como uma garota podia ser tão maldosa?

— Anotações, papelada, vitaminas, livros de bebê, gráficos, agendas. Ela tinha tudo. — Ele suspirou, e eu tomei sua mão nas minhas, nossos dedos se entrelaçando enquanto eu me encostava de novo nele.

— Posso lhe perguntar mais uma coisa? — minha voz soou abafada contra seu peito.

Ele beijou minha cabeça.

— Qualquer coisa.

— Você alguma vez pensou que o bebê poderia não ser seu? Quero dizer, entendo que você pensou que ela estava grávida, mas você não pensou alguma vez que era de outra pessoa?

— Ela foi uma mentirosa muito convincente. Concordou sem reservas em fazer um teste de DNA depois que o bebê nascesse. Eu francamente pensei que, se ela estivesse mentindo, ficaria nervosa ou, no mínimo, discutiria comigo sobre a coisa toda, mas foi ela quem propôs.

E então ele me levou de volta para onde seu mundo começara a desmoronar. Quando ele morava no Alabama e jogava no time Triplo A para os Diamondbacks. Na noite depois que ele jogou sua partida perfeita, quando Chrystle se aproximou do bar onde ele estava comemorando com seus colegas de equipe e ele finalmente parou de resistir a ela. Ele cedeu aos avanços dela naquela noite, e minha vida como eu a conhecia nunca mais seria a mesma. Estremeci quando me lembrei do modo como meu mundo começou a girar em torno de mim e meu coração se sentiu como que se despedaçando dentro do meu peito quando Jack ligou naquela tarde para contar a notícia. Ele não apenas me enganara, como também a garota com quem ele havia dormido estava grávida.

Ignorei a batida na porta do meu apartamento, supondo que um dos meus colegas de quarto responderia, e continuei a dobrar minhas roupas. Quando ouvi o som da voz de Chrystle passar ecoando pela entrada e penetrando em meu quarto, meu corpo todo ficou rijo. Então, tivéramos só uma noite de transa, e eu a pusera para fora quando recobrei o juízo. O que ela estava fazendo ali?

Ela deu uma batida na porta do meu quarto antes de entrar e fechá-la atrás de si.

"O que você está fazendo? Saia do meu quarto", eu disse rispidamente, me recusando a aceitá-la à luz do dia.

"Preciso falar com você", sua voz estava trêmula quando ela falou.

Bufei pelo nariz, visivelmente impaciente.

"O que é?"

"Estou grávida", ela sussurrou, lágrimas escorrendo pelo seu rosto.

"E daí? Isso lá é problema meu?", perguntei antes que o entendimento me socasse direto o estômago.

"Sim. Porque o filho é seu" ela disse, antes de sentar-se em minha cama.

Prendi o fôlego, recusando-me a acreditar nela.

"Bobagem", retruquei.

"Bobagem nada, Jack! Não fiquei com mais ninguém desde que estivemos juntos. Pergunte a alguém se me viu por aqui. Ou se transou comigo. Não transei com ninguém."

"Perguntarei. Perguntarei bem depressa." Saí com violência do quarto e entrei na sala de estar, onde três de meus colegas de equipe estavam almoçando e vendo televisão. Quando lhes perguntei se Chrystle havia ficado com algum deles, todos balançaram as cabeças e jogaram as mãos para o ar em negação. Perguntei se a tinham visto com alguém ultimamente, e, mais uma vez, responderam que não. E então me informaram que, pensando bem, não a tinham visto por ali nas últimas semanas.

Merda.

Minhas pernas tremiam quando entrei de novo em meu quarto. Meu mundo girava em torno de mim enquanto eu desejava que meu estômago parasse de se contorcer. Eu não queria isso. Não com ela. Não agora. Nunca.

"É seu, Jack. Sinto muito, eu sinto muito mesmo. Nunca quis que isso acontecesse." Ela enterrou a cabeça em suas mãos, seu corpo estremecendo a cada soluço.

Eu não tinha vontade alguma de consolá-la, de modo que terminei de dobrar minhas roupas.

"O que você vai fazer?", perguntei, num tom frio.

"O que você quer dizer?" Ela ergueu os olhos para mim, seu rosto vermelho e úmido.

"Quero dizer, você está planejando ter o bebê?"

Vi quando seu queixo caiu. "Claro que você perguntaria isso."

"Nós nem sequer nos conhecemos. Por que diabos você iria querer tê-lo?" Meu gênio ruim se inflamou, numa tentativa vã de abafar o fato de que eu estava terrivelmente assustado.

"Porque é um bebê, Jack, é uma vida, e eu vou amá-lo mesmo que você não o queira!"

"Preciso que você vá embora."

Isso não pode estar acontecendo. Por favor, não me diga que isso esteja acontecendo.

Ela se levantou, enxugando os olhos com a mão antes de dizer: "Tem que ser homem para encarar isso".

O calor tomou conta do meu corpo quando dei um passo em direção a ela, meus punhos se apertando de raiva. "É claro que serei homem para encarar isso. Vou levá-la à clínica. Pagarei por isso. E depois a levarei para casa. O que você me diz?"

"Eu digo que você é um cuzão." Ela tentou me empurrar de lado, mas eu me recusei a arredar pé.

"Sou um cuzão. Um cuzão que não quer ter um bebê com uma completa desconhecida."

"Bem, é um pouco tarde para isso, não acha?"

Meu quarto girou em torno de mim como se a vida que existia há cinco minutos tivesse desaparecido de vista. O terror me consumia. "Não faça isso, Chrystle. Por favor, não faça isso. Não arruíne nossas vidas por causa de um erro de bebedeira."

Eu vi quando ela estremeceu, jogando sua cabeça para trás com repulsa. "Eu não vou arruinar nada."

"Você vai arruinar tudo." Minha voz um pouco mais alta que um sussurro quando pensamentos sobre Cassie dominaram minha mente. Cassie era minha garota, meu mundo, e eu sabia que ela nunca mais confiaria em mim. Não havia modo algum de ela me perdoar por isso. Eu nunca me perdoaria. Eu não a merecia, e ela merecia um monte de coisas melhores que um trapalhão como eu. Eu não podia acreditar que havia jogado para longe a melhor coisa que me acontecera em troca de uma gostosona. Eu nunca devia ter ficado bêbado daquele jeito. Não era uma desculpa, mas estava vulnerável e eu cedera. E eu me odiava terrivelmente por isso.

"Lamento que você veja as coisas assim. Felizmente, você mudará de ideia. Talvez depois que o choque passar. Manterei contato, Jack", ela disse, ao sair.

Merda.

Se Chrystle prosseguisse com a gravidez, eu teria que viver ali no Alabama. Ou pelo menos ter um lugar aqui se quisesse ver meu próprio filho. Eu poderia me despedir da Califórnia de uma vez por todas. Teria que passar toda a temporada de folga aqui. Meu corpo afundou no tapete, minhas costas se firmaram junto à cama, enquanto meu mundo desmoronava em torno de mim. Eu não seria como o meu pai. Eu não deixaria meu filho do mesmo modo como ele deixara a mim e Dean. Eu experimentara como um pai que vai embora por vontade própria pode realmente ferrar uma pessoa. Sou o exemplo disso. Eu não faria isso para minha própria carne e osso. Eu não seguiria os passos do meu pai, deixando ruínas pessoais em seus rastros. Eu seria melhor do que ele fora.

Não podia acreditar que isso estava acontecendo. Desejei, com mais força do que havia desejado alguma coisa, que tudo aquilo fosse um pesadelo. Que eu despertasse a qualquer segundo e meu corpo ficasse inundado de alívio por tudo não ter passado de um sonho. Mas, não importa o que eu fizesse, eu não conseguia impedir que a coisa fosse real.

— Esta história fede. — Suspirei profundamente antes de franzir a testa.

— Eu lhe disse que não era feliz — ele falou, sua mão percorrendo minhas costas, dando-me arrepios.

— Estamos já quase na última noite? — Eu ergui meus olhos para ele, minha expressão esperançosa.

— Não muito.

— Acho que preciso de outra pausa.

— O que você tem em mente? — Ele piscou sugestivamente.

Meus lábios formaram um rosnado fingido e eu apertei meus olhos para ele.

— Jack, puxa vida. Nós *acabamos* de fazer isso.

Reviver nossa época de separação francamente era muita coisa para suportar. Eu ansiava por todas essas informações, mas dizer que elas não me causavam perda de fôlego a cada minuto seria uma mentira. Elas também me assustavam. Se uma garota de uma cidade pequena podia ser tão maldosa, do que seriam capazes as mulheres de cidades grandes?

— Você não quer sair de casa um pouquinho? Talvez comer uma fatia? — Usei meu recém-adquirido dialeto nova-iorquino para um pedaço de pizza.

— Acho que comeria, sim — ele respondeu com um largo sorriso, e eu me inclinei para beijar cada uma das covinhas.

Eu me afastei lentamente, a cor viva de chocolate de seus olhos me hipnotizando, quando um pensamento me ocorreu.

— Espere. Onde você vai ficar? Você tem um apartamento ou um hotel em vista?

O nervosismo me percorreu enquanto esperava por sua resposta. Sabia que devia ter sido mais reservada ou cautelosa, mas a verdade era que eu queria que ele ficasse comigo e nunca mais partisse.

— Não programei nada ainda. Vim direto para cá.

Ainda. Ele planejava morar em algum outro lugar, e eu era apenas a primeira parada.

— Ah. Bem, você quer fazer isso primeiro? — Tentei disfarçar meu desapontamento, mas meu tom me traiu.

Seu polegar roçou em torno de minha boca antes de pousar sob meu queixo.

— Não exatamente. Qualquer coisa que envolva deixar você eu prefiro adiar.

O alívio me inundou. Meus lábios se fecharam num sorriso apertado enquanto eu fechava os olhos.

— Então, não vá embora — sussurrei.

— Não quero deixar você nunca mais — ele admitiu, enquanto o calor de seus lábios roçava os meus.

— Você podia morar aqui. — As palavras saíram antes que eu pensasse conscientemente nelas.

O rosto de Jack relaxou, uma calma poderosa se espalhando por ele.

— É mesmo? Você quer que moremos juntos?

Sua inflexão questionadora contradizia a expressão feliz sobre seu rosto, fazendo com que eu silenciosamente me amaldiçoasse por ser tão vulnerável.

— Foi só uma oferta. Não fique tão convencido por isso.

Ele sufocou uma risada.

— Nada me faria mais feliz, gatinha, do que saber que meu lar é onde você está.

Meu coração pulou e martelou com tanta força em meu peito que fiquei surpresa por não tropeçar.

— É mesmo?

— É, sim. — Seu sorriso se ampliou. — Eu não ia embora, de todo modo.

— Ah, é?

— Não atravessei o país inteiro para viver sozinho. Eu me mudei para cá para morar com você. E isso é o que eu vou fazer. Ficar. Com. Você. — Ele encarou meus olhos com convicção.

Tremi interiormente de desejo, o calor se espalhando entre minhas coxas devido ao seu ar confiante.

— E se eu lhe dissesse não? — provoquei.

Ele encostou sua testa à minha, seus olhos me perfurando diretamente.

— Mas você não disse. Você me quer aqui tanto quanto eu quero ficar aqui, e eu sei disso. Eu não vou embora e você não vai me deixar ir.

— Você é tão malditamente arrogante.

— É realmente arrogância quando se está certo? — Seu lábio se curvou para um lado antes de ele esmagar sua boca contra a minha. Ele enfiou sua língua provocadoramente sobre meu lábio inferior antes de se afastar.

Depois de toda a mágoa que ele me causara, nada podia se comparar ao modo com que eu me sentia na presença de Jack. As rachaduras e lascas em meu coração se recompunham sempre que ele estava por perto. Minha alma fingia que o sofrimento passado não importava, já que se recuperava e se reerguia outra vez. Eu havia sido despedaçada e destruída, mas meu corpo insistia em remendar-se para ele.

Para Jack.

Porque estar com ele, não importa quão ilógico isso parecesse, levando em conta que ele era responsável por minha ruína interior, me completava. Nós fazíamos sentido juntos. Melissa não podia estar mais certa do que quando nos descreveu como "a perfeita mistura". Eu percebia que sua descrição continha agora mais verdade do que jamais tivera.

— Pizza? — sugeri de novo, ansiando por uma mudança de lugar.

— Você pelo menos irá vestir algumas roupas?

Revirei meus olhos, sabendo que isso iria deixá-lo fulo da vida.

— Você primeiro.

Melhores amigos

JACK

Tomei a mão de Cassie na minha, entrelaçando nossos dedos enquanto caminhávamos para fora. Dei uma olhada na cidade ao redor, notando os edifícios e como eram diferentes de tudo lá no sul da Califórnia. Nova York parecia tão velha como era, mas era fria para caramba. Mesmo com o ar congelante, a cidade zumbia com uma energia que eu nunca experimentara. Nova York tinha atitude. Eu já gostava dali.

— Aí está — Cassie disse com um sorriso, apontando em direção a um pequeno toldo verde lá na frente.

Essa foi rápida.

— Legal. — Parecia pequena à beça. Eu me apressei a tomar a frente de Cass, abrindo a porta com um empurrão e conduzindo-a para dentro, minha mão firmemente plantada em seu bumbum.

O cheiro de pão fresco, queijo e molhos dominou meus sentidos. Meu estômago grunhiu quando examinei meticulosamente o menu na parede, o homem idoso atrás do balcão me analisando. Eu havia me acostumado a ser fitado, mas convenci a mim mesmo de que este cara não podia provavelmente já saber quem eu era. Claro, a negociação fora noticiada nos jornais e on-line, mas eu não havia começado a jogar com o time ainda.

— O que você vai querer, querida? — perguntei à minha garota, hipnotizado pelos longos cabelos louros que se derramavam sobre suas costas.

Ela é tão gostosamente sexy. Eu só quero prender esse cabelo num nó na cabeceira da minha cama.

— Vou querer um par de fatias.

— Vamos só pegar uma pizza inteira e levar o resto para comer depois em casa?

Ela fez que sim com entusiasmo.

— Ótima ideia! Você é tão esperto — ela disse, antes de ficar na ponta dos pés para me dar um beijo no rosto.

— Esperto e esfomeado. Você não tem comida nenhuma em casa. Você me matará, mulher.

— Eu sei quem você é! — A expressão do homem ficou cheia de alegria quando ele agitou um dedo gordo no ar. — Você é nosso novo arremessador! Jack... — ele fez uma pausa, entortando seus olhos — ... Carter, certo?

Cassie ficou boquiaberta, olhando chocada de mim para o homem atrás do balcão.

— Sim, senhor — respondi com um rápido assentimento de cabeça. Sua mão se esticou através do balcão de aço frio para a minha antes de estendê-la em direção à Cass.

— Sou Sal, doçura — ele sorriu largamente, acolhendo-a.

Veja só, gatinha, até os velhos acham você sexy.

— Sou Cassie. Prazer em conhecê-lo. Como você soube quem ele era? — Cassie perguntou, sua voz ligeiramente tensa.

Ele soltou a mão dela.

— Sou um grande fã do Mets. Leio tudo o que sai sobre o time. Nós todos estamos realmente empolgados por tê-lo aqui. Bem-vindo a Nova York!

Sua voz ressoou com tão sincero entusiasmo que impregnou minha pele, indo diretamente aos meus ossos.

— Obrigado. Estou *realmente* feliz por estar aqui. — Olhei diretamente para Cassie, ao dizer as últimas palavras.

— Como é que você não está com o time em Chicago? — Seus olhos cinzentos se fixaram em mim com estranhamento.

— Eles me fizeram um favor e não me puseram em rotatividade até a noite de segunda-feira. Eu voei diretamente para cá para me estabelecer.

— Isso é maravilhoso. Vocês dois estão morando no Lower East?

Meus olhos se encontraram com os de Cassie rapidamente antes que eu respondesse.

— Estamos, por enquanto.

— Bem, eu sou Sal. O que vocês quiserem, está às ordens na casa.

— Oh, Sal, você não tem que fazer isso. Mesmo assim, muito obrigada — Cassie respondeu docemente antes que eu pudesse responder.

Essa era uma das coisas que acontecem com quem é bem conhecido, ou famoso, ou seja lá como se queira chamar essa coisa que nunca fez sentido para mim. As pessoas gostam de lhe dar coisas quando você pode adquiri-las. A ironia de se dar coisas para pessoas cheias de dinheiro não me saía da cabeça.

— É um prazer conhecê-lo, Sal. E, realmente, estamos mais do que felizes por prestigiar o seu negócio, assim como suponho que você prestigia o meu. — Sorri maliciosamente, notando as flâmulas e os cartazes emoldurados do Mets pendendo das paredes.

— Então, em que posso servi-los?

Cassie deu uma olhada para mim.

— Quero uma só de pepperoni.

— Pode nos dar duas grandes de pepperoni?

— Claro que sim, Jack. Sal se virou para a cozinha por trás dele e gritou:

— Duas tortas grandes de pimentão.

Tortas?

Como que lendo minha mente, Cassie se inclinou para mim e sussurrou:

— Chamam de *tortas* aqui. E se você quer um pedaço de pizza, chamam de fatia.

Eu sorri, grato por minha primeira lição de gíria nova-iorquina. Beijei a testa de Cassie, travando contato visual com o minúsculo restaurante. Duas pequenas mesas se juntavam desordenadamente com duas velhas cadeiras verdes junto à janela de tamanho desproporcional.

— Quer sentar-se?

Ela fez que sim, escolhendo uma mesa e depois se sentando. Quase me belisquei para me assegurar de que isso estava realmente acontecendo. Ter Cass de volta à minha vida me renovava. Eu me sentia como um homem novo, poderoso... como se eu pudesse fazer tudo simplesmente porque esta garota estava comigo.

Coloquei minha mão sobre a mesa antes que Cass estendesse a sua, pousada em cima da minha. Seus dedos percorreram minha pele, e eu fiquei imediatamente excitado.

Controle-se.

— Ainda estou impressionada que ela tenha rejeitado a anulação. E tenha toda aquela papelada e as coisas. Isso é muita loucura para mim — ela disse, balançando a cabeça.

— É insano, isso sim.

— E vingativo. E maldoso. E horrível.

Soltei um rápido suspiro.

— Sim. É tudo isso.

— Então, quando você foi finalmente para o Alabama?

Eu me afastei de seus braços, inclinando-me para trás e prendendo minhas mãos por trás da cabeça enquanto fitava seus olhos verdes.

— Eu só fiquei lá à toa, esperando. Um mês inteiro se passou e ela ainda não havia assinado os papéis. Senti como se não tivesse controle sobre minha própria vida, e fui ficando cada vez mais furioso.

"Ei, Dean. Pergunta: quanto tempo dura sua folga de inverno?", perguntei ao meu irmãozinho depois do jantar.

"Bem, voltamos tipo no final de janeiro, por quê? O que é que há?" Ele empinou a cabeça e continuou a mastigar a comida.

"Quer voar para o Alabama e me ajudar a mudar minhas tralhas para cá?" Ergui o queixo para ele.

"Jack! Olha a língua!" Vovó bateu em meu braço.

"Desculpe, vovó." Apertei meus lábios enquanto vovô ria de meu desconforto.

"Não o estimule." Vovó lançou um olhar maligno na direção de vovô, e ele rapidamente sufocou mais uma gargalhada.

"Claro que irei", Dean disse, ignorando todo o resto. *"Quando?"*

"Depois do Natal, nós voltaremos. Quero sair daquele estado o mais breve possível!", eu disse, minha voz cheia de tristeza.

Vovó estendeu a mão e apertou meu braço: "Ela já assinou os papéis, querido?".

Desviei os olhos e balancei a cabeça: "Ela ainda está recusando. Diz que não posso provar que houve fraude".

"Mas ela forjou a gravidez! Ela enganou você." A voz de vovó se elevou enquanto seu rosto ficou vermelho de indignação.

"Eu sei, mas ela tem registros que comprovam que estava grávida." Suspirei, enfiando um garfo cheio da deliciosa comida de vovó em minha boca.

"Como ela pôde se atrever a fazer isso?" Vovô ergueu os olhos de seu prato, olhos carregados de preocupação, e a culpa me percorreu à ideia de causar quaisquer desgostos a ele e vovó.

Engoli em seco antes de responder. "Não faço ideia. Quem sabe o médico fosse um velho amigo da família? Sua família vem de gerações antigas naquela cidade e eles são muito respeitados."

Vovô soltou um grunhido de repulsa: "Eles não sabem sequer o significado da palavra!".

"Espera lá", Dean limpou a boca com um guardanapo antes de colocá-lo de volta em seu colo. "Você está dizendo que não há nada que você possa fazer para combater isso?"

"Estou apenas dizendo que o ônus da prova fica comigo. E como vou provar tudo isso?"

"Essa mulher é uma pira...", Dean parou de repente quando vovó sacudiu a cabeça, olhando ferozmente para ele, "... garota degenerada. Eu ia dizer, essa é uma garota degenerada mesmo."

Percebi que meus dentes estavam cerrados. "Nem me fale!"

"Estou preocupada, Jack. Isso está durando muito. Quanto mais durar, mais você terá a perder", vovó acrescentou.

Eu sabia qual era sua preocupação subjacente. Vovô estava preocupada comigo e com Cassie. Reconheço que também estava preocupado, mas que o diabo me carregasse se eu deixaria aquela piranha vencer. "Darei um jeito, vovó. Não se preocupe. Ela assinará os papéis."

"Não faça nenhuma besteira agora", ela advertiu.

— Jack, suas tortas ficarão prontas num minuto — a voz rouca de Sal ecoou por todo o restaurante, libertando-me de minhas lembranças.

— Que bom, Sal. Obrigado.

— O que Marc disse sobre ir ao Alabama?

— Eu não contei a ele.

Ela riu, passando seus dedos pelos cabelos, e eu quis estender a mão e tocar todas as maravilhosas partes dela.

— Claro que você não contou.

— Bem, convenhamos! Ele teria me *alertado* para não ir. Eu ainda estava pagando um aluguel por uma casa onde não estava morando. Eu precisava pegar minhas coisas antes que o treino da primavera começasse em fevereiro, o que faltava pouco mais de um mês.

— Você estava ficando louco? — Sua testa franziu de preocupação, e eu quis tanto aquelas marcas dali, mas, ao lembrar as regras severas de relacionamento, eu me recusei a mentir.

Regra número um: Não minta.

Fechei os olhos e respirei fundo, antes de abri-los novamente.

— Estava decididamente louco da vida. Veja você, gatinha, além de toda a merda que acontecia... com minhas coisas ainda no Alabama... Chrystle não assinando a anulação... era tudo sempre por você. Tudo que me preocupava era voltar para você. E lamento que o tempo tenha escapado de mim tão depressa, mas...

— Não faça isso com você mesmo — ela interrompeu. — Entendo melhor agora.

Enfiei minha mão no cabelo, puxando as mechas, como eu costumava fazer com ela.

— Sei que deveria ter ligado para você. Mas, enquanto tudo acontecia, tentava tanto dar um jeito em tudo que fiquei obcecado em colocar em ordem cada detalhe antes de vir para cá. Sem exceção.

— Mas você está aqui agora. E isso é tudo o que importa. — Seus olhos maravilhosos cintilavam, e eu sabia que perderia a pose aqui em frente a Sal se ela chorasse. Suas lágrimas poderiam me desarranjar completamente.

— Já está saindo! — Sal gritou para nós, e eu tossi para repelir minhas lágrimas.

Dei uma olhada para Cass, que concordou.

— Certo, Sal. Obrigado — respondi.

Empurrei minha cadeira para trás e caminhei em direção ao pequeno balcão.

— Você tem carro, Jack? — Sal inclinou sua cabeça em minha direção, seus olhos apertados.

Inicialmente confundido por sua estranha pergunta, eu inclinei para trás e pensei por um momento:

— Não — eu disse, me perguntando vacilantemente por que um desconhecido estava me perguntando se eu tinha um carro.

— Pergunto só porque meu priminho Matteo é motorista. Você não quer pegar o trem todo dia para o estádio, e se cansar de tentar pegar um táxi, não é mesmo? Anotarei o número dele e você poderá pedir um carro sempre que precisar. Ele tomará conta de você. — Sal rabiscou o nome e o número de Matteo no verso de um cartão de visitas antes de me dar.

O alívio tomou conta de mim. Sal não era nenhum perseguidor sinistro; era apenas um bom sujeito.

— Obrigado. Eu não tinha nem pensado nisso — eu disse com um sorriso, enfiando o cartão no bolso de trás e fazendo uma anotação mental para ligar para o número mais tarde.

— Não tem de quê. Apenas me prometa que voltará aqui e me visitará de vez em quando, certo? — Ele estendeu as duas grandes caixas em minha direção.

— Com certeza. — Estendi minha mão e ele a pegou com firmeza.

— Logo nos veremos. Obrigada. — Cassie sorriu antes de abrir a porta para mim e nossas grandes pizzas.

Viu? Eu entendo as coisas rapidamente.

Caminhamos de volta para o nosso apartamento quando Cassie começou a rir:

— Eu não consigo acreditar que ele sabia quem você era.

— Você viu?

— Foi um negócio meio doido, não foi?

— Sim!

Dei de ombros enquanto equilibrava as pizzas.

— Sempre ouvi falar que os nova-iorquinos são intensos.

Cassie parou um pouquinho, com as sobrancelhas erguidas.

— Ah, você não tem ideia...

Seu tom me fez sorrir.

— Acho que vou aprender bem depressa.

— Melhor você apenas vencer seus jogos, senhor — ela advertiu, seu tom soando meio zombeteiro, meio nervoso.

Entramos no edifício onde as portas do elevador esperavam abertas. Cassie apertou o botão e, quando as portas se fecharam, eu me flagrei querendo deixar as caixas caírem e prendê-la contra a parede do elevador. Minhas calças enrijeceram e meus pensamentos tinham vida própria. Em minha mente, eu havia me inclinado e pousado meus lábios sobre seu pescoço, lambendo e mordiscando na subida em direção ao seu queixo, enquanto gemidos escapavam de seus lábios. Pensei em pressionar minha boca sobre a sua, silenciando seus gritinhos doces enquanto nossas línguas brincavam de esconde-esconde. Ela tossiu, e eu olhei para vê-la segurando o elevador aberto.

— Você e o elevador precisam de algum tempo sozinhos? — ela perguntou, seus olhos pousando no volume em minhas calças.

— Eu estava só pensando em todas as coisas que eu gostaria de fazer com você aqui. — Pisquei e mordi meu lábio inferior, esperando uma reação da parte dela.

Ela empinou a cabeça de lado, franzindo seus lábios naquele jeitinho lindo que sempre me deixa ligado.

— Ah, é mesmo? Elevadores são imundos. Você é vulgar. — Ela virou suas costas para mim e balançou suas chaves em direção à porta enquanto eu soltava uma ligeira risada.

Uma vez no apartamento, coloquei as caixas de pizzas quentes como o inferno sobre a mesa da cozinha e afastei o calor de minhas mãos:

— Assim que você se sentar, eu vou lhe contar as melhores partes — gritei para ela.

— Ooooh, é mesmo? — Ela olhou de volta para mim da porta do banheiro com um sorriso. — Deixe-me só lavar as mãos.

Depois de uma rápida procura, tirei dois pratos do armário e coloquei-os no balcão antes de servir dois copos de água.

Nota para mim mesmo: pegue uma cerveja.

Cassie entrou na cozinha, seu rosto todo sorrisos.

— Estou preparada — ela disse, pegando dois copos de água ao praticamente deslizar para a mesa da cozinha.

"Com quem você está conversando?" Dean estava sentado no sofá, e eu dei um soco em seu braço ao passar.

"Melissa", ele respondeu, erguendo as sobrancelhas ao ouvir seu nome. "Meli, espere um segundo." Dean cobriu seu celular com uma mão e baixou-o em direção à sua coxa. "Ela quer ir conosco." Eu olhei-o analiticamente, meu rosto claramente confuso. "Ao Alabama", ele acrescentou.

"Por quê?", perguntei, não entendendo por que razão ela iria querer fazer essa viagem.

"Ela disse que está entediada em casa sem Cassie. E ela quer ajudar. Pessoalmente, acho que ela apenas sente falta de mim." Ele riu.

Pensei por um segundo antes de perceber que a ideia de Melissa ir conosco não me irritava. "Ela pode ir."

"É mesmo?", Dean rompeu num grande sorriso.

"Sim, eu não ligo", eu disse rapidamente. Seria divertido com ela lá. E ela provavelmente seria de grande ajuda. Era uma garota, afinal de contas, e garotas gostam de organizar, limpar e tomar conta da merda toda. Certo?

— Ela não foi com vocês para o Alabama — Cassie disse, seu queixo caindo completamente.

— Ela foi, sim. Ela até se encontrou com Chrystle — eu lhe disse com um sorriso antes de enfiar uma fatia de pizza em minha boca.

— O quê? — Seus ombros caíram. — Ela não me contou nada!

Estendi minha mão para ela do outro lado da mesa, afagando seu queixo.

— Pedi a ela que não contasse. Eu a fiz prometer que não contaria nada a você até que eu viesse procurá-la.

— Mas ela é *minha* melhor amiga — ela gemeu. — E ela sabia o quanto eu estava magoada. Se ela apenas tivesse dito o que estava acontecendo, eu não teria tido que passar por tudo aquilo. A espera, o não saber...

— Creia em mim, Cass, ela brigou muito comigo por causa disso. Ela queria lhe contar todo dia, e todo dia eu tinha que fazê-la prometer que não contaria. Eu ameacei deixá-la desinformada das coisas e ela disse que, se eu o fizesse, ela ligaria naquele segundo e lhe contaria tudo. — Dei um meio sorriso para ocultar meu desconforto. — Então, basicamente, fizemos um acordo. Enquanto eu a mantivesse informada, ela manteria o bico calado. — Não pareceu errado no momento em que pedi à Melissa para esconder tudo isso de Cassie mas, sentado ali agora, falando em alto e bom som, o fato de eu ter sido um completo idiota tomou conta de mim.

Cassie fez um barulho de irritação e um biquinho, cruzando seus braços sobre o peito. Meus olhos seguiram seus braços, mas pararam abruptamente sobre seu peito. Só uma olhada e minha macheza começou a despertar. Eu me forcei a desviar os olhos e pensar em qualquer outra coisa que não a mulher que eu amava sentada à minha frente, os seus seios arfando a cada suspiro de desgosto.

— Sinto muito. Eu simplesmente não podia deixá-la contar a você o que estava acontecendo até que estivesse acabado. Eu já tinha lhe pedido para entender muita coisa. Eu me recusei a pedir que você entendesse aquilo também.

— Mas eu teria. Eu teria entendido. — Ela descruzou os braços antes de prosseguir: — Ou pelo menos teria tentado entender.

Ela está certa. Ela está mesmo certa. Mas é tarde demais. Eu não posso mudar o passado. O que está feito está feito.

— Eu sei disso, mas não parecia justo. — Estendi a mão e afaguei seu rosto com meu polegar. — Eu estava tentando ser respeitável. E senti que vir até você enquanto ainda estivesse carregando Chrystle na bagagem não era uma coisa honrada a fazer.

— Você e suas ideias do que é o certo a fazer! Você é um desastre para fazer a coisa certa.

— Ouço isso muitas vezes.

"Nossa, Jack, esta casa é realmente linda", Melissa disse, passando sua mão por cima do balcão de granito na cozinha de minha casa alugada.

Concordei. "O aluguel é realmente barato aqui." Fiz uma pausa, antes de acrescentar: "E eu pensei que ficaria por algum tempo".

"Bem, graças a Deus que não vai! Podemos sair hoje à noite? Por favor? Para algum lugar divertido?", ela pediu, fazendo um biquinho.

Eu ri maliciosamente de sua sugestão antes de dar uma olhada para Dean. "É claro." Eu baixei os ombros, tomando um gole de minha garrafa de cerveja morna. Havia apenas dois bares na pequena cidade do Alabama, e, depois daquela noite infernal em que eu conhecera Chrystle, eu jurara que nunca mais pisaria naquele bar em particular. Portanto, isso só nos deixava uma opção e eu não tinha ideia de como ela era.

"Sim!", Melissa praticamente gritou antes de desaparecer no segundo andar, indo para o banheiro de hóspedes. "Eu vou tomar banho primeiro!"

Eu olhei clinicamente para o meu irmão. "O que há de novo entre vocês dois?"

"Ela gosta de me beijar." Dean sorriu como um idiota perdido de amor. "Gosta muito."

"Você está no colegial? Que merda isso significa?"

O rosto de Dean se abateu e eu senti uma verdadeira compaixão por ele. Meu irmão era totalmente o meu oposto. Ele ficava preso às garotas de boa vontade. Enquanto eu cortava toda ligação possível que me prendesse a alguém... isto é, até Cassie surgir — ele estreitava nós triplos com as pessoas de quem gostava. Quando Dean se apaixonava por uma garota, ele se apaixonava fortemente. Eu meio que me perguntava se ele não fazia isso só para me sacanear. Só para provar o quanto era diferente de mim.

"Significa somente que toda vez que ela me deixar beijá-la, eu vou fazê-lo. Eu gosto dela. Só não acho que ela realmente goste de mim."

Dei um soco no seu braço. "Beije-a melhor então, seu cretino."

"Eu a beijo bem, e você que se foda."

"Claro que não", provoquei. Sentindo suas defesas se armarem, eu recuei. Eu adorava atormentar o meu irmãozinho, mas eu não gostava de magoá-lo.

"Quer que eu fale com ela por você?", sugeri, pensando em qual seria o negócio de Melissa.

As costas de Dean se enrijeceram e seus ombros ficaram tensos. "Decididamente não. A última coisa que eu quero é que você fale com ela."

"Só estou tentando ajudar, irmãozinho." Eu tomei outro gole de cerveja antes de derramar o resto da garrafa na pia. Cerveja quente tem gosto de mijo. O chuveiro desligou e Dean deu uma olhada para o alto da escada. "Vai pra lá, agora. O que você devia ter feito era pular no chuveiro com ela", sugeri com uma risada.

"Você é tão estúpido!", ele retrucou ao rumar para o banheiro.

"Mas estou certo", gritei enquanto ele me fez um sinal de "enfia" com os dedos por sobre o ombro.

Sentamo-nos em volta da pequena mesa circular de carvalho, bebendo e rindo. Melissa bateu com seu punho contra o tampo da mesa antes de gritar mais alto que a música: "Jack, esqueci de lhe dizer que mandei a jarra de moedas para a Cassie outro dia!".

Minha mente vagou para a noite em que ela partira, quando fiquei sozinho em seu velho quarto olhando fixamente para a jarra que ela deixara para trás.

"Por quê?"

"Ela a pediu. E me fez prometer embrulhá-la com cerca de cem camadas de plástico bolha para que não quebrasse."

Ergui as sobrancelhas e esbocei um sorriso convencido, feliz por saber desta revelação, quando meu olho captou a última pessoa do mundo que eu queria ver, com sua dama de honra logo atrás. Meu queixo ficou tenso e eu estalei o pescoço.

"Oh, olhe só quem está aqui, Vanessa. Meu marido." A voz irritante de Chrystle soou em meus ouvidos e eu, de repente, desejei estar morto. "E se não é seu irmão delicioso também! Vanessa, você se lembra de Dean, não? Do casamento?" Ela olhou para Vanessa, que se mexeu desconfortavelmente, mas não respondeu. "Oi, Dean. Como vai, docinho?", Chrystle arrulhou com sua entonação melosa enquanto continuava invadindo o meu espaço.

Olhei para Melissa que estava fechando os punhos, seus olhos cerrando-se em fendas estreitas e sua boca rosnando. "Jesus, Jack, acho que é verdade o que eles dizem sobre bêbados cegos", Melissa disse, dando a Chrystle um chega pra lá com total rejeição em seus olhos.

O queixo de Chrystle caiu ligeiramente e seus olhos se arregalaram: "O que você disse?"

"Eu disse que você é feia tanto por fora quanto por dentro", Melissa vomitou. Para uma coisa minúscula, ela certamente era agressiva. Eu adorei. Melissa disse à Chrystle tudo que eu não poderia falar sem que fosse potencialmente usado contra mim no tribunal.

"E quem diabos é você, afinal?" Chrystle se firmou e tentou parecer durona, mas falhou e eu notei que Vanessa lutava para esconder um sorriso.

"Ninguém que seja do seu interesse", Melissa disparou antes de tomar um gole de seu copo.

"Mas é do meu interesse. Veja, você está sentada com meu marido e meu cunhado!", Chrystle passou a ponta de seus dedos pelo braço de Dean, e ele ficou tenso antes de dar um tapa para afastar sua mão.

"Ai, que ótimo", Melissa revirou os olhos. "Você a tocou, Dean. Ela está grávida agora, provavelmente."

Com esse comentário, eu não consegui me conter mais. Uma risada retumbante saiu de meus pulmões e se espalhou pelo ar.

"Agora, por que você não tira sua bunda suja de nossa mesa para que possamos aproveitar o resto da noite?" Melissa se virou para me olhar. "Falando sério, Jack. Quanto você tinha bebido para ter coragem de transar com ela?" Seu tom estava cheio de desprezo.

Lutando por uma reabilitação, Chrystle saiu correndo de nossa mesa, quase tropeçando numa cadeira deslocada, enquanto Vanessa rapidamente saiu no rastro dela.

"Puta merda, baixinha. Essa foi fabulosa", estendi a mão para cumprimentá-la do outro lado da mesa em sinal de vitória.

"O modo mais fácil de pegar no pé de uma garota é chamá-la de feia. Especialmente quando ela não é", ela disse, categoricamente.

"Bom saber", Dean falou, satisfeito.

"Não se meta a ter ideias, companheiro. Faça uma merda dessas comigo e eu nunca mais falarei com você", Melissa disse, com um giro elegante de pescoço que me fez querer rir.

"Sim, senhora", ele respondeu, colocando a garrafa na boca e bebendo num só gole.

Covarde.

———

— Puta merda, essa história é fabulosa! — Os olhos de Cassie se apertaram enquanto ela uivava de rir.

— Foi bem divertido — eu ri junto com ela, agradecido pela melhora do seu astral.

— Como foi que Melissa escondeu isso de mim? Esta foi a melhor de todas as histórias!

— Ela provavelmente está morrendo de vontade de contar a você — reconheci, sentindo-me culpado por ter pedido à sua melhor amiga que mantivesse tanta coisa escondida dela.

— E o demônio maligno assinou os papéis depois disso?

O sorriso se apagou de meu rosto quando lembrei o que veio depois.

— Não.

———

Caminhávamos em direção à saída do bar quando Chrystle pulou diante de mim, agarrando-me pelo braço. Eu me livrei de seu toque infeliz antes de gritar: "Não ouse me tocar, sua piranha louca".

"Eu só quero falar com você, Jack." Ela pestanejou suas pálpebras e inclinou sua cabeça numa tentativa absurda de parecer terna.

"Que tal falarmos depois que você assinar os papéis?"

Imediatamente, sua boca se cerrou em frustração. "Eu não vou assiná-los. Você não pode provar nada e sabe disso."

"Continue falando isso e você verá só", eu menti, esperando que ela caísse.

"Você está mentindo."

Merda.

"Apenas se lembre de quantos amigos você tem antes que eu os intime todos e os faça testemunhar contra você. Se você conseguir fazê-los mentir no tribunal, darei um jeito de eles irem para a cadeia."

"Você não ousaria!", ela vomitou.

"Uma porra que eu não ousaria", eu me inclinei para perto de seu rosto, minhas palavras embebidas de raiva e ódio.

"Não vai funcionar, seja lá como for. Eu cobri todas as minhas bases, por assim dizer." Ela sorriu maldosamente, e eu me perguntei que diabo eu teria feito na vida passada para merecer isso.

"Simplesmente assine esses papéis de merda, Chrystle."

"Não."

"Por que diabos não?"

"Porque eu me recuso a facilitar as coisas para você e deixar que se livre de mim", ela sorriu, maliciosamente, e eu quis arrancar aquele sorriso sempre afetuoso de sua cara.

"Esse é um maldito jogo para você?", perguntei entre dentes cerrados, minha irritação começando a ferver.

"Eu quero continuar casada, de modo que não vou assinar nada se eu puder evitar."

A presunção irradiava dela com tal força que eu tive que lutar contra a ânsia de berrar e gritar como um lunático no meio do bar.

Fique frio, Carter. Não deixe esta piranha louca fazer com que você perca a paciência.

"Evitar isso? Você acha que pode evitar isso?"

"Sim, eu acho." Sua voz, cheia de impostura e confiança, fez com que eu quisesse vomitar.

"Você é só uma pessoa má", atirei minhas mãos para o alto em frustração.

"Você também é!", ela disparou em resposta.

"Não, eu sou uma besta. Isso é diferente."

Esta garota me provocava da pior maneira possível. Eu estava furioso! Eu meio que desejava que Melissa passasse à minha frente e batesse nela. Deus sabia que eu não poderia. Se fosse socialmente aceitável dar um murro numa garota, esta poderia ter sido a ocasião em que eu realmente teria pensado nisso. Se ela fosse homem, eu enfiaria seus dentes pela sua maldita garganta abaixo.

"Farei qualquer coisa que estiver ao meu alcance para me livrar de você. Você está me ouvindo? Qualquer coisa."

"Você está me ameaçando?", ela perguntou, sua voz totalmente erguida.

"Se eu a estivesse ameaçando, você saberia. Assine os malditos papéis." Dei as costas para ela, abrindo a porta do bar com meus punhos.

— Não achei que era possível odiá-la mais ainda. — Cassie suspirou ao balançar a cabeça em incredulidade. — Quem é que faz coisas assim?

— Piranhas loucas. Juro que não vou conversar novamente com outra garota que não seja você.

Isso, na verdade, não é uma ideia tão ruim. Se eu nunca mais conversar com outra fã do sexo feminino, eu nunca mais terei problemas com Cass e ela confiará em mim novamente.

— Vovó pode ficar triste — a doce voz de Cassie interrompeu meu novo plano.

— Certo. Você e vovó — remendei antes de continuar. — Então, Chrystle entrou com uma ordem de restrição contra nós três no dia seguinte.

— Não me diga! Contra você, Dean e Melissa?

Eu fiz que sim.

— Ela disse que nós ameaçamos sua vida e que ela temia por sua segurança.

— Você está brincando? Melhor aquela piranha esperar que eu nunca cruze com ela ou ela temerá por sua segurança. — Seus dedos deram batidinhas em cima do prato, fazendo um tinido ruidoso a cada toque.

Eu ri alto.

— Gosto quando você fica toda protetora comigo, gatinha. É bonito.

— Você devia tê-la trancado num hospício ou algo parecido quando teve a chance. — Sua voz se encheu de raiva, e eu me flagrei espantado pela quantidade de loucura em minha vida ao longo do ano passado.

— Eu ainda não posso acreditar que Meli não me contou nada disso. Quero dizer, depois que vi você no jogo naquela noite, eu liguei para ela imediatamente. Ela me falou para deixar toda essa coisa com você de lado. Falou que eu precisava de isolamento. Mas ela sabia tudo que você estava fazendo o tempo todo.

Toquei a minha nuca com desconforto à lembrança de ter visto Cassie com outro cara em meu jogo de beisebol e de saber como Melissa ficara irritada.

— Sim. Ela estava bem puta da vida comigo àquela altura.

— Por quê?

Puxei minha nuca para a esquerda, estalando-a antes de expirar ruidosamente.

— Ela me disse que eu tinha um prazo final. Ou eu lhe falava até certa data ou ela mesma falaria.

— Para quando era esse prazo final?

Desviei meu olhar do seu, a verdade ainda era uma lembrança dolorida:

— Antes que eu saísse para o treinamento da primavera nesta temporada.

Fiquei observando sua mente funcionar, os pedaços se juntando como um quebra-cabeças que se encaixava apenas de um modo particular. Ela estava fazendo a conexão entre as exigências de Melissa quanto a mim meses atrás e suas conversas depois de me ver no jogo havia algumas semanas.

— Mas ela nunca me falou. Eu quero dizer, nunca disse nada. E, obviamente, nem você. — Ela parou, sua testa se franzindo com sua contínua confusão ao perceber que Melissa me ameaçara confessar tudo a ela, mas nunca cumprira. — Por que ela nunca me falou? Ela sabia como eu estava magoada.

Eu fiz que sim.

— Eu sei. Ela disse que você estava feliz aqui, finalmente. Que você estava dando chances às pessoas e amando tudo que experimentava. E ela tinha medo de que, se lhe contasse tudo, você voltasse a ficar triste e se isolar. Ela deduziu que contar a você só faria você dar passos para trás, em vez de para a frente.

Eu vi quando sua testa se alisou, liberando a tensão.

— Por causa de Joey? — ela perguntou baixinho.

— Sim. Ela disse que, muito embora não fosse a mesma coisa, ela ouvia a empolgação sutil em sua voz toda vez que você falava sobre ele. — Forcei um sorriso enquanto meu estômago se revirava e retorcia de ciúme.

— Então, foi por isso que ela me pressionou tanto para sair com ele. — Ela parou de passar esmalte na unha e olhou para mim. — Você soube sobre ele, certo? Quero dizer, antes daquela noite no campo?

— Ahn-ahn — foi tudo que eu tive coragem de dizer em resposta. Eu não tinha nenhum direito de ficar com raiva, mas a ideia de outro cara com minha garota me fazia querer esmurrar a parede. Ou esmurrar o rosto dele.

— Soube pelo Dean? — ela perguntou, com curiosidade na voz.

— Em grande parte. Depois que Melissa ficou com raiva de mim, acho que ela gostava de me dizer que você tinha outro alguém em sua vida. Ela me mandou para o inferno uma noite depois que Chrystle finalmente assinou os papéis, mas eu não liguei para você. Eu disse a ela que ainda estava tentando resolver as coisas, mas ela ficou fula da vida, berrando e gritando ao telefone.

Eu estremeci à lembrança de deixar Melissa ainda mais furiosa do que eu jamais vira. Ela estava realmente fazendo um barulhão por uma coisinha.

— Ela exigiu saber que merda era essa de eu ainda precisar resolver as coisas. Depois me disse para deixar você sozinha e ficar fora de sua vida para sempre.

Cassie moveu a mão para cobrir a boca aberta, com os olhos arregalados, e escutou.

— Àquela altura, eu estava esperando para ver se a troca seria efetuada. Ninguém sabia que eu estava tentando ser negociado. Nem mesmo Dean.

— Eu... — Cassie fez uma pausa, suspirando — ... nem sequer sei o que dizer.

— Dizendo tudo isso em voz alta eu me sinto como alguém saído de uma porcaria de filme da Lifetime. Ou algum momento de merda do show de Maury Povich. — Parei para olhar para seus olhos verdes.

Deus, ela é tão bonita. Como é que eu pude magoá-la?

— Tudo isso é tão louco para mim!

— É muita coisa para aceitar — ela concordou.

Mudança de assunto

CASSIE

Reviver tudo isso, que nem estava tão no passado, era mais que esmagador. Eu não tinha nenhuma ideia das coisas pelas quais Jack havia passado durante o tempo em que estávamos separados. Algumas partes me comoviam e outras me deixavam totalmente furiosa. Fiquei quase tentada a pedir a ele para parar. Dizer que eu não queria ouvir mais. Que eu ouvira o suficiente. O que poderia haver a dizer, ainda?

Mas minha mente — minha sempre apaixonada, desolada e aborrecida mente — não deixava a coisa acabar. Minha mente seria o maior obstáculo para que voltássemos à normalidade. Eu não queria ser estúpida. Eu já aceitara as desculpas de Jack e o acolhera em minha casa de braços abertos, mas, para ir em frente, eu não queria ser boba novamente. Não haveria uma segunda vez se ele estragasse as coisas. Não haveria mais nenhuma chance. Uma garota só pode suportar até certo ponto.

— Mais uma pausa — sugeri e notei imediatamente o que se passava pela mente de Jack quando vi a expressão significativa em seu rosto. — Não esse tipo de pausa.

— Por que não? — Ele lambeu seus lábios e meu queixo caiu.

— Uma pausa para mudar de assunto.

— E para mudar de lugar? — Ele apontou com a cabeça na direção do quarto.

Apertei os olhos, mal conseguindo vê-lo através das pequeninas fendas.

— Ótimo. Mas só se conversarmos primeiro.

Jack riu.

— Conversa primeiro. Sexo depois.

— Jack! — Eu uivei, meu rosto corando.

— Ora, vamos. Eu mal consigo me mover. Estou tão cheio. A pizza de Nova York é uma maravilha.

— Eu sei... — eu disse. A pizza de Nova York era diferente de tudo que tínhamos na Califórnia. Não me interpretem mal, nós tínhamos muitos lugares de "pizza ao estilo Nova York" em casa, mas não eram nada parecidos com ela. Ela havia se tornado, seguramente, meu estilo favorito de pizza. Para sempre. — Dizem que é a água.

— Dizem o quê? Que água? — Jack perguntou ao colocar os pratos sujos dentro da pia.

— A pizza. Eles dizem que é tão boa aqui por causa da água. Ela faz alguma coisa com a massa. Não sei se é verdade, mas acredito totalmente nisso. — Toda vez que eu trocava um pouquinho de informação sobre o que eu sabia de Nova York desde que estava vivendo ali, um arrepio de empolgação descia por minha espinha. Eu adorava ser a pessoa que ensinava a Jack todas essas coisas.

— Parece bom para mim. — Ele pegou uma toalha e secou suas mãos antes de se virar para mim. — Vamos?

— Se você insiste — eu disse.

— Oh, eu insisto sim.

Eu entrei no quarto e comecei a me despir, quando Jack disse sem pensar:

— Pensei ter ouvido você dizer que nós não...

— Estou apenas pondo meu pijama! — interrompi. — Eu odeio me deitar de jeans.

— Maldição.

— Pensei que você estivesse cheio.

Ele lambeu os lábios.

— Estou, mas há sempre um lugar para uma G-A-T-I-N-H-A*. — ele cantou a palavra como se fosse o jingle do Jell-O e eu dei risada.

---

* O diálogo faz mais sentido no original, "kitten", com dois Ts. (N. T.)

— Você esqueceu um T — eu provoquei.

— Não daria certo. Tente cantar com dois Ts. — Ele deu um tapinha na cabeceira da cama antes de encostar sua cabeça num travesseiro enquanto o jingle do Jell-O tocava em minha cabeça. — Venha cá.

Eu me enfiei num calção e numa regata antes de literalmente pular sobre a cama. Quando aninhei minha cabeça na curva de seu ombro e o envolvi com meus braços, ele suspirou de contentamento e puxou um cobertor sobre si.

— Então, qual é a mudança de assunto? — ele perguntou.

— Seu novo time de beisebol. — Eu sorri junto à sua camisa.

— O que tem ele? — Seu peito se erguia e baixava sobre meu rosto.

— Fale-me dele. Como funciona nas ligas superiores? O que você tem que fazer?

— Tenho que me apresentar em campo toda segunda-feira pela manhã. Preciso estar lá às oito horas para preencher uma papelada. E eu passarei o dia lá até o jogo.

— Mas o jogo é à noite, certo?

— Ahã...

— Você ficará lá o dia todo?

— Sim, bem, preciso ser examinado, pegar meu cofre, testar meu uniforme, encontrar o gerente, planejar, conhecer o campo, praticar jogadas, almoçar, comparecer a reuniões... — Ele parou abruptamente antes de continuar — ... e sentir saudade da minha gatinha.

Eu dei uma risada antes de me sentar para olhá-lo. Gostava tanto de me deitar sobre seu corpo escultural quanto de olhar dentro daqueles olhos castanhos como chocolate enquanto conversávamos. Podem me chamar de louca.

— Posso ir ao campo depois que sair do trabalho? Você estará arremessando? Você vai querer que eu vá lá se não estiver arremessando? — Trabalhar no escritório de segunda a sexta-feira era um convite para eu perder a maior parte dos jogos de Jack. Enquanto uma parte de mim odiava saber o quanto eu perdia, outras partes minhas festejavam os sonhos e metas que eu tinha para mim mesma. Eu me mudara para Nova York para investir na minha carreira, não para seguir Jack por todo o país. Ainda assim, a ideia dele viajando e jogando em estádios sem minha presença me enchia de tristeza.

Eu me sinto uma contradição ambulante.

Seus olhos se fecharam.

— Não tenho ideia se estarei arremessando ou não. Mas eu quero você lá, não importa o que eu esteja fazendo. — Ele estendeu a mão para a minha, seu polegar afagando os nós de meus dedos. — Sempre quero você lá, gatinha.

Meu coração pulou ao seu toque, às suas palavras.

— Então, estarei lá. — Sorri ternamente quando ele ergueu minha mão até seus lábios. A verdade surgiu repentinamente em mim naquele momento. Havia uma empolgação que sempre acontecia toda vez que eu via Jack jogar. Nada se comparava a ficar sentada num estádio, pouco importando se grande ou pequeno, e ver Jack no topo daquele monte de terra. Era mágico.

— Tenho um ingresso já comprado para você, basta pegar um cartão de identidade para poder ir lá embaixo depois do jogo.

— Um cartão de identidade?

— É mais para os jogos distantes. Desse modo a segurança sabe se você é a esposa de um jogador — ele tropeçou antes de se retratar rapidamente —, ou sua namorada. Então, eles sabem que você está com o time.

Todos os outros sentimentos fugiram em disparada quando o ciúme penetrou em meu estômago. Eu me indaguei se Chrystle não possuíra um dos cartões de identidade em questão. Como se lesse minha mente, Jack acrescentou:

— Ela nunca teve nenhum.

Eu expirei e inspirei rapidamente.

— Sei que é meio idiota pensar em coisas assim, mas não consigo evitar.

Jack rapidamente balançou a cabeça.

— Não é idiota. Esses pensamentos estão em sua cabeça porque eu os coloquei aí. — Ele encostou sua boca na minha orelha, sua respiração quente e sedutora. — Eu não vou fazer merda outra vez. Prometo. — Ele mordiscou o lóbulo de minha orelha antes de se afastar.

Fechei os olhos, embriagando-me com sua promessa. Parte de mim se encolhia, sabendo da vulnerabilidade que me percorria por dentro. Eu precisava ser forte, mas a realidade era que Jack ficaria longe muitas vezes e eu não poderia segui-lo. Por mais que quisesse acreditar que esse erro com Chrystle fosse uma mancada que não se repetiria, mentiria a mim mesma se dissesse que não estava com medo.

Eu estava.

E não tinha certeza de que não teria medo sempre.

— Você acredita em mim? — ele perguntou, sua testa franzida de preocupação.

Eu repeli as lágrimas que se formavam em meus olhos.

— Eu quero acreditar.

O que eu queria fazer era engarrafar minha ansiedade e colocá-la numa prateleira de onde ela pudesse vir apenas em pequenas doses, mas eu não sabia como. Nesse momento ela vivia à flor da pele, como uma camada extra que eu não podia remover, independentemente do que eu fizesse. Minhas emoções assumiram o controle total sobre todas as outras partes de mim. Eu me tornara vítima de minhas próprias inseguranças.

— Eu lhe mostrarei. — Sua testa se apertou contra a minha quando ele prosseguia. — Nunca mais perderei você.

— E se eu quiser ficar perdida? — provoquei com um tom meio sério e o observei afastar sua cabeça da minha.

— Não vou deixar você fazer isso.

— Você não vai me deixar? — zombei, por dentro adorando o modo como ele me queria.

Jesus, Cassie, você é osso duro de roer. Escolha uma emoção. Finja que você está no comando agora.

— Não, eu não deixarei. Fim da discussão. — Sua boca permaneceu estoica.

— Isso não foi realmente o que alguém poderia considerar uma *discussão*.

— Porque não há nada para discutir. Eu não deixarei você nunca mais. E você não vai me deixar. Não importa o quanto eu a deixe louca da vida, o quanto eu a desaponte. Eu amo você loucamente, e não vou fugir para parte alguma.

Tentei repelir o sorriso que se esboçava.

— E eu amo você. Mas, realmente, se você trapacear comigo de novo, vou cortar as bolas do seu saco e pendurá-las no Empire State Building.

Você é Mandona

JACK

E agora eu precisava da mudança de assunto! Eu revivia meu erro com Chrystle cada momento desde que o cometera, e falar sobre enganar Cassie me destruía por dentro.

— Você sabe, não há muito mais dessa história a contar se você não quiser me interromper e me deixar terminar. — Eu dei um sorriso.

Ela franziu seu nariz em resposta às minhas palavras, um sorriso ligeiro se espalhando por seu rosto. Eu esperava pelo que tinha certeza de que seria uma observação esperta quando ela simplesmente disse:

— Ok. Termine.

Errou mais uma vez, parceiro.

Soltei um longo e firme suspiro antes de retomar a história do ponto em que parei.

Eu me inclinei no sofá em meu apartamento recém-alugado no Arizona. O treinamento de primavera para arremessadores e apanhadores estava em plena atividade, e eu ainda era um homem casado.

"Devíamos realmente iniciar os procedimentos de divórcio, Jack", a voz nada tranquila de Marc zumbiu de dentro do celular em meu ouvido.

"Esta é a sua opinião como profissional?"

"Estamos apenas arrastando a coisa. Ela nunca assinará algo que a faça parecer má como a anulação faz. Como se sabe, há um período de espera de trinta dias depois que preenchermos a papelada de divórcio."

Minha cabeça latejou quando minha raiva explodiu. "Trinta dias? Que merda!"

"Eu sei. Vamos terminar com isso para você, ok? Deixe-me retirar a anulação e começar a papelada de divórcio. Embora eu tenha que adverti-lo de que ela pode se recusar a assinar os papéis de divórcio também."

"Jesus Cristo, Marc. Só dê a ela o que diabos ela quiser e me tire dessa." Apertei o botão de Fim antes de arremessar o celular contra a parede do meu apartamento. Pedaços de plástico voaram para o ar, deixando um buraco na parede atrás deles.

Merda.

No dia seguinte abri minha caixa de e-mails para ver uma mensagem de Vanessa, a melhor amiga de Chrystle.

Jack,
    Precisamos conversar. Posso ajudar você. Ligue-me assim que receber esta mensagem.
    Obrigada,
    Vanessa.

Encarei o e-mail com seu número de celular por uma boa meia hora antes de me lembrar que eu despedaçara o meu. De imediato, comprei um novo e quase derrubei o vendedor quando ele sugeriu que eu mudasse o meu número de telefone para um número local. Eu nunca mudaria o número de meu celular para um número que Cassie não tinha, e a mera sugestão quase custou ao cara seu rostinho bonito.

"Jack?", Vanessa disse ao responder à minha ligação.

"O que você quer?", perguntei abruptamente. Esta garota era a melhor amiga de Chrystle. Ela sabia de todas as mentiras que Chrystle dissera e não fizera nada para impedi-la.

"Não posso deixá-la continuar fazendo isso com você, Jack." Sua voz irrompeu, mas não me convenci, questionava qualquer pessoa que podia ser a melhor amiga de alguém como Chrystle. "Eu não sabia que ela fingira sua gravidez", ela sussurrou antes de continuar. "Quero dizer, a princípio eu não sabia."

"Você sabia no casamento?", perguntei entredentes.

"Não. Ela ainda estava mentindo para todo mundo na ocasião."

Eu não me importei. "Vá direto ao ponto."

"Depois de vê-lo no bar e ouvir o que ela disse a você, tentei convencê-la a ter um pouco de bom senso. Mas ela não ouviu. Ela ficou ainda mais louca depois daquela noite. Como que mais determinada ou algo assim..." Sua voz sumiu.

Irritado, eu bufei ao celular. "Vanessa, não tenho tempo para isso. Ou vamos direto ao ponto ou vou desligar."

"Estou tentando dizer que testemunharei a seu favor. Conversarei com seu advogado ou juiz ou quem quer que seja. Direi a eles que tudo que você escreveu naqueles papéis de anulação é verdade. E eu contarei tudo que eles precisam saber, o que nem você sabe, Jack."

Meu peito arquejava enquanto a incredulidade e a exaltação me percorriam. O ar em torno de mim ficou mais denso enquanto lutava por uma resposta. "Por que você faria isso?"

"Porque você não merece o que ela está fazendo. É errado e eu não quero mais ser cúmplice disso."

Eu queria acreditar nela. "Se está falando sério", fiz uma pausa, ainda incerto das verdades versus *mentiras em se tratando daquelas garotas, "gostaria de passar o número de seu telefone para meu advogado e fazê-lo falar com você. Tudo bem?"*

"Sim, claro. Eu realmente sinto muito, Jack. Espero que isso ajude."

"Obrigado, Vanessa".

Cassie girou sua cabeça para trás e para a frente em sinal de incredulidade.

— Esta história, com toda sinceridade, está ficando cada vez mais louca.

— Eu sei, mas, graças a Deus, Vanessa me mandou um e-mail no tempo certo. Marc estava quase entrando com os papéis de divórcio quando liguei para ele.

— É claro. Em cima da hora, como um filme bem interpretado. — Ela ergueu as sobrancelhas.

— Um filme bem interpretado da Lifetime — acrescentei com um sorrisinho malicioso.

— E daí, Vanessa foi em frente? Ela não estava mentindo?

Eu sabia que a mente de Cassie vagava pelos mesmos lugares em que a minha estivera no início. Seria mais um truque, outra isca de anzol em que eu estava cravando meus dentes?

— Não só Vanessa, mas ela conseguiu que sua amiga Tressa fizesse uma declaração corroborando minhas afirmações sobre a anulação. Chrystle assinou os papéis na mesma semana.

— Uau. Uau. — Sua mão cobriu sua boca agora aberta. — Simples assim? Foi tudo de que ela precisou para assinar?

Ergui uma mão para o ar.

— Simples assim.

— Inacreditável.

Com sua cabeça pousada em meu peito, enovelei e desenovelei seus cabelos entre meus dedos.

— Sim. Era o treinamento de primavera, depois a estação começou, e aqui estamos nós.

Ela ergueu sua cabeça de meu peito, um sorriso perverso cobrindo seu rosto.

— Ahã. Quero saber sobre você ter me visto com Joey no campo numa noite dessas.

— Numa noite dessas? Foi há semanas — eu me queixei.

— Parece às vezes que foi numa noite dessas.

— Você é uma garota cruel, Cassie Andrews. Alguém já lhe disse isso?

— Talvez uma ou duas vezes. — Ela encostou em mim, seus lábios macios colados aos meus.

— Este é o modo perfeito de conseguir com que eu pare de lhe contar histórias. — Aprofundei o beijo, minha língua penetrando em sua boca.

— Conte primeiro; depois me beije. — Ela se afastou de meu rosto e eu pensei fugazmente em lhe dar uma lição. Uma que incluísse o fato de que eu a beijaria toda vez que me desse na telha. Mas eu estava perto de finalizar minha história e queria seguir em frente.

Chutei o monte aos meus pés, a adrenalina percorrendo todas as minhas veias. Lutava com minha cabeça para ficar concentrado, mas ela continuava vagando em pensamentos com Cassie. Eu estava em Nova York, e ela morava aqui.

Ela não virá.

Ela não vem mais aos seus jogos.

Meu estômago se contorceu quando encarei meu apanhador, aquecendo arremessos dentro de sua luva. Eu havia lançado nada menos que dez arremessos quando uma voz de homem gritando me interrompeu em meio a um deles. Eu quase arranquei meu braço, por parar daquele jeito.

"Cassie, Cassie, espere!"

O ar em meus pulmões escapou inesperadamente e eu quase caí no monte aos meus pés. Dei uma olhada de relance para as arquibancadas em direção ao som de seu nome, captando a visão de seus longos cabelos louros enquanto ela corria. Eu a conheceria em qualquer parte. Um cara corria atrás dela e meu peito começou a arder de ciúmes. Apertei meu queixo, cada músculo de meu corpo se enrijecendo à visão dela com outra pessoa. Ela se virou para olhar para o cara, e seus olhos se encontraram com os meus por um breve momento enquanto minha irritação se espalhava como um inferno fora de controle. O cara pôs seu braço em torno dela e eu reprimi a ânsia de investir sobre ele como um touro numa arena. Eu queria quebrar seu maldito braço. Ninguém, a não ser eu, tocava minha garota.

"Carter, vamos lá!"

Eu dei as costas para ela, reconcentrando-me na caixa do batedor e arremessei a bola com toda a força.

— Eu não sabia que ele estava me levando para o jogo. — Suas sobrancelhas se enrugaram quando o remorso tomou conta de sua expressão.

— Aquilo... — fiz uma pausa, revivendo o sentimento de vê-lo lançando seus braços em torno de seus ombros novamente — ... quase me estraçalhou.

— Bem, fico feliz por não ter estraçalhado. Lamento que você tenha me visto lá com outro cara!

— São coisas do passado, agora. Preparada para ouvir o quanto fiquei nervoso quando cheguei aqui na noite passada? — Brinquei com seus cabelos outra vez.

Ela se moveu para abrir as pernas, cruzando-as de ambos os lados de minha cintura.

— Eu gostaria de saber disso num minuto. — Ela se abaixou, sorvendo meu lábio inferior em sua boca, seus quadris triturando minha cintura.

Ela pensa que está no controle.

Num único rápido movimento, eu a lancei de costas. Prendendo-a sob mim, pressionei minha ereção contra seu calção.

— É isso o que você quer, em vez de história? — Minha boca mergulhou sobre seu pescoço, mordiscando delicadamente antes de lambê-la e beijá-la até a orelha. — É isso o que você quer, gatinha? — Suspirei junto a ela.

— Hummm... — ela gemeu suavemente, suas costas se arqueando.

— Diga o que quer. — Minhas mãos vagaram por suas coxas até encontrarem o doce ponto entre suas pernas. — Você está ardendo bem aqui — eu disse. Ver o quanto ela estava excitada por mim aumentava minha ereção ainda mais.

Ela gemeu meu nome, e eu cobri sua boca com a minha.

— Diga o que quer — insisti, suspirando dentro dela.

Seus olhos se abriram, seu peito se erguendo e baixando.

— Eu quero você em vez de histórias. Agora, pare de me atormentar. — Suas mãos envolveram minha nuca, arrastando e puxando meu cabelo. Eu me afastei dela, aproveitando o controle.

Tirei suas roupas, jogando-as sobre meu ombro antes de acrescentar as minhas à pilha. Levando meus dedos e corpo de volta ao dela, suas costas se arquearam e se retorceram quando ela implorou:

— Jack, por favor.

— Você precisa aprender a ter um pouco de paciência.

— Que se dane a paciência. Entre em mim! — ela praticamente gritou, sua mão me puxando. Investi sobre ela delicadamente antes de afastar sua mão. Eu tentava ser forte, mas quem eu estava querendo enganar? Eu a queria tão terrivelmente quanto ela a mim.

Talvez até mais.

Coloquei meus braços em cada lado de seu maravilhoso corpo nu antes de penetrá-lo.

— Você está tão molhada, gatinha... — eu disse, instinto e necessidade me dominando.

Seus olhos se fecharam quando a ponta de seus dedos pressionaram meu ombro, encontrando seu caminho por minhas costas abaixo e pousando em minhas nádegas. Eu me movi para dentro e fora dela, lentamente a princípio. A sensação de seu forte aconchego me cercava. Acrescentada aos meus sentimentos por ela, eu sabia que não demoraria muito.

A garota está arruinando minha habilidade de transar devagar.

— Jack. Mais rápido. — Sua voz era arfante e cheia de carência.

Maldição, ela ainda vai me matar.

Apressei meu ritmo enquanto ela me empurrava e puxava, sua respiração se acelerando. Penetrei-a com mais força, lutando contra a ânsia de explodir bem nesse momento. Eu me inclinei sobre sua boca, deslizando minha língua sobre seu lábio inferior antes de entrar. Respiramos um dentro do outro, as línguas desesperadas e carentes, quando seu corpo começou a estremecer.

Sim, há um Deus.

Eu me recusei a parar, penetrando mais profundamente quando gritos cheios de prazer irromperam de seus lábios e encheram o ar entre nós. Seu corpo tremia enquanto eu ficava com uma ereção ainda mais rija, o sangue drenando do resto do meu corpo e se empoçando numa localização central.

Seus olhos me focalizaram bem quando eu acabava de fechar os meus. Um rosnado me escapou quando eu gritei seu nome. Gozei dentro dela, meus quadris ficando mais lentos até que finalmente parei. Caí sobre ela com uma risada.

— É sério? Cai. Fora — ela exigiu, abrindo a boca para exagerar sua incapacidade de respirar.

— Pensei que tinha acabado de sair.

Cassie revirou seus olhos, empurrando-me com toda a sua força.

— Ok, ok. Eu saio. — Envolvi seus ombros e rolei nós dois para um lado. Puxei seu corpo nu contra o meu, recusando-me a deixá-la escapar.

— Agora estou com fome outra vez. — Ela beijou a ponta de meu nariz. — E pronta para o resto da história.

— Você é mandona.

— Você gosta disso.

83

Eu nunca mais deixarei você

JACK

    Esperei por Cassie no sofá na pequena sala de estar. Olhando ao redor, inspecionei todo o pequeno apartamento e pensei comigo mesmo que precisaríamos de um lugar maior em breve. E eu precisava de um cômodo para ginástica. Mas poderíamos lidar com isso depois. Ela saiu de pijamas, pegou uma das caixas de pizza e a lançou sobre a mesa de café perto de nossas pernas.

— Estou pronta agora.

    Entrei no saguão do edifício do apartamento de Cassie e fui imediatamente saudado por um homem idoso que trajava um terno cinza-escuro e uma gravata-borboleta preta. O rosto gentil do porteiro quase acalmou meus nervos agitados. Quase.

    "Boa noite, senhor. Posso ajudá-lo?", ele perguntou, examinando os pacotes em meus braços com curiosidade.

    "Sim." Forcei um sorriso antes de perguntar. "Estava pensando se você poderia me ajudar a carregar..." Eu me movi em direção a ele e coloquei os pacotes cuidadosamente sobre o piso ladrilhado. Seus olhos dispararam entre a minha agora revelada camiseta do Mets e as caixas aos meus pés. Pude sentir que ele estava

nervoso ou talvez fosse cautela o que eu estava percebendo, mas imediatamente quis deixá-lo à vontade.

"São para Cassie Andrews. Ela mora aqui."

Um sorriso largo cobriu seu rosto, substituindo a incerteza. "Eu conheço a Srta. Andrews. Garota adorável. Talentosa, também."

Eu conhecia aquele tom. Era de orgulho, e até o porteiro do edifício do apartamento de Cassie sentia isso por ela. "Sim, ela é."

Estendi minha mão em sua direção. "Sou Jack."

"Fred. Como posso ajudá-lo, Jack?", ele perguntou, pegando minha mão com mais força do que eu esperava.

Fiquei pensando por um momento no quanto poderia revelar a este estranho e como fazer isso. "É uma longa curta história, Cassie era minha garota. Mas eu fodi com tudo e a perdi." Eu olhei para ele com um ar de desculpa depois que havia dito o palavrão. Se vovó me ouvisse falar desse jeito a uma pessoa mais velha, ela me daria um soco na cabeça. "Sinto muito pelo linguajar..."

"Tudo bem. Continue." Fred se inclinou sobre a escrivaninha da recepção, seus olhos faiscando de interesse.

"Estou aqui para tê-la de volta. Cada um destes pacotes é um presente diferente. Preciso que eles cheguem a ela, mas não devo ser eu a entregá-los." Minha voz tremia enquanto eu tentava explicar. "Estou conseguindo me fazer entender?"

"Sim." Ele sorriu outra vez. "Eles vão todos juntos de uma vez só?"

Joguei minhas mãos para o alto, agradecido pela pergunta. "Não!", gritei de forma um pouco agressiva. "Sinto muito. Eles vão separadamente. Há uma ordem para eles."

"Você sabe qual presente vai primeiro?"

Baixei os olhos sobre meus pés. "Sim. Mas é realmente muito pesado."

"Está bem. Aqui, vamos esconder o resto atrás da escrivaninha. Só para o caso de ela querer descer para pegar o primeiro."

"Certo, então, qual é o plano?" Encarei o homem de quem agora me achava dependente.

"Interfonarei para ela e informarei que um pacote chegou. Ela pode decidir se quer descer para pegá-lo ou se quer que eu o leve lá para cima. Vamos partir daí."

"Parece bom", eu disse, antes de estalar os nós dos meus dedos e andar para cá e para lá nervosamente.

Fred apertou um botão e começou a falar. "Srta. Andrews, há um pacote aqui em baixo. Quer que eu o leve aí em cima, ou gostaria de vir pegá-lo?" Seus olhos se encontraram com os meus enquanto ambos esperávamos pela resposta.

O microfone estalou e a voz dela preencheu o saguão em tudo mais vazio. "Pode trazê-lo para cima, Fred? Eu ficaria agradecida."

Literalmente tive que me firmar contra a parede ao som de sua voz. Essa voz enchia meus sonhos à noite. Essa voz pertencia à garota que pertencia a mim. Essa era a minha voz, e eu a queria de volta.

"A menos que você esteja ocupado, aí poderei descer. O que for mais conveniente para você, Fred. Obrigada."

Essa era minha gatinha. Tão cheia de consideração com os outros o tempo todo! Eu tomei um fôlego enquanto meu peito relaxava. "Tudo bem, Srta. Andrews. Eu subirei logo", Fred respondeu de forma educada.

"Preparado?" Fred me perguntou com um sorrisinho malicioso.

Eu fiz que sim, me curvando para baixo para erguer a caixa mais pesada primeiro. "Está pesada mesmo", eu o adverti antes de deixá-la cair em seus braços.

"Jesus, o que tem aí dentro?" Fred observou, com a voz ofegante.

"Moedinhas. Um montão de moedinhas", eu disse com um sorriso e corri para apertar o botão do elevador para ele.

Quando as portas do elevador se abriram com um tilintar, eu o vi entrar, apertar um botão e empinar sua cabeça para mim. "Deseje-me sorte", ele acrescentou com um sorriso.

"Diabos, deseje-ME sorte você!", gritei em resposta quando as portas se fecharam.

Maldição. E se ela ficasse fula da vida? E se ela me odiasse? Por que deixei tantos meses se passarem sem falar com ela? Dei um tapa do lado de minha cabeça e lembrei a mim mesmo de que era um idiota ferrado. Nenhuma garota em seu perfeito juízo aceitaria alguém como eu de volta. De repente eu me flagrei rezando para que Cass fosse louca. Ou ao menos meio louca. Deste modo eu teria uma chance.

Alguns momentos depois, as portas do elevador soaram novamente, voltando à vida, e Fred saiu, um sorriso em seu rosto. "Lá se foi a primeira."

"O que ela disse? Alguma coisa?"

"Ela acha que alguém está mandando pesos para ela." Ele riu.

Eu ri bem alto só de imaginá-la dizendo isso e minha risada ecoou através do pequeno saguão. "Ok, aqui está a próxima." Eu vi quando seu corpo se firmou e ficou tenso na expectativa da segunda caixa. "Não se preocupe, não está pesada", eu disse, e vi quando Fred expirou de alívio. "Mas é frágil. Há um monte de fotografias emolduradas aí dentro."

"Volto num segundo." O sorriso de Fred era contagiante e eu me flagrei sorrindo tão largamente quanto ele.

Fiquei andando de lá para cá sobre o piso ladrilhado, esperando por seu retorno. Isso tinha que funcionar. Era da minha garota que estávamos falando. Eu nunca amara ninguém como amava esta garota. Não fazia sentido a gente passar por toda essa confusão por nada.

O tlim do elevador interrompeu meus pensamentos. Fred saiu, seu rosto ainda enrugado devido ao esforço de seu sorriso.

"O que ela disse desta vez?" Examinei seus olhos à procura de respostas.

"Nada. Ela perguntou se este pacote chegou com o primeiro. Eu lhe disse que não." Ele deu de ombros. "Qual é o próximo?"

"Você está se divertindo, não?"

"Na verdade, estou."

"Bem, eis mais um", eu disse, deixando cair outra caixa leve em seus braços expectantes.

Essa entrega continha todas as regras de Cassie e todos os modos com os quais eu as violara. E todos os modos com os quais eu não as violaria novamente. Fiz promessas a ela naquela caixa e, graças a Deus, ou fosse lá o que houvesse de mais poderoso neste mundo, esperei que ela me desse a chance de honrar estas promessas.

Outro tlim e Fred surgiu. "Ela está confusa", ele admitiu. "Ela não sabe o que está acontecendo."

"Confusa é bom. É melhor que furiosa. Ela não está brava, não é mesmo?"

"Ela não parece brava. Ela na verdade queria saber quem estava trazendo os pacotes."

"O que você disse?", perguntei enquanto o nervosismo percorria meu corpo.

"Eu disse a ela que um garoto estava deixando um de cada vez."

"Ela caiu nessa?" Soltei uma risada.

"Caiu." Ele sorriu, maliciosamente.

"Você é bom, Fred. Obrigado. Aqui está outro." Estendi a ele um invólucro de papel de embrulho enquanto ele entrava no elevador à espera. Havia apenas mais uma pequena caixa a seguir antes que eu me plantasse à porta do apartamento dela e esperasse que ela o abrisse. Baixei os olhos sobre minha camiseta do Mets e passei minhas mãos sobre ela, para assegurar que eu parecesse apresentável.

"Ela está chorando", Fred disse, no momento em que saiu do elevador.

"Merda!", exclamei quando meu coração caiu na boca do meu estômago.

"Ela disse que eram boas lágrimas, no entanto. De modo que acho que você está absolvido", ele acrescentou, dando um tapinha em meu ombro.

Ergui os olhos para o teto e engoli em seco. "Ufa. Este é o último, Fred, mas eu tenho que subir com você. Há algum lugar para eu esperar sem que ela me veja enquanto você o entrega?"

"Você pode esperar no corredor, atrás da curva. Ela não vai vê-lo lá", ele sugeriu.

"Parece bom. Está preparado para ver se consigo controlar meu coração?", perguntei, segurando uma dúzia de rosas vermelhas.

"Estou com um bom pressentimento", ele disse, dando uma olhada para as flores.

Saímos do elevador juntos e entramos no corredor iluminado. Fred apontou para a porta marcada #323 e eu fiz que sim, correndo para a curva do fim do corredor. A batida na porta foi suave, mas o som ecoou. Eu ouvi Cassie zombar de Fred sobre se deveria deixar sua porta aberta a noite toda.

Fred a informou que aquele seria o último pacote. Foi desapontamento o que ouvi em sua voz quando ela o agradeceu? Sua porta se fechou delicadamente e Fred tossiu. Apontei a cabeça na curva e ele fez um sinal para eu ir. "Boa sorte, Jack." Ele estendeu sua mão.

"Muito obrigado por toda a sua ajuda. Eu não poderia ter feito isso sem você."

"Poderia sim", ele disse com um sorriso antes de entrar no elevador e desaparecer.

O último pacote continha simplesmente uma carta minha e um pequeno bilhete pedindo a ela para abrir a porta da frente. Eu corri para a porta do apartamento de Cassie e esperei com as rosas presas em minhas mãos suadas, bem juntas ao logo do Mets sobre minha camiseta. Foi neste exato momento que percebi que deixara minha confiança em algum ponto entre minha velha vida no Arizona e minha nova vida aqui. Estava supernervoso. E se...? — muitos "e se?" atormentavam minha mente quando a porta se abriu.

"Oh, meu Deus", ela disse, quando sua voz ecoou pelo corredor.

Ela parecia linda. Eu quis agarrá-la, prendê-la contra a parede, dizer-lhe o quanto eu lamentava por tudo, e compensá-la por cada momento que fora perdido entre nós. Baixei meus braços, permitindo que o letreiro em minha camiseta aparecesse.

— Estou gostando disso. — O rosto de Cassie se enrugou com seu largo sorriso.

— Gostando de quê, exatamente? — provoquei em meio à minha vulnerabilidade. Era duro reviver as partes que acabáramos de atravessar. Eu não tinha nenhuma ideia se Cassie me perdoaria ou me aceitaria de volta. Havia uma boa chance de que não o fizesse. A noite passada fora um enorme risco para mim, mas eu faria tudo de novo por ela.

— De ouvir tudo isso pelo seu ponto de vista. Quero ver o resto da noite passada pelos seus olhos.

Inspirei profundamente, sabendo que lhe daria tudo que ela pedisse e depois continuei.

"Por que está usando uma camisa do Mets?", ela perguntou, sua voz carregando uma mistura de excitação e perplexidade.

"Fui negociado."

"Sério?" Ela pareceu surpresa. Não, pareceu ofendida.

"Bem, tecnicamente." Eu não consegui impedir que o sorriso dominasse meu rosto. "Eu pedi."

"Pediu o quê?" Seus olhos verdes se apertaram.

"Para ser vendido ao Mets. Para ficar mais perto de você." Dei de ombros e baixei os olhos sobre o chão, perguntando-me por quanto tempo ela me manteria do lado de fora.

Seus olhos se arregalaram. "Então, você está morando aqui, agora?"

"Acabei de me mudar. Posso entrar?"

"É claro." Ela tropeçou ao se mover para o lado para que eu entrasse e sufoquei um riso. Estaria nervosa também?

"São para você." Estendi as rosas de hastes longas na direção dela.

"Obrigada. São muito bonitas." Ela baixou a cabeça para cheirá-las e eu vi seus olhos se fecharem enquanto ela aspirava a fragrância das flores.

Ela entrou em sua pequena cozinha, e eu lancei um olhar em torno de seu apartamento, meus olhos pousando sobre o sofá. "Vejo que recebeu meus presentes."

"Sim", ela murmurou, e eu quis calá-la e fazê-la gemer ao mesmo tempo.

"Cassie", disse seu nome enquanto fazia meu corpo se aproximar do seu. Eu tentava resistir a tocá-la, mas estando tão perto daquele jeito... um homem tem

que ter muita força de vontade. Eu não sei o que havia em seus cabelos, mas estava tentado a estender a mão e passar meus dedos sobre eles. Em vez disso, eu me flagrei puxando mechas para trás de suas orelhas enquanto ela tocava meu rosto. Juro que fiquei imóvel como um poste com seu toque.

"Você ainda me ama?", perguntei, enquanto o desespero e a incerteza me percorriam.

"Nunca deixei de amá-lo."

Era tudo o que eu precisava ouvir. "Eu também", agarrei a sua nuca, incapaz de esperar nem mais um segundo. Minha boca se colou imediatamente à sua, o calor se irradiando entre nós. Minha língua se estendeu para tocar a sua antes que eu recuasse. Eu precisava pedir desculpas a ela antes de jogar suas malditas roupas no chão junto com meu orgulho.

"Sinto por ter mentido para você naquela manhã. Sinto por ter enganado você naquela noite. Sinto por não ter sido a pessoa que você sabia que eu poderia ser."

Seus lábios se fecharam e eu estava desesperado por beijá-los, de modo que me inclinei, beijando levemente seu lábio inferior. "Eu não sei se você poderá me perdoar algum dia, mas nunca me perdoaria se nem ao menos pedisse para você tentar."

Por favor, me perdoe.

"E eu sinto que tenha demorado tanto para vir para cá. Ela estava recusando a anulação e levou meses para que fosse processada e finalizada. Eu me recusei a lutar por você enquanto estava carregando todo aquele fardo. Mas levou muito mais tempo do que eu tinha esperado. Eu devia ter entrado em contato com você. Lamento muito por não ter feito isso."

Por favor, não deixe que seja tarde demais.

"Achei que você me odiasse", ela sussurrou, seus olhos evitando os meus, e juro que meu coração se partiu em pedaços.

Ela pensou que eu a odiasse.

Sou tão idiota.

Instintivamente, estendi a mão para seu queixo, inclinando sua cabeça em direção à minha. Jamais poderia odiá-la. Pensei que teria que procurá-la antes do final do processo de anulação, pois fiquei sabendo de você e o cara de seu trabalho." Forcei os músculos rijos de meu estômago para relaxá-los.

"Como você ficou sabendo?"

"Dean. Fiquei de olho em você, gatinha. Não de uma maneira ostensiva, juro. Só o suficiente para assegurar que não a perderia. Veja, você sempre foi capaz de enxergar além da fachada que eu ostento. Nunca pensei que fosse capaz de encontrar alguém que conhecesse o meu eu real e ainda quisesse ficar comigo. E então eu vi você naquela festa da sociedade estudantil e minha vida nunca mais foi a mesma." Abri totalmente meu coração para ela, esperando que alguma coisa que eu falasse funcionasse e ela não fosse me dar um tremendo de um pontapé na bunda.

Uma lágrima solitária rolou por seu rosto enquanto eu continuava: "Sei que não a mereço, mas preciso de você, Cassie." Estendi a mão para seu rosto, enxugando a lágrima de sua face maravilhosa, descobrindo-me perdido no verde de seus olhos.

"Também preciso de você, Jack. Não gosto de me sentir vulnerável e quis fingir o contrário, mas seria uma mentira."

"Então, não finja. Diga que você tentará me perdoar, para que possamos superar nosso passado."

Por favor, me perdoe.

"Já o perdoei", ela disse, e eu fiquei dividido entre cair aos seus pés no chão ou saltar para o alto como um gatinho.

Inclinei minha cabeça para a sua. "Vou reconquistar sua confiança. Eu juro." Enfatizei a palavra confiança, esperando que ela notasse o quanto tudo que eu estava lhe falando era sério.

Com seu rosto enterrado em meu ombro, aspirei o cheiro de seu shampoo, seu sabonete, sua pele. Seus braços envolveram minha cintura e seu hálito era quente sobre meu pescoço quando ela se aproximou mais de meu rosto. Eu já estava louco de tesão e excitado com sua proximidade. "Prove", ela sussurrou sugestivamente em meu ouvido.

"Oh, é o que estou planejando", respondi de forma confiante, antes de lhe dar uma chance de mudar de ideia ou de sequer pensar sobre isso.

Ergui-a nos meus braços, minhas mãos segurando firmemente suas nádegas. Ela cruzou suas pernas em torno de minha cintura e eu pressionei suas costas contra a parede, esfregando minha ereção crescente nela. Ela gemeu, e eu fiquei ainda mais louco de tesão enquanto minha língua percorria as curvas de seu pescoço, sua pele salgada familiar e sedutora. Lambi e mordi o caminho até seu queixo, onde sua boca esperava, ligeiramente entreaberta.

Outro som sufocado dela e eu lancei minha língua em sua boca. A sensação de sua língua sobre a minha fez meu corpo estremecer incontrolavelmente. Afastei minha boca, enterrando minha cabeça em seu pescoço mais uma vez. Lambi-a e suguei-a, seus quadris me pressionando enquanto eu continuava apertando-a junto à parede.

"Senti sua falta", sussurrei dentro de seu ouvido.

"Também senti sua falta", sua voz estancou, fazendo-me hesitar.

Mesmo achando errado, afastei minha cabeça da sua e olhei dentro de seus olhos. "Você quer parar? É cedo demais?" Considerei por um momento que fazer sexo podia não ser a melhor ideia. Não importando o quanto meu corpo ansiasse por isso.

"Eu poderia mentir e dizer que acho que devíamos esperar. Mas, francamente, esperei tempo suficiente. Já fiquei sem você por tanto tempo. Eu quero você, Jack", ela insistiu, seus dedos se aninhando nos músculos de minhas costas.

"Eu sinto tanto por tudo, gatinha..."

"Eu sei. Sem mais desculpas. Amanhã você pode recomeçar, mas não agora." Ela tocou o lado do meu rosto e eu fiquei pensando um pouco se tudo não seria um sonho.

Apoiando suas nádegas, eu nos conduzi para o quarto dela, sua língua percorrendo meu lábio inferior antes de penetrar em minha boca com intenção devoradora. Enrosquei meus dedos em seus cabelos, puxando ligeiramente quando ela soltou um rápido gritinho sufocado.

"Se você não parar de fazer esses barulhinhos provocantes, vou perder a cabeça já."

Ela sorriu maliciosamente, curtindo claramente o poder que tinha sobre mim. Inclinou-se para o meu ouvido, sua língua sugando e mordendo-o antes de soltar um pesado, demorado, extenso suspiro.

"Oh, é isso. Você vai ver só", provoquei, antes de lançá-la sobre a cama. Tirei minha camiseta do Mets e a joguei no chão, rapidamente seguida por minhas calças.

"Deus, como eu senti falta de seu corpo!", ela exclamou enquanto mordia seu lábio inferior, seus olhos me devorando.

"Eu não sou um doce para você comer, gatinha", eu disse com uma ofensa zombeteira.

"Você é sim", ela insistiu, com um sorriso perverso.

Um sorriso tomou conta de meu rosto antes que eu me inclinasse sobre ela, minhas mãos agarrando seu pijama. Ela ergueu seus quadris, e eu puxei o pijama para baixo até seus pés, pondo-os de lado. Depois, abri suas pernas, pressionando minha ereção contra seu montículo. Envolvi suas costas com um braço e a ergui em minha direção. Seus braços instintivamente envolveram meus ombros, suas unhas se cravando em minhas costas. Puxei sua camiseta e ela ergueu seus braços antes de pressionar seus seios desnudos contra meu peito.

Esperei por tanto tempo para possuí-la — pensando meses a fio no momento em que ela seria minha outra vez, ansiando por esta oportunidade — que a mera sensação de sua pele roçando na minha me levava à loucura.

Quando meus joelhos atingiram a borda do colchão, coloquei-a na cama e abaixei-me um pouco mais. Ela pousou sua cabeça em cima de um travesseiro, e eu beijei seus seios, minha língua serpeando e minha boca sugando. Ela gemeu ao pegar minha cabeça, suas mãos mantendo-me firmemente no lugar. Eu suguei um pouco mais, minha boca faminta por cada centímetro dela. Minhas mãos deslizaram por sua barriga até a frente de sua calcinha, meus dedos esfregando o local. Deslizei minha mão por sob o elástico, explorando, antes de penetrar. Movi meus dedos para dentro e fora dela enquanto ela revirava os olhos e jogava sua cabeça para trás.

Minha língua traçou um caminho entre seus seios, subindo por seu pescoço, e penetrando em sua boca. Ela rapidamente pressionou sua língua sobre a minha antes de se afastar um pouco. "Chega de provocações! Quero você, Jack."

O som do meu nome arfado por sua boca fez minha respiração parar. Meus dedos saíram deslizando de dentro dela quando me pus em pé outra vez. Arranquei meu calção, atirando-o no chão antes de puxar sua calcinha para baixo e vê-la chutando-a. Suas pernas se abriram, dando espaço para mim, num sinal de boas-vindas ao lar. "Amo você, gatinha", eu disse, quando a penetrei.

Tive uma sensação fabulosa enquanto eu entrava e saía dela. "Minha noosssaaa..." Minha voz parou quando ela moveu seus quadris no meu ritmo, sua respiração ficando mais ruidosa a cada estocada. Penetrei tão fundo que não podia ir mais além, seus gemidos crescendo em intensidade e sua respiração se acelerando.

"Mais forte, Jack", ela exigiu e eu a penetrei com mais força. A cada estocada profunda e firme, eu senti que não duraria muito tempo.

"Oh, Deus", ela soltou um suspiro. "Não pare."

E eu rezei para que ela gozasse antes de mim. Seu corpo se agitava contra mim enquanto sons de prazer escapavam de seus lábios. Meu ritmo se acelerou, e seu corpo tremeu quando ela se agarrou com força em mim, seus movimentos ficando ligeiramente espasmódicos. Continuei a penetrar até que não pude mais aguentar. Meu pênis latejou e eu me despejei dentro dela, um profundo gemido escapando de meus lábios.

Com a respiração entrecortada, olhei dentro de seus olhos antes de pressionar minha boca sobre a sua. "Eu amo você", eu disse, meu polegar afagando sua face.

"Amo você também." Ela sorriu, sua mão se enroscando em meus cabelos.

"Nunca mais deixarei você", eu jurei, meu coração finalmente sentindo-se inteiro.

"Se fizer isso, mato você", ela me ameaçou em meio a um sorriso.

"Combinado."

Fiquei olhando-a enquanto desenroscava seu corpo do meu, deslizava da cama e entrava no banheiro.

Bem-vindo às ligas superiores

CASSIE

— E aqui estamos nós. — Enxuguei as lágrimas que rolavam pelo meu rosto. — Aqui estamos nós. — Jack estendeu sua mão, roçando seu polegar sobre meu queixo.

— Não posso acreditar que tudo foi na noite passada. Como é possível parecer que foi há tanto tempo? — perguntei, sentindo-me como uma lunática desesperada.

Ele suspirou antes de responder:

— Porque hoje foi como seis meses embrulhados num único dia. Estou totalmente exausto.

— Eu também. — Dei risada.

Examinando seu corpo musculoso com meus olhos, fiquei momentaneamente distraída quando ele perguntou:

— Você acha que devo ligar para o primo de Sal amanhã? Quer dizer, você acha que contratar um motorista é uma boa ideia?

Eu assenti com a cabeça antes de responder:

— Acho que sim. Acho que é uma ótima ideia. Você deve verificar se irá contratá-lo com exclusividade.

— Então, ele não dirigiria para ninguém mais?

— Não. Não é bem isso — tentei explicar, meu cérebro literalmente silvando com a fadiga. — Só verificar se ter o mesmo motorista o tempo todo é a melhor opção. Acho que seria benéfico se tivéssemos uma única pessoa levando-nos para cá e para lá.

— Nós? — Ele ergueu suas sobrancelhas, zombando de mim.

— Ótimo. Contratarei meu próprio motorista — retruquei.

Jack se jogou, prendendo-me sob si ao depositar um beijo sobre meu nariz.

— Até parece que você vai. Ele será *nosso* motorista. Isto é, se eu gostar dele.

— Ótimo.

— Ótimo? Você não vai fazer nenhuma espécie de comentário espertinho do tipo: "E se eu gostar dele e você não"? Só vai dizer *ótimo*?

— Desculpe. Estou cansada demais para fingir que discuto. — Bocejei, incapaz de esconder mais meu cansaço.

— Cama? — ele perguntou, suas sobrancelhas se franzindo.

— Sim. Mas para dormir.

— Ok, gatinha. Para dormir.

Na tarde de segunda-feira, o telefone em minha escrivaninha tocou incessantemente, implorando para ser atendido. As palavras Saguão Frontal apareceram sobre a pequena tela e eu estendi a mão para pegá-lo antes que ele parasse.

— É Cassie.

— Oi, Cassie. Seu motorista está aqui.

Meu o quê?

Oh, é mesmo. O primo de Sal.

— Obrigada. Pode dizer a ele que vou descer já?

— É claro. Vejo você daqui a pouco.

Desliguei o telefone sem me despedir e enfiei na bolsa a câmera que Jack havia comprado para mim depois que a original fora roubada na noite em que eu fora atacada no Fullton State. Corri para preencher minhas últimas fotos em suas pastas equivalentes on-line antes de entrar correndo no elevador.

— Divirta-se esta noite, Cassie. — O sotaque rasgado de Boston de Joey preencheu o ar e eu me virei rapidamente para ele.

Um rubor desconfortável passou pelo meu rosto.

— Obrigada, Joey — disse com um sorriso tenso. Apertei o botão do elevador, desejando que ele fosse bem depressa e me aliviasse. Trabalhar com Joey agora que Jack estava de volta à minha vida não era necessariamente a mais relaxante das situações. Eu devia ter acrescentado uma regra número cinco à minha lista depois naquela noite: *Nunca namore alguém com quem você trabalha*. Porque, quando termina mal, é embaraçoso para todos. E não há alternativa.

O elevador soou, e eu pisei no espaço ocupado. Espremendo-me, fiquei ensanduichada entre dois homens que felizmente não cheiravam mal. Toda vez que o elevador parava e as portas se abriam, as pessoas que esperavam do lado de fora percebiam que estava cheio demais para elas entrarem. Elas se afastavam quando eu abria um sorriso simpático, as portas se fechando. Isto aconteceu repetidamente por vinte andares até chegarmos ao saguão.

Finalmente livre de bancar a sardinha, disparei para o saguão, procurando um motorista que lembrasse Sal totalmente, com barriga bem estufada e olhos gentis. Examinei o ambiente antes de parar num homem alto, impressionante, trajando paletó preto e gravata. Um par de óculos escuros pousava em cima de seu cabelo negro espetado, e, mesmo através de seu paletó, podia perceber o corpo musculoso que se escondia sob ele.

Deus meu, isso sim é um sujeito bonitão.

O guarda de segurança chamou a atenção do homem e depois apontou para mim com um amplo sorriso espalhado em seu rosto. O sujeito alto e esguio olhou em minha direção e perguntou:

— Srta. Andrews? — Eu dei passos para mais perto dele, tremendo por dentro.

Você deve estar brincando comigo.

— Por favor, me chame de Cassie. — Sorri, tentando ao máximo não olhá-lo dos pés à cabeça.

— Sou Matteo. Sr. Carter me pediu para levar a senhorita ao jogo. Está pronta?

— Estou — guinchei quando percebi o sinal de uma tatuagem apontando de sob seu colarinho.

Jack mandou um modelo para me pegar. Um modelo tatuado, gostoso, de enlouquecer.

Matteo abriu a porta traseira do passageiro e eu me acomodei dentro do carro. De repente, sentindo-me uma qualificada esnobe, lutei contra a ânsia de pular o assento e sentar-me na dianteira com meu novo motorista. A menos que eu estivesse num táxi, sentar sozinha no banco de trás enquanto alguém dirigia sempre me parecera estranho. Estendi a mão para apanhar meu celular e checar meus e-mails enquanto o carro prosseguia. Dei uma breve olhada para os olhos azuis de Matteo me observando pelo retrovisor durante o passeio silencioso. Afastei meu olhar do seu e retornei ao meu celular, mexendo com ele para parecer ocupada.

Baixando meu celular, olhei pela janela enquanto a cidade passava. Sempre ficava espantada com este lugar, com seus edifícios monumentais e a velha arquitetura. Era o cenário ideal para a fotógrafa que havia em mim.

— Então, você é o primo de Sal, hein? — perguntei, quebrando o silêncio desconfortável entre nós.

— Sim. Você vê a semelhança? — Ele elevou sua cabeça em direção ao banco de trás por um momento, e eu captei o sorriso espalhado por sua pele bronzeada.

Sorri em resposta, meus lábios se fechando firmemente quando imaginei a barriga desproporcional e a testa recuada de Sal.

— Totalmente. Vocês poderiam se passar por gêmeos.

Ele riu bem alto.

— O que achou de Jack? — indaguei, tentando trazer meu namorado à conversa.

Namorado.

Ainda parecia esquisito.

— Sr. Carter é ótimo. Ele é realmente um cara legal, se não se importa de eu falar assim — ele sugeriu, educadamente, e eu fiquei imaginando que pensamentos andariam por sua cabeça.

— Por que eu me importaria com você falar assim?

Ele deu uma rápida bufada.

— Porque não é muito profissional de minha parte usar a palavra "legal". E eu provavelmente não devia dar minha opinião sobre clientes.

Agora era eu que bufava alto.

— Jack é legal, entendi assim. E fui eu quem perguntei. Você estava simplesmente respondendo à minha pergunta. — Eu me perguntei o que

Jack achara de Matteo e se nós o contrataríamos como nosso motorista regular. Até que obtivesse essas respostas, eu me recusava a ficar muito íntima de Matteo. Chrystle provara que desconhecidos não merecem confiança. Ao menos, não neste tipo de negócio.

— É legal que ele tenha o beisebol como profissão. Você deve adorar isso, não? — ele perguntou sinceramente.

Meu coração foi parar na minha garganta. Lutei para formular uma resposta para a sua pergunta aparentemente simples como se todas as emoções possíveis me percorressem ao mesmo tempo.

— Sim. É ótimo — eu menti.

Desviamos para o Citi Field e Matteo estacionou o carro em frente da janela da bilheteria e saltou da frente. Abriu minha porta e me ofereceu a mão. Eu recusei, levantando-me do assento de couro macio.

— Seu ingresso está na cabine. Ficarei estacionado bem aqui depois do final do jogo, mas o Sr. Carter me avisou que isso pode levar algum tempo — ele acrescentou com um sorriso.

Voltei, em memória, aos velhos tempos em que esperava Jack depois que os jogos terminavam.

— Sim, demora um pouco para voltar para cá depois que o jogo termina. Sinto por isso.

— Não é um problema. Verei você por volta das onze.

— Muito obrigada. Foi um prazer conhecê-lo. — Sorri antes de me afastar.

Segurando o ingresso firmemente em minha mão, lutei contra as multidões em direção à seção de assentos reservados para esposas e familiares dos jogadores. Olhei para o número impresso em tinta preta e desci lentamente pelas escadas, observando o número da fileira a cada passo. Quase passando diretamente por ele, parei abruptamente. Dei uma olhada para o grupo de mulheres com muita maquiagem em minha seção, observando cada movimento meu. Seus olhos examinaram meu corpo todo, desde meu penteado natural até a ponta de meus sapatos baratos. Corri para meu assento marcado antes de me sentar e enfiar minha bolsa preta entre o lado de minha perna e minhas axilas.

Eu me virei para as mulheres, que ainda me encaravam, os rostos desprovidos de qualquer emoção.

— Oi. Sou Cassie — eu disse alto o suficiente para os ocupantes de todas as três fileiras ouvirem. As mulheres simplesmente continuaram a me encarar, oferecendo literalmente nada em resposta. Comecei a me perguntar se não haveria alguma coisa errada com meu rosto.

Eu me virei para falar com as mulheres na fileira atrás de mim antes de pensar melhor na coisa. No entanto, avaliei cada uma delas, tomando nota mental de suas roupas caras, acessórios de marcas novinhos em folha, cabelos perfeitamente penteados e rostos inteiramente maquiados. Uma mulher com bronzeado artificial e cabelo louro pintado deu uma olhada para mim antes de erguer as sobrancelhas com repugnância e balançar a cabeça com uma bufada audível.

— Você viu a bolsa dela? O que é aquilo, marca Varejão? — ouvi uma voz murmurar, antes que um coro de risadas se seguisse.

Que diabos?

Reprimi a ânsia de me defender. Do que exatamente, eu não estava certa. Mas subitamente quis escudar meu corpo dos sentimentos expostos e crus que o dominavam. Não me ocorreu sequer que aquelas mulheres fossem grosseiras ou mal-educadas. Era uma coisa em que eu não havia pensado. Eu não havia pensado nisso, não mesmo.

Por que Jack não me avisara?

Ele não devia saber. Como ele poderia saber?

Deslocando minha vulnerabilidade para as minhas tripas, onde ela se incrustou como um rochedo gigantesco, meus olhos caíram sobre a enorme pedra preciosa que faiscava nos dedos da Sra. Bronzeado Artificial. Era o maior e mais ridículo diamante que eu já vira, e olhem que sou de Los Angeles.

Adivinha pelo que seu marido a está supercompensando?

Meu olhar rapidamente disparou para as mãos esquerdas de todas as outras mulheres, percebendo que todas portavam suas pedras preciosas pesadonas. Sentindo-me como se estivesse cercada por uma nova espécie de fraternidade feminina, desviei minha radiografia de cima delas e olhei para o campo lá embaixo. Estava na cara que eu não faria nenhuma amiga nesta noite.

Pensei que havia deixado esse tipo de piranha lá para trás, no colégio.

Estiquei meu pescoço na direção do cercado na ponta do campo, esquecendo tudo sobre as mulheres grosseiras ao meu redor, quando meus olhos caíram sobre a constituição vigorosamente esculpida de Jack. O calor inundou meu corpo e se infiltrou em minhas veias com um olhar para ele trotando em direção ao monte do arremessador. Os músculos em suas pernas se flexionavam a cada vez que seu pé batia contra o chão, e um sorriso percorreu meu rosto.

Deus, como eu sentia saudade de vê-lo jogando.

Seu uniforme do Mets lembrava tanto aquele que ele usava no colégio que não pude impedir as lembranças de se repetirem. Visualizei com clareza a primeira vez em que o vi arremessando. Fora uma experiência realmente linda, embora eu nunca admitisse isso na época. Sua transformação numa pessoa completamente diferente assim que pisava no alto do monte de terra no Fullton State era diferente de qualquer coisa que eu testemunhara anteriormente. Ver Jack jogar beisebol era quase como ter um despertar espiritual. Por toda a minha mágoa e sofrimento, eu me esquecera desta parte.

Como meu orgulho se elevava quando eu o via jogar beisebol, sabendo o quanto de seu coração ele punha naquilo! E como me aquecia da cabeça aos pés ser a pessoa que ele amava ainda mais do que o jogo! Aproveitei o momento, procurando minha câmera dentro da bolsa.

Olhei pelo visor e grunhi audivelmente. Meu assento era ótimo para visualizar o jogo, mas não para fotografá-lo. Eu estava muito longe e não trouxera minhas lentes zoom maiores comigo. Bati uma foto, de qualquer modo, só para lembrar a noite, antes de enfiar a câmera de volta à minha bolsa sem grife.

Em meu estado confuso, mal reparei que o assento à minha direita acabara de ser ocupado. Convencida de que era outra esposa horrorosa, hesitei em tomar conhecimento da pessoa. Eu me antecipei a mim mesma, subitamente me sentindo não melhor que aquelas outras mulheres, quando uma voz calorosa com um sotaque inglês interrompeu meus pensamentos.

— Olá. Você é nova aqui.

Virei-me para ela e controlei meu queixo para não cair de uma vez por todas. A mulher era deslumbrante. Tinha uma aparência exótica que eu supus que fizesse os homens ficarem de joelhos. Seu longo cabelo castanho liso parecia seda. Isso, combinado com seu bronzeado natural, fazia os salpicos verdes em seus olhos cor de avelã se destacarem ainda mais.

Não achei que ela tivesse um só traço de maquiagem; sem dúvida ela era a mais bela mulher no estádio.

Esbocei um sorriso apagado.

— Sim. Sou Cassie.

Ela estendeu sua mão.

— Oi, Cassie. Sou Trina. — Um sorriso amplo apareceu, e ela ficou ainda mais linda.

— Prazer em conhecê-la — eu disse, com minha voz sincera. Depois do que eu acabara de testemunhar, o fato de que ela estava querendo conversar comigo acalmou meus nervos completamente.

— Prazer em conhecê-la também. Então, com quem você é casada? — Ela cutucou meu ombro com o seu.

— Jack Carter. — Inclinei meu queixo em direção ao campo. — Ele está de arremessador esta noite. E você, com quem?

— Com o homem da segunda base, Kyle. — Ela ergueu a mão, apontando-o lá no campo, e eu dei uma olhada em seu dedo anelar. Meus ombros relaxaram quando reparei na ausência de anéis.

— De onde você é? Gostei do seu sotaque — eu disse antes de me sentir subitamente idiota.

— Londres. Gosto do seu também. — Sorriu.

— Eu não tenho sotaque! — Eu ri.

— Tem, sim. Parece um sotaque totalmente californiano, parceira — ela disse, tentando imitar o modo como eu soava para ela.

— Bem, isso é espantoso — tentei dizer com um sotaque inglês, mas falhei miseravelmente. — Então, há quanto tempo seu namorado está no time? — perguntei, desesperada para que sua boa vontade permanecesse.

— Esta é nossa segunda temporada. Ele foi negociado no ano passado.

— O que há com elas? — Fiz um sinal com a cabeça sutilmente na direção das garotas mesquinhas.

O rosto de Trina ficou imediatamente cheio de irritação, suas sobrancelhas perfeitamente delineadas se fechando com aversão.

— São umas piranhas. Elas não vão falar com você até que Jack tenha — seus dedos bem tratados se ergueram no ar e fizeram o símbolo para citações no ar — pagado seus débitos.

— Até que Jack tenha o quê? — perguntei, com uma expressão que tenho certeza de que refletia a confusão que meu cérebro experimentava.

— Ele tem que ganhar o respeito de seus colegas de equipe. Assim que fizer isso, então você ganhará o respeito das bonecas empetecadas que está vendo aí. Há um sistema de classe entre as esposas. E, bem, você e eu já levamos um ponto desfavorável porque não somos esposas. Somos apenas namoradas.

— Ué, elas não começaram como namoradas?

— Gosto de você. — Trina riu. — Claro que sim, mas isso não importa. Não somos nada para elas. O único modo de elas falarem com você será se você fizer alguma coisa errada ou se ficar no caminho delas. É ridículo.

Minha cabeça doeu enquanto tentei decifrar a insanidade que havia nas esposas de jogadores de beisebol. Felizmente, o estalo do taco atraiu nossa atenção e ficamos olhando quando Kyle recuperou a bola rasteira fortemente lançada sem esforço. Trina soltou um suspiro e um sorriso amplo se abriu em seu rosto. Meu sorriso o seguiu, grata pela escapatória. Eu queria que Jack tivesse um grande jogo inicial.

Eu não conseguia parar de observar as feições perfeitas de Trina.

— Nossa, como você é ridiculamente linda. Parece uma modelo. — As palavras escaparam de meus lábios antes que eu pudesse ficar embaraçada por elas.

Trina soltou uma risadinha.

— Obrigada, Cassie. Eu sou mesmo. — Ela fez uma pausa. — Uma modelo. Não linda. Oh, nossa.

Eu dei risada.

— Uma linda modelo? Quem teria imaginado?

— Não a maioria das pessoas, com certeza.

Ao me concentrar em Jack novamente, seus movimentos fluidos me causaram sensações que eu não podia esconder. Meu rosto se aquecia quando ele inclinava o corpo para frente, concentrando-se na luva do pegador. Mesmo do lugar onde eu estava, podia sentir a intensidade nos olhos de Jack. Uma batalha travada entre o rebatedor e o arremessador, e Jack odiava perder. Um rápido sinal de cabeça e um profundo suspiro depois, o braço de Jack lançou a bola para além do batedor, que sacudiu seu bastão poderosamente, mas falhou.

— E aquelas ali decididamente não — ela disse, lançando seu ar de desagrado de volta em direção às garotas mesquinhas.

— Elas apenas ficam enciumadas porque você não tem que descolorir seu cabelo com alguma cor postiça ou esparramar bronzeado artificial para ficar com boa aparência.

Ela continuou a sorrir para mim.

— Você trabalha, Cassie?

Fiz que sim.

— Trabalho para uma revista.

— Segundo ponto desfavorável. — Ela arqueou as sobrancelhas e eu franzi as minhas. — Você não sabia que nosso dever é abandonar o trabalho assim que começamos a namorá-los?

— Parece que não me informaram.

— Elas odeiam namoradas. E odeiam qualquer uma que trabalhe. — Ela deu de ombros. — Seria lógico que todas nós nos apoiássemos umas às outras e fôssemos amigas, já que somos forçadas a passar tantas horas juntas. Mas não é assim que funciona. Você devia ter me visto na última temporada, tentando conversar com elas em todos os jogos. Alguém finalmente teve que me dizer que elas falariam comigo quando eu fosse merecedora. É a palavra que ela realmente usou. Merecedora — ela disse, enfatizando-a lentamente, quase num sussurro, e não consegui esconder minha repulsa. — Mas ela não está mais aqui. O marido dela foi negociado.

— Puxa, não fui feita para isso — eu disse, atingida pela percepção de que aquelas mulheres seriam agora parte de minha vida, quisesse eu ou não.

Trina tirou algum fio de cabelo solto de seus olhos antes de continuar:

— A pior de todas é Kymber.

— Kymber? Até o nome grita que ela é uma piranha — eu disse com uma rápida risada.

Os olhos de Trina dispararam sobre Kymber antes de se voltarem para os meus.

— Ela é a abelha-rainha aqui. É como ela se refere a si mesma. A Abelha-Rainha. Quem pode com uma coisa dessas?

Saudações se elevaram para o ar, fazendo tanto eu quanto Trina olharmos para o campo enquanto nosso time saía trotando de campo, desaparecendo no abrigo. Já havia se passado um turno. Faltavam apenas oito minutos e meio para eu ir embora.

— O marido dela é o que vem jogando há mais tempo e o que ganha mais dinheiro. É por isso que ela é a rainha. E todo o resto das esposas presta reverência a ela.

Um som de desagrado irrompeu de meu peito.

— Eu nunca fui realmente boa em prestar reverência a ninguém. Não é da minha natureza, realmente.

— Não se preocupe, Cassie. Ela não vai tornar sua vida um verdadeiro inferno ou algo assim. Ela apenas agirá como se você fosse invisível. Como se você não existisse. E se esse tipo de coisa não a incomoda, então você ficará bem.

Ponderei suas palavras, tentando descobrir como a situação me fazia sentir exatamente. Era melhor ser um saco de pancadas verbal ou não existir de todo?

Quando o jogo finalmente terminou, desci com Trina por uma longa escadaria. Seus sapatos estalaram e bateram repetidamente o último lance de escadas públicas antes de ela rumar para uma entrada particular, guardada pela segurança. Assim que entramos, estremeci quando o ar de túneis de tijolo frio me percorreu. Os túneis percorriam toda a extensão do estádio e eu rapidamente agradeci Trina por me levar sob sua proteção.

— Sem problemas. Eu não tinha ideia de onde era a sede do clube depois de meu primeiro jogo e ninguém me mostrou. Quando desci aqui, Kyle estava esperando por mim, pensando no que teria me feito demorar tanto.

Um segurança corpulento se erguia entre dois corrimões de metal. Ele sorriu quando Trina se aproximou, dando-lhe um rápido abraço antes de me encarar, as rugas em torno de seus olhos se aprofundando.

— Carl, esta é Cassie. Ela é a namorada de Jack Carter.

Ele estendeu sua mão enorme e eu a peguei.

— Prazer em conhecê-lo, Carl.

— O prazer é meu, Cassie. Grande jogo esta noite para seu homem. Não se esqueça de dizer a ele que eu disse que fez um bom trabalho, tudo bem?

— Com certeza.

— Tenho certeza de que a verei por aí.
— Quer saber? Eu acho que vou me perder.
Trina deu uma risadinha.
— Ela não é divertida, Carl? Vamos ser boas amigas.

Seguimos os tijolos brancos até que eles fizeram uma curva suave para um longo corredor. Corredor dobrado, um letreiro do Mets se destacou na parede, anunciando a localização do vestiário dos jogadores. Sorri quando chegamos às portas de mogno reforçado com uma placa que dizia Sede do Clube do Mets de Nova York acima delas. Contive meu desejo de puxar minha câmera e fotografar as portas e a placa.

— E agora a gente fica só esperando? — perguntei à Trina em voz baixa.

— Sim.

Eu insisto

JACK

Saí da sede do clube, ansioso por ver a gatinha. Era minha primeira exibição como um Met de Nova York, e eu fora creditado pela vitória. Arremessei seis turnos e cedi três tacadas, nenhuma base e uma série. Examinei a multidão de mulheres e crianças à espera, procurando por aquela que era dona do meu coração.

Lá está minha garota.

Sorri assim que nossos olhos se encontraram, a pura doida alegria de vê-la fazendo me sentir como o maior gatão do mundo. Notei a garota gostosa ao lado dela, mas não dei a mínima. Meu coração pertencia à minha gatinha e eu nunca mais estragaria isso. Corri para ela, erguendo-a em meus braços antes de depositar um longo e dramático beijo em sua boca expectante. Minha língua implorava para que seus lábios se abrissem, e, assim que ela finalmente os abriu, precisei me lembrar de onde estávamos. Eu me afastei dela lentamente, segurando seu rosto em minha mão.

— Senti sua falta — sussurrei, mentalmente afagando meu próprio rosto enquanto o seu ficava rosado.

— Oi, amor. Esta é Trina. Ela é a namorada de Kyle — a voz de Cassie balbuciou e eu me impedi de proclamar ao túnel todo.

Jack Carter fez sua garota perder a compostura com um beijo só! Oh, sim, ele é bom ASSIM.

Estendi minha mão para Trina, apertando firmemente a dela.

— Prazer em conhecê-la.

É assim que se faz, amigo.

— Obrigado por ficar com a gatinha.

A testa de Trina se enrugou quando ela lançou um olhar confuso para Cassie.

— "Gatinha"?

— Oh, minha nossa, não o escute. — Cassie deu um tapa no meu braço. — Não me chame assim, como se fosse meu nome, para os outros — ela exigiu, o que me fez ter vontade de chamá-la de lado e lhe mostrar quem mandava.

Era ela.

— Foi ótimo conhecê-la, Trina. Tenho que levar esta garota para casa agora. — Pisquei ao entrelaçar meus dedos nos de Cassie, puxando-a para longe da multidão.

Saímos do estádio onde fãs permaneciam esperando por autógrafos, fotografias e qualquer coisa mais que pudessem obter de nós, jogadores. Câmeras lampejavam quando Cassie e eu passamos e eu fingi não notar quando duas mulheres gritaram meu nome. Cassie pulou ao som de suas vozes.

— Está tudo bem, gatinha. — Meus dedos roçaram seu ombro. Mesmo com Cassie ao meu lado, as mulheres se portavam como lunáticas.

— Jack? Você dá um autógrafo na bola do meu filho? — A voz de um homem ecoou no ar noturno.

Eu dei uma olhada para Cass, e ela sorriu, diminuindo seu passo até parar.

— Claro. — O resto dos fãs rapidamente se juntou ao redor, e eu examinei o grupo, apenas dando autógrafos em bolas e posando para fotografias com garotos e jovens.

— Posso tirar uma foto, Jack? — Ergui os olhos para ver uma garota loura magra como um lápis e peituda batendo seus cílios para mim. Eu quis realmente vomitar.

Olhei para Cass simpaticamente quando ela concordou, deixando claro que não se importava. Com um "hoje não", eu mal olhei para a direção da garota antes de lançar meu braço em torno de Cass e caminhar em direção ao carro. Ela murmurou "babaca" entre dentes, e os ombros de Cassie ficaram tensos.

Ansioso por sair, examinei os arredores, não querendo ser surpreendido por nada ou ninguém enquanto caminhávamos para nosso carro à espera. Avistei uma grande e musculosa silhueta ao longe.

— O que você achou de Matteo?

Cassie parou abruptamente, virando seu rosto para mim.

— Você acredita que ele é primo de Sal?

Eu ri porque pensara exatamente a mesma coisa quando ele me apanhara mais cedo naquele dia.

— Não! Eu quase morri quando vi este cara. Ele é bonitão, não é?

O cara tinha a aparência de alguém que você veria num cartaz ou com uma sacola de compras num shopping. Eu contratara um maldito modelo para conduzir minha garota quente e incrivelmente bela pela cidade.

Sou um idiota.

— Sim, sim, ele é bem bonito — ela respondeu categoricamente.

Eu poderia demiti-lo.

Ou dar umas porradas nele.

— Você que não vá me deixar em troca de um motorista. — Meu corpo ficou tenso quando a insegurança ciumenta tomou conta de mim.

O rosto dela se contorceu; vi que minhas palavras a incomodaram.

— Nossa, você está doido.

— Posso estar doido, mas falo sério. Você nunca poderá me deixar por outra pessoa. — Só a ideia de a gatinha me deixar por outro cara me fazia querer arrancar a cabeça de alguém. Eu morreria antes que isso acontecesse. Esta garota é o meu mundo.

— Jack, de onde vem tudo isso?

— Eu não sei. Talvez eu ache que, tendo pisado na bola com você tão terrivelmente, a única maneira de ficarmos em pé de igualdade seja você fazer a mesma coisa. — Dei de ombros e fiquei olhando quando o rosto dela mudou de preocupação para a raiva.

Ela pôs sua mão firmemente sobre o quadril e me fulminou com o olhar.

— Antes de mais nada, você não se ponha a me dizer o que fazer. Não seja também o único a ditar o que vai nos pôr em pé de igualdade em se tratando de sua colossal mancada. Entendeu?

Sabia que ela não queria uma resposta, de modo que fiquei em silêncio enquanto ela continuava com sua bronca.

— O melhor que você tem a fazer é não jogar isso na minha cara. Não fui eu que fiz coisa errada. Não fui eu que o enganei, arranjei uma gravidez falsa e depois consegui me casar. Então, não transforme isso num problema em que você é quem se sente mal e eu devo me sentir culpada por ter feito algo sobre o que não tive controle. Isso é besteira, Jack, e você sabe disso.

Arrepios percorreram minha espinha abaixo, fazendo os pelinhos se eriçarem, com as exigências dela. Ela ficava muito inflamada quando tomada de raiva. Eu queria arrancar suas roupas e possuí-la bem ali, enquanto nosso motorista modelo observava.

— Você está certa. Totalmente certa. Peço desculpas.

Com sua respiração ainda incerta, ela estendeu a sua mão para a minha, puxando-me em direção à sombra do gigante que estava à espera.

— Não seja assim. Não é justo comigo. Sou eu que tenho que ficar brava e me sentir insegura, e descobrir como confiar em você novamente. Não o contrário — sua voz se transformou num sussurro quando nos aproximamos de Matteo.

— Boa noite, Sr. Carter, Srta. Andrews — a voz de Matteo soou quando ele abriu a porta de trás do carro.

— Matteo, pode me chamar de Jack. Ou Carter, somente. Deixe para lá o senhor. Por favor.

— Tem certeza? — ele perguntou uma última vez.

— É claro, porra — respondi com uma risada, esperando que o palavrão quebrasse o gelo ainda mais.

— Ok, chefe. Se você insiste.

Está certo. Eu sou seu chefe, garoto modelo. E eu insisto.

— E quanto à senhorita?

Cassie inclinou sua cabeça de lado, fazendo beicinho.

— Quanto a mim, o quê?

Ela está flertando com ele?

— Como prefere que eu a chame? — Seus olhos se prenderam aos dela, e eu quis apresentar meu punho ao queixo dele. Ou urinar por cima dela toda num esforço de reivindicá-la como minha.

Controle-se, Carter.

— Só Cassie será ótimo. Nada de Srta. Andrews. É meio esquisito e sinistro.

— Você é esquisita e sinistra — eu me encostei ao seu ouvido, sussurrando.

Ela virou sua cabeça rapidamente para me encarar e eu agarrei sua nuca, puxando sua boca para a minha. Sua língua abriu meus lábios e eu aprofundei o beijo, minhas mãos perambulando por suas costas abaixo, até as nádegas. Eu apertei, e ela gemeu dentro de mim. Com minha parte inferior ansiosa e potente, eu subitamente desejei um vidro propiciador de privacidade para que pudesse possuí-la na parte de trás do carro.

Matteo tossiu ao soltar o carro para frente.

— Desculpem. Eu só queria ter certeza se estávamos indo para casa e não parando para fazer compras em algum lugar.

— Temos que parar em algum lugar. Estou morrendo de fome — eu disse. — Mas nada de pizza. Preciso de carne.

O som do celular de Cass bipando me distraiu de meu estômago faminto quando fiquei pensando quem mandava mensagens para ela a esta hora da noite. Como que sentindo minha pergunta, ela disse:

— É Melissa. Ela quer saber se nós já estamos brigando. — Ela coçou o lado de sua cabeça, seu cabelo se enroscando nos dedos.

— Que diabos isso significa?

— Não sei. Vou perguntar a ela. — Ela mal respondeu quando seus dedos percorreram a tela do celular.

— Sabe que continuo me esquecendo que lá são três horas mais cedo?

— Eu sei, tudo bem? Também me esqueço — ela disse, ainda digitando.

Fiquei olhando o horizonte de Manhattan ficar cada vez mais perto a cada momento que passava, maravilhando-me com a personalidade inimitável desta cidade. Eu nunca vira tantos edifícios altos num espaço tão pequeno. Eu sabia que parecia estúpido, mas não havia nada como isso no sul da Califórnia. Eu já adorava aqui. O telefone de Cassie soou novamente. E depois soou de novo, quando me virei para ela.

— Oh, meu Deus.

— O que há? — Eu me concentrei quando ela tapou a boca com a mão. — Cass?

Ela agitou um dedo no ar.

— Já há fotografias nossas on-line. Da nossa conversa há alguns minutos. Parecem terríveis.

Cassie empurrou seu celular para diante de meu rosto e eu encarei as três fotos anexas, todas mostrando Cassie parecendo perturbada e furiosa enquanto eu parecia um babaca. A legenda na internet dizia: "Jack Faz um Gol no Campo, mas Perde em Casa!".

— O que você quer que eu faça? — ela perguntou, com a voz trêmula.

Lancei meu braço em torno de seu ombro, puxando seu corpo para o meu.

— Não há nada que você possa fazer. Provavelmente ficaremos mais atentos quando estivermos fora de casa, em público, a partir de agora. — A raiva me percorreu enquanto eu digeria o simples fato de que parte alguma era imune a olhos bisbilhoteiros. Esta era a única parte de ser um atleta profissional que eu abominava. Odiava não ter controle sobre quando e cada foto de minha vida pessoal era postada. Honestamente, podia não dar a menor importância sobre o que postavam sobre mim, mas postar coisas sobre Cassie passava dos limites.

— Sinto tanto, Jack. Eu nem sequer pensei em quem poderia estar observando. — Seu hálito aqueceu meu peito.

— Não é culpa sua. — Depositei um beijo em sua cabeça. — Não tínhamos que lidar com esse tipo de coisa anteriormente.

— Estou parecendo uma piranha nessas fotos!

— Não tem importância — tentei reconfortá-la, mas em vez disso acabei por irritá-la ainda mais.

Ela se afastou de meu peito, endireitando seus ombros para mim enquanto sua respiração se acelerava.

— O que você quer dizer com não tem importância?

Eu me inclinei para frente, segurando seu queixo em minhas mãos.

— Estou apenas dizendo que as pessoas vão pensar o que quiserem, não importa o que pareçamos em fotos na internet.

Seus olhos se fecharam enquanto sua respiração se regularizou.

— Mas eu não quero que as pessoas pensem que você tem uma namorada mesquinha enlouquecida que grita com você depois de seus jogos.

— Não pensarão — eu disse a ela. Eu não devia ter prometido a ela que as pessoas não pensariam mal dela, mas eu faria o máximo para tentar. Brigaria com a imprensa por ela. Faria qualquer coisa para mantê-la sentindo-se segura, feliz e amada. Ela não merecia ser difamada na internet por nenhum motivo. Diabos, se o público soubesse qualquer coisa sobre nosso relacionamento, me perseguiria diariamente com forcados e cantilenas. — Mas você vai ter que me prometer uma coisa, Cass.

Sua testa se franziu.

— O quê? — Ela amuou, erguendo aqueles grandes olhos verdes para mim.

— Você não pode deixá-los se aproximar de você. A imprensa escreverá e postará o que quer que ache que venderá anúncios ou atrairá atenção. Eles dizem o tempo todo coisas que não são verdadeiras e você só tem que lembrar o que é e o que não é. Ok?

Eu experimentara quão furiosa a imprensa pode se tornar em se tratando de jogadores. Escapara à inquisição de algum modo quanto a tudo que acontecera entre Chrystle e eu. Eu sempre me perguntara se Marc tinha alguma coisa a ver com aquilo, mas nunca perguntara a ele. Vi minhas relações com os colegas de equipe se desmancharem sob a pressão e nunca os culpei nenhuma vez, nem culpei suas namoradas por não serem capazes de lidar com isso. Mas sabia que não podia deixar aquilo acontecer para Cassie e eu. Faria tudo para que não acontecesse.

— Cass? Apenas tente não ler tudo se puder evitar. Diga a Melissa para filtrar o que ela lhe envia.

— Tipo só me mandar alguma coisa se ela for boa? — Ela deu de ombros.

— Sim, gatinha. — Colei meus lábios em sua testa. — Diga a ela para lhe enviar apenas as coisas boas.

quando a vida lhe der limões

CASSIE

Não querendo acordar Jack, peguei meu material de trabalho o mais silenciosamente possível e rumei para nossa porta da frente. Assim que saí do prédio, corri em direção à estação do metrô, verificando a hora. Se eu perdesse meu trem, teria que pegar um táxi. E pegar um táxi levaria um tempo infinito a essa hora da manhã.

Passava por uma banca de jornal quando uma manchete chamou minha atenção: "BEM-VINDO À GRANDE MAÇÃ, JACK CARTER! PEGUE UMA CADEIRA E FIQUE POR UM TEMPO!". Jack tinha uma relação de amor e ódio com a imprensa. Ele me dissera uma vez que a imprensa só gosta de você quando você está vencendo. Mas, no momento em que você perde, será o primeiro a ser responsabilizado. Não tinha utilidade alguma para Jack ler as coisas que desconhecidos escreviam sobre ele, de modo que nunca se culpara. Ele sempre dissera que sabia o que precisava melhorar, e não precisava que isso lhe fosse enfiado goela abaixo por algum repórter que não tinha ideia do que era ficar em pé naquele monte.

Além do mais, as matérias ruins realmente o irritavam; uma vez ele quase dera uns murros num repórter. Uma conversa alentada no escritório da gerência com o diretor de mídia presente, e Jack jurou nunca mais ler nada que saísse sobre o time.

Mesmo assim, ver o jornal fez com que meu coração inchasse. Sua primeira vitória para o Mets estava impressa em tinta preta e eu queria guardar esta lembrança com carinho, mesmo que ele não quisesse. Deduzi que, como a matéria era positiva, talvez Jack não se importasse. Então, comprei um exemplar para ler e outro para guardar.

Desci correndo pelos úmidos degraus do metrô, segurando firmemente meus jornais na mão quando meu trem estacionava. Os freios guincharam quando ele deu uma parada completa antes de as portas se abrirem. Eu me precipitei em meio à multidão e entrei no vagão lotado do metrô. Não querendo ficar em pé no trajeto todo, silenciosamente agradeci a Deus pelo banco vazio que avistei. Uma vez sentada, abri o jornal na parte de esportes, para ler logo em seguida a matéria sobre Jack. Depois de passar os olhos pelos pontos altos, equivocadamente resolvi folhear a seção de Artes & Entretenimento.

Meu coração cheio de orgulho de repente explodiu no meu peito e eu quase sufoquei com o ar ao meu redor quando captei um lampejo de uma foto familiar. Olhei fixamente para a fotografia "gigantesca" de mim mesma apontando o dedo para Jack, meu rosto contorcido de raiva. Eu parecia furiosa, enquanto Jack simplesmente estava ali, a rejeição escrita por sobre todo o seu rosto. Meus olhos caíram sobre a legenda da foto onde meu primeiro nome estava postado tão claro como o dia: "O novo homem de ouro do Mets criticado violentamente pela namorada Cassie fora de campo".

Merda. Como eles já descobriram quem eu sou?

Fechei o jornal ruidosamente e olhei para as pessoas que estavam sentadas ao redor. Rezei para que elas não tivessem visto a fotografia ou notado que era eu quem estava nela.

Merda. Merda. Merda.

Aquela fotografia estúpida mostrada on-line na noite anterior estava agora impressa no jornal para todos verem. Lembrei a mim mesma de que ninguém na verdade lia mais jornais impressos antes de perceber que a versão on-line provavelmente incluiria o mesmo conteúdo. Afastando o embaraço do pensamento, eu me remexi no banco até que cheguei ao meu destino.

Entrando no escritório, joguei minhas coisas sobre minha escrivaninha lotada antes de rumar para dentro de uma pequena cozinha corporativa. A editora-chefe da revista, Nora, folheou as páginas de um jornal antes de dar uma olhada para mim.

— Bom dia, Cassie. Vejo que você teve uma noite e tanto ontem. — Seus olhos cinzentos se suavizaram ao erguer o jornal para que eu o visse.

Soltei um suspiro tenso.

— Sim. Não é o que parece. — Tentei me defender, embebendo um saquinho de chá na minha xícara de água quente.

Ela sorriu, seu cabelo castanho curto perfeitamente enrolado.

— Nunca é. — Sua voz acalmou meus nervos agitados.

— Mas parece terrível, não é? Como se eu estivesse louca de raiva!

Ela baixou os olhos de relance sobre a foto.

— Você parece bem fula da vida. — Seu olhar retornou para mim quando pisquei. — Não se preocupe com isso. É apenas uma fotografia e ninguém vai pensar nada sobre ela. — Ela agitou uma mão no ar, e eu quis acreditar nela.

— Obrigada, Nora. — Sorri, agradecida por suas boas palavras. Eu me virei para sair quando ela chamou meu nome.

— Sente-se aqui um minuto. — Ela apontou a cadeira do outro lado dela.

Ai-ai.

Meus joelhos começaram a tremer enquanto a ansiedade me consumia. Aquela foto poderia ser prejudicial para a revista, e eu duvidei de que eles tivessem interesse em ser associados a qualquer publicidade negativa. E se ela me demitisse por isso?

— Pare de olhar para mim como se eu tivesse roubado seu táxi e sente-se. Não tem problema nenhum. — Relaxei na cadeira fria, ainda segurando a xícara de chá quente em minha mão. — Eu só queria saber sobre seu primeiro jogo do Mets como namorada de um jogador.

Um pequeno suspiro escapou de meus lábios quando relaxei ainda mais. Nora fora boa para mim desde o dia em que eu começara a trabalhar no escritório. Ela elogiava meu trabalho, encorajava-me a aprender e desafiava-me a crescer diariamente. Eu a respeitava e queria ganhar seu respeito.

— Então, como foi isso? — Ela empinou sua cabeça de lado, os olhos cravados nos meus.

— Foi... — eu hesitei — ... diferente do que eu esperava.

— Diferente como? — ela perguntou, antes de tomar um gole de seu café.

Ergui meus olhos de relance para as telhas do teto branco, tentando formular minhas palavras em pensamentos coesos antes de responder.

— Foi assombroso ver Jack jogar novamente. Nada no mundo se compara ao que se sente. — Meu coração se apertou no peito. — Mas as esposas do time são realmente mesquinhas. Tipo, nenhuma delas sequer me dirigiu a palavra.

Ela soltou uma longa gargalhada, sua cabeça se inclinando para trás.

— Você está brincando.

Balancei minha cabeça.

— Antes fosse.

— Então, elas não conversaram com você?

— Não. Elas só me encararam a princípio e depois se recusaram a reconhecer minha presença por completo. — Revirei meus olhos, irritada pelo fato de que eu teria que ver aquelas mulheres novamente.

— Isso é medonho. E tão desnecessário. Por que nós, mulheres, tratamos umas às outras com tanto desrespeito? — ela perguntou, enquanto minhas colegas entravam e saíam da pequena cozinha, lançando olhares curiosos em nossa direção.

— Eu não sei. — De repente me lembrei do único lampejo de claridade da noite. — Ah, sim! Uma mulher realmente falou comigo. Ela foi realmente ótima. Seu nome era Trina. Ela é uma modelo. Delirantemente linda. — Mordi meu lábio inferior.

— Trina Delacoy? Belo cabelo castanho, olhos claros de avelã?

— Sim. Como você a conhece? — perguntei, surpreendida.

— Ela já trabalhou com a gente, garota muito boa. Quem ela está namorando no time? — ela perguntou, levando a caneca de cerâmica aos seus lábios.

— O segundo homem-base, Kyle Peters.

— Não se esqueça de dar lembranças minhas a ela. — As rugas em torno de seus olhos se aprofundaram com seu sorriso.

— Não esquecerei.

— Então, Cassie, agora que seu maravilhoso superatleta está de volta em sua vida, você não vai deixar a revista, vai? — Ela sorriu maliciosa e astutamente para mim quando apertei minhas sobrancelhas.

— Não. Por que eu deixaria? — A última coisa que eu queria era deixar este emprego. Embora a simples ideia de Jack voltar à minha vida fizesse minha alma ficar radiante de amor, eu ainda tinha metas profissionais que queria atingir. Eu atravessara o país para trabalhar para esta revista e Jack não afetava meus sentimentos quanto a isso.

— Eu só estava me certificando. Odiaria perder todo esse belo potencial que você tem.

— Enquanto me quiserem aqui, serei de vocês — eu disse com um sorriso nervoso.

— Ótimo. Suponho que você viajará um pouco com o time, não é?

Minha respiração parou quando a pergunta ecoou em meus ouvidos.

— Eu não sei. Nem tinha pensado nisso, para ser franca. O trabalho é minha prioridade, de modo que irei a alguns jogos distantes nos finais de semana se não estiver ocupada.

A programação de Jack ainda não havia sequer entrado em minha mente. Eu ficara tão transbordante de alegria por tê-lo de volta à minha vida que isso nunca me ocorrera. Eu não tinha ideia alguma de quanto tempo ficaria na cidade antes de ser obrigado a partir outra vez. Fiz uma anotação mental para falar sobre sua programação de viagens naquela noite, depois do jogo.

— Quem sabe possamos programar algum trabalho da revista com os jogos distantes de seu namorado. Matar dois coelhos com uma cajadada só? — ela sugeriu com uma piscadela.

Lutei contra o ardor das lágrimas que se formavam em meus olhos. Eu não ia chorar, não importa quão bondosa e fabulosa esta mulher fosse para mim.

— Se isso funcionar e fizer sentido para a revista, será fabuloso. Mas você não precisa fazer isso.

— Sei que não. E não estou fazendo promessa alguma. Só me traga uma cópia da programação de Jack e pedirei à minha assistente para dar uma olhada nela. — Seus olhos vaguearam, nublando-se enquanto ela dava uma batidinha com o dedo sobre os lábios. — Talvez possamos trabalhar numa produção on-line em que viajaremos com você, destacando histórias de interesse humano de qualquer lugar em que você se encontre. Ou será que poderemos destacar o time e as casas de caridade que visitam quando viajam? — ela cantarolou ligeiramente. — Tantas possibilidades. Embora não tenha certeza de como elas poderão funcionar, já que os times estão geralmente dentro e fora da cidade de forma muito rápida. Mas é algo a ser considerado, de todo modo.

Ouvia os pensamentos e ideias que se derramavam da mente de minha chefe, esperando que ela me dispensasse enquanto minha própria empolgação crescia. A ideia de poder provavelmente trabalhar e viajar com Jack ao mesmo tempo me empolgava, mas me recusava a elevar minhas esperanças à altura de algo que poderia não ser exequível.

— Pode ir. — Ela me fez um sinal para ir embora. — Conversaremos sobre isso depois.

Saí correndo da cozinha antes de abrir meu computador e checar os e-mails da noite anterior. Sorri quando vi o nome de Melissa em minha caixa de mensagens.

Cass,

Só se lembre de uma coisa... quando a vida lhe der limões, corte-os e esprema o suco na cara da vida!!!!! Eles vão ensinar a vida a não mexer com você! Ha!

Tenha paciência. A foto vai cair no esquecimento. Você sempre poderá ligar para a mamãe e conversar com ela se a merda espirrar. Neste meio-tempo, vou monitorar todos os websites em que os caras aparecem e ver se posso fazer interferências. Você sabe, postar coisas anonimamente para tentar ajudar. Eu já baixei como favoritos os sites de fofocas de NY para que você fique protegida. Controle total!

Amo você. Sinto saudades.

A mãe de Melissa tinha uma bem-sucedida boutique de publicidade em Los Angeles. Ela mantinha um grupo exclusivo de clientes de renome, mas sempre fizera questão de manter aquela sensação de ser um pequeno negócio. Sem querer, acabei aprendendo muito com ela ao longo dos anos só por entreouvir reuniões de negócios e ligações telefônicas. Este tipo de coisa era bem do seu ramo e eu sabia que ela ficaria mais que feliz em me ajudar se a coisa chegasse àquele ponto.

Por favor, querido Deus, não deixe que chegue àquele ponto.

Apertei o botão de resposta e rapidamente digitei uma mensagem antes de começar a lidar com minhas tarefas diárias.

Meli,

Aquela fotografia estava no jornal na manhã de hoje. A verdadeira versão impressa! E eles imprimiram meu nome, mas só meu primeiro nome, graças a Deus. Estou tão loucamente embaraçada, mas que posso fazer, não é? Argh. Decididamente, vou ligar para a mamãe se as coisas ficarem fora de controle, mas vou trabalhar para ficar mais atenta ao meu redor a partir de hoje. Felizmente, eles não terão nada a publicar sobre mim mais adiante, a não ser

meu rosto vestindo um sorriso de bundona e cara de poucos amigos. :) Ligo logo para você.
    Bjs,

    Meu celular vibrou quando eu vasculhava na internet os próximos eventos que nossos leitores poderiam estar interessados em ver. A revista publicava histórias de interesse humano, inclusive sobre a política local, as notícias e os acontecimentos transcorridos nos cinco distritos municipais. Quando comecei, lidava em maior parte com a pesquisa para futuras edições, mas uma vez por semana eu era designada para um evento geral para cobrir e fotografar. Meus chefes nunca me prometeram que minhas fotos seriam usadas, mas, desde que eu começara a trabalhar ali havia seis meses, sempre as usaram.

    Dei uma olhada no celular e vi que havia uma nova mensagem de Jack na tela. Meu corpo estremeceu ao simplesmente enxergar seu nome. Apertei o botão, exibindo a mensagem.

    Matteo a pegará às 6 horas. Você precisa ir ao escritório de vendas e pegar seu cartão de identidade. Vejo-a depois do jogo. Amo você.

    Sem responder, pus meu celular de lado. Enquanto realizava minhas tarefas, meus pensamentos continuaram vagueando em torno de minhas conversas com Nora, a esperança preenchendo minha mente.

    Matteo estacionou o carro do lado de fora da bilheteria outra vez, e desviei meus olhos do sinal de uma tatuagem que apontou por debaixo de sua camisa branca. Fiquei pensando em qual seria o desenho, mas estava embaraçada demais para perguntar. Captei um lampejo de seus olhos azuis me observando no espelho do retrovisor e sorri. Ele fazia uma curva para sair do carro quando eu o detive.

    — Não precisa abrir a porta do carro para mim. Eu mesma abro. Mas agradeço. Verei você depois. — Saí correndo do banco traseiro, fechando a porta do carro atrás de mim. Matteo acenou antes de ir embora.

    Eu me aproximei da janela da cabine.

    — Oi. Sou Cassie Andrews, namorada de Jack Carter. Ele disse que eu precisava apanhar um cartão de identidade.

A jovem sorriu.

— Está vendo aquele prédio lá na frente? — Ela apontou à minha direita e eu fiz que sim. — É só entrar e eles irão fotografá-la e imprimir seu cartão.

— Obrigada. — Confusa e insegura, eu disse: — Ainda preciso de um ingresso para entrar?

— Precisa, sim. O cartão de identidade é para que você possa descer aos vestiários nos estádios distantes. — Ela me estendeu um envelope com um ingresso dentro.

— Ah, isso faz sentido. Muito obrigada. — Eu me virei para ir embora, caminhando em direção ao outro prédio.

Com meu cartão de identidade recém-impresso na mão, caminhei para o assento designado a mim. Não era o mesmo do jogo da noite passada, mas ainda era na mesma seção. A tensão percorreu galopante meu corpo como um cavalo de corrida quando me aproximei dos assentos preenchidos pelas garotas mesquinhas.

— Tente não gritar com seu namorado hoje à noite, Cassie! — uma voz máscula zombou de mim logo atrás e eu parei no meio do caminho.

— Piranha — outra voz murmurou ao alcance dos meus ouvidos.

Você deve estar brincando comigo.

Resistindo à ânsia de olhar por sobre meu ombro e confrontar os importunos, aprumei os ombros e prossegui em direção à minha fileira assinalada, meu coração batendo em ritmo dobrado contra minha carne.

— Se o pobre Jack é insultado quando vence, imaginem só o que ela faz com ele quando perde! — outra voz berrou, pouco mais alta que a palpitação que ecoava em meus ouvidos.

De repente, me sentindo vulnerável, apressei meu passo, descendo os degraus de concreto. Corri para meu assento, reconhecendo a mais mesquinha das esposas, Kymber, imediatamente, quando ela observou a situação que se desenrolava. Ela riu e sussurrou alguma coisa no ouvido da esposa sentada próxima a ela. As duas mulheres deram uma olhada para mim antes de dirigir sua atenção para outra parte.

Então, vai ser assim, realmente. Espantoso.

Meu celular vibrou e eu o puxei de meu bolso. Aliviada por ver o nome de Melissa na tela, apertei o botão de mensagem.

Ponha aquele sorriso de matadora no rosto, querida!

Foi tudo que ela escreveu, seguida por uma fotografia minha caminhando pelo estádio com uma expressão desconfortável visível em todo o meu rosto.

Enfiei meu celular na bolsa, sentindo-me nervosa e extremamente exposta. Uma coisa era estar num estádio cheio de gente quando ninguém sabia quem você era, outra bem diferente era quando você era reconhecido. Eu me tornara completamente identificável para milhares de pessoas ao meu redor, todas sabendo — graças às fotografias que pipocavam na internet e na imprensa — que eu era a namorada de Jack Carter.

Estes fãs já formaram suas próprias opiniões sobre aquela fotografia impressa no jornal nesta manhã. Eles supunham que me conheciam ou conheciam o tipo de pessoa que eu era. Faziam interpretações pessoais de minha personalidade baseadas em nada além de uma simples foto tirada completamente fora de contexto, a qual, como fotógrafa, realmente me deixara louca de raiva. Eu me esforçava por manter minha integridade quando estava fotografando, garantindo que minhas fotografias e montagens sempre captassem o que realmente acontecia na cena. Nunca tentara criar uma falsa ilusão com minhas fotos. Parecia ser demais pedir a outros para fazerem o mesmo.

Se as pessoas queriam tirar fotos minhas sem meu conhecimento, elas com certeza podiam... e tirariam. Se quisessem se aproximar de mim, não havia nada para detê-las. Eu carecia de qualquer espécie de autoproteção e isso me preocupava. Se as outras esposas não fossem piranhas tão vingativas, eu teria perguntado a elas como passar por isso. Espantava-me que nenhuma delas oferecesse ajuda ou me perguntasse se eu estava bem. Procurei por Trina ao redor, mas ela não estava em parte alguma. E como Jack arremessara na noite passada, ele não arremessaria nesta noite.

Flertei com a ideia de chamar Matteo e voltar para casa, mas o fracasso potencial prendeu meu traseiro diretamente em meu assento. Imaginei fotografias minhas saindo do campo antes do jogo, seguida por repulsivas e mentirosas chamadas.

Nada disso. Eu não me levantaria. Meu orgulho se recusava a deixar que eu o fizesse.

Meu celular vibrou de novo e eu pensei em não atendê-lo. Um pulso de aviso depois, eu enfiei a mão na minha bolsa, retirando-o. Outro texto de Melissa. Eu queria ver isso? Resignada a qualquer que fosse meu destino nesta noite, cliquei o botão de Ler.

Lembre-se: LIMÕES! Na. Cara. Deles.

Um sorriso passou por meu rosto quando sufoquei uma risada, ouvindo sua voz em minha cabeça. Meli estava certa. Inspirei profundamente, cheia de uma súbita determinação de me elevar acima da loucura. Não deixaria que me vencessem. Não os fãs de espírito mesquinho. Não as horrendas esposas. Não os jornais e websites.

Eu via este jogo por uma única razão.

Jack. Fodão. Carter.

Ninguém no estádio tinha a menor ideia do tipo de inferno que eu e Jack suportamos no passado, e eu me amaldiçoaria se alguém fosse arruinar isso depois de tudo pelo que passamos. Cruzei as pernas e me encostei ao assento frio, duro, desejando em silêncio que Trina aparecesse logo.

Sim, eu queria provar que todos estavam enganados. Queria mostrar a eles que não me estraçalhariam e destruiriam esta experiência. Mas claro que seria ótimo ter uma amiga ao meu lado enquanto eu permanecesse forte diante da face de uma feiura tão intencional.

Você ficará bem, Cass. Você pode fazer isso.

E eu fiz.

Por nove longos turnos, sem Trina ao meu lado, eu resisti. Deixei meu assento antes que o jogo terminasse oficialmente para me isolar da multidão arruaceira enquanto ela saísse. Quando subia a escada, o som de alguém bufando e tossindo atraiu brevemente minha atenção. Continuei a subir as escadas, mas o som de um líquido acertando o pavimento forçou minha atenção para baixo. Meu olhar parou num glóbulo de cuspe a poucos centímetros de meu pé dianteiro.

— Piranha estúpida — uma voz visivelmente bêbada enrolou.

Sem pensar, meu dedo do meio se ergueu de minha mão direita e se lançou sobre a multidão quando saí da passagem entre as fileiras e penetrei nos túneis.

Merda. Eu não deveria ter feito isso.

Na manhã seguinte, fotos infames de Cassie soltando o pássaro estavam por toda parte na internet. As legendas diziam: "A Namorada de Jack Não Deixa por Menos!" e "Cassie Insolente Tem Um Gênio Quente!". Elas eram infantis e irritantes, mas me afetavam mesmo assim. A vergonha me dominou quando me julguei feliz por Jack evitar a internet. Rapidamente digitei um texto para Melissa.

Faça com que Dean não mostre essa merda para o Jack. Eu não preciso dele se preocupando ou gritando comigo ou ficando transtornado comigo por causa disso. Por favor, não se esqueça de falar com ele.

Se alguém podia frear as atitudes de Dean, esse alguém era Melissa. Eu me preocupava que ele enviasse a Jack o mesmo tipo de mensagem com fotografias que ela vinha me enviando. Eu não devia ter deixado os idiotas me afetarem, e agora eu teria que pagar por meus atos estúpidos com as postagens e comentários on-line e o que mais viesse junto. A última coisa que eu queria era que Jack ficasse preocupado comigo ou pensasse que eu não poderia me virar sozinha diante de alguns bêbados importunos e estúpidos, de modo que estava determinada a manter minha conduta em segredo para ele.

Meu celular soou.

Já fiz isso. Dean não contará a Jack nada sobre sua furiosa namorada de dedo do meio erguido. Mas, ei, você tem que se controlar ou estes fãs vão comê-la viva. RINDO BEM ALTO. Você é melhor que isso.

Suspirei por dentro e digitei:

Você está certa. Eu sei. Perdi a cabeça. Isso não acontecerá de novo.

Trabalhei o resto do dia ininterruptamente e só comecei a ficar nervosa com o jogo quando Matteo me deixou no estádio. Se ele sabia sobre as fotos, não dissera nada.

— Tenha uma boa noite, Cassie. Verei você mais tarde. — Seu sorriso preencheu o rosto inteiro e eu pus meu nervosismo de lado antes de retribuir.

— Vejo você mais tarde, Matteo. Obrigada. — Bati a porta com força, esperando que ninguém me notasse. Se os comentários já começassem, eu provavelmente daria meia-volta e seguiria o carro de Matteo por todo o trajeto de volta até Manhattan.

Comparecer aos jogos de Jack sozinha o tempo todo podia começar a durar muito. Eu realmente precisava fazer alguns amigos que gostassem de assistir a beisebol. Acho que não iria querer novos amigos tão desesperadamente se as esposas fossem mais amáveis. E por mais que eu gostasse de Trina, era óbvio que seu trabalho de modelo a impedia de vir à maior parte dos jogos; isso era ruim para mim porque, sem ela ali, eu me sentia completamente sozinha.

Alguns comentários sujos penetraram em meus ouvidos quando eu saí do túnel e me expus ao ar livre. Uma tomada de fôlego profunda e firme depois, e meus nervos começaram a se estabilizar. Eu repetia uma cantilena em minha cabeça ao caminhar para o meu assento marcado: *Não dê a eles nada que possam comentar. Não dê a eles nada que possam comentar.*

Eu evitava olhar diretamente para todas as pessoas por temor de que elas pudessem enxergar sob minha fachada. Eu bancava a durona por fora, mas não levaria muito tempo para que fosse ferida.

O jogo terminou e eu comecei a caminhar para a saída, o som de homens bêbados tropeçando em fila atrás de mim. Um rápido empurrão me forçou a colidir com o cara que ia à minha frente, minha mão agarrando seu ombro para me reequilibrar.

— Desculpe — eu rapidamente disse, quando ele me repeliu. Outro empurrão forte e eu comecei a pensar se eles eram mesmo acidentais.

Caminhando para a saída da passagem entre fileiras, virei os olhos para ver a pessoa responsável pelo empurrão, quando um líquido espirrou sobre as costas de minha camisa e minha nuca. O cheiro de cerveja encheu minhas narinas quando estremeci, rolando meus ombros para frente, longe de minha camisa úmida e viscosa.

— Oopa! — um homem enorme disse com um ronco sarcástico antes de sair, uma risada explodindo de seus pulmões. Fiquei olhando seu amigo dar tapinhas em suas costas, congratulando-o.

Parei de andar, a multidão aumentando em torno de mim, quando meus olhos encontraram os de Kymber. Ela olhou para minhas costas encharcadas e continuou andando, seus olhos dizendo tudo. Ela não se importava com o que acontecia comigo por aqui. Ela não estava do meu lado e com toda maldita certeza não faria nem diria nada para me ajudar. As outras esposas a seguiram, todas lançando olhadelas em minha direção, mas nenhuma parando para ajudar.

Corri em direção a um estande comercial, meus olhos procurando por uma camiseta com o nome e o número de Jack nela. Suspirei de alívio quando vi uma exposta sobre a grade prateada.

— Pode me dar uma camiseta tamanho M de Carter, por favor? — pedi.

Depois de pagar por minha compra, corri para o banheiro mais próximo. Rasgando minha camiseta encharcada de cerveja, estendi a mão à procura da torneira. Pus minha camiseta preta dentro da pia e deixei a água quente encharcá-la. Torci minha camisa antes de enchê-la com mais água fresca, repetindo o ciclo numerosas vezes até que fiquei satisfeita vendo o cheiro da cerveja se dissipar. Encharcando a camiseta uma última vez, esfreguei meu corpo com ela o melhor que pude. Tentei tirar o mau cheiro e a viscosidade de minhas costas, mas foi difícil de alcançar.

— Quer que eu a ajude? — uma senhora com mais ou menos a idade de minha mãe perguntou atrás de mim. Seus olhos castanhos pareciam compassivos quando os avistei no espelho.

Virei em meus calcanhares para encará-la, grata pela amabilidade.

— Por favor. — Eu me recusava a chorar de frustração, embaraço e tristeza. — Obrigada — eu disse, virando-me de volta para meu reflexo.

Fiquei olhando-a esfregar minha pele exposta, tomando cuidado extra para não me deixar molhada demais. Assim que terminou, ela pegou algumas toalhas de papel e deu batidinhas em minhas costas enxutas.

— Pronto.

— Muito obrigada. — Sorri antes de puxar minha nova camiseta e enfiá-la por minha cabeça. Guardei minha camiseta molhada na sacola e fechei os cordões bem apertados. Olhando de relance para o espelho, passei meus dedos por meu cabelo úmido e percebi que Jack sentiria cheiro de cerveja em mim se eu não o lavasse.

Enfiei minha cabeça na pia, deixando a água quente penetrar nas pontas encharcadas de cerveja do meu cabelo. Caminhando para o secador, apertei o botão de iniciar. Ele rugiu para a vida e eu pus meu cabelo úmido sob o calor. Uma vez seco, rapidamente cheirei meu cabelo, satisfeita que ninguém fosse sentir o cheiro de cerveja a menos que estivesse procurando por ele. Peguei um frasco de loção com aroma de baunilha e esfreguei-o em meus braços e minha nunca para ajudar a disfarçar quaisquer odores persistentes.

Enfiando a sacola que continha minha camiseta molhada dentro de minha bolsa, saí do banheiro em direção ao vestiário. Rezei para que Jack não percebesse que alguma coisa acontecera e que eu fosse capaz de lidar com tudo. Sabia que esconder isso dele era provavelmente errado, mas eu me convencera de que isso era para o seu bem. Ele precisava manter sua mente concentrada no campo e sua cabeça fixada no jogo o tempo todo. Ele não conseguiria fazer isso se soubesse que esse tipo de merda acontecia. E eu nunca seria capaz de me perdoar se algo de ruim acontecesse com sua carreira por minha causa.

Muitos dos caras traem

JACK

Depois do jogo e da reunião com o time, eu me troquei, tomei um banho rápido e rumei para as portas azul-marinho do vestiário. Entrei depressa, procurando o rosto dela ao redor. No momento em que olhei para seus olhos verdes cansados, percebi que alguma coisa estava errada.

— O que houve? — perguntei, enquanto meus instintos protetores se eriçavam.

Seus lábios formaram um sorriso apertado e eu analisei a camiseta do Mets que abraçava as curvas de seu corpo.

— Não houve nada. Gosta da minha nova camiseta?

Ela se virou, erguendo seu cabelo para orgulhosamente exibir meu sobrenome e o número do uniforme escritos nas costas de sua camiseta. Carter 23.

— Se eu gostei? Eu adorei — respondi, e seu rosto se amenizou, mas as rugas de preocupação entre seus olhos permaneceram.

Minha mente imediatamente voltou à noite em que ela fora atacada no Fullton State. Ela estava com meus colegas de time rumando em direção ao *campus* para encontrar comigo quando um sujeito muito afetado por drogas ou álcool os assaltou e afirmou ter uma arma. Eu fora programado para lançar o primeiro arremesso para o time de softbol naquela noite, mas saí no momento em que ouvi murmúrios sobre o que havia acontecido, trombando em Dean e Brett pelo caminho. Eu me lembro de ter saltado o estacionamento tão rapidamente quanto minhas pernas puderam, em direção à rua, procurando algum sinal dela. Quando vi sua silhueta sendo ajudada por meu colega, Cole, enquanto os dois caminhavam, quase desabei de dor. Era meu dever protegê-la e mantê-la segura, e eu falhara.

Ver seu belo rosto arranhado e socado em minha mente fizera minha cabeça começar a ferver. Prometi naquela noite que eu nunca mais a deixaria ser ferida novamente, e falava sério. O simples fato de eu imaginar algo pode me deixar totalmente deslocado. Ninguém poderia ferrar minha gatinha daquele jeito outra vez.

— Você não vai me dizer o que há de errado? — pressionei novamente, e ela evitou meus olhos.

— Não é nada, não. Eu só quero ir para casa. Estou exausta.

Inclinei minha cabeça para ela, meus lábios roçando seus ouvidos e sussurrei:

— Sei que você está mentindo para mim. Conte-me lá no carro. — Beijei seu ouvido antes de afastar meus lábios e lançar meus braços em torno de seu ombro.

Relaxei no momento em que ela lançou seu corpo sobre o meu e confessou:

— Amo você. Estou tão feliz por você estar aqui. Por estarmos juntos. Você sabe disso, certo? — Ela sorriu quando as palavras saíram de seus lábios.

Deus, eu amava esse sorriso. Amava tudo que vinha dessa mulher.

— Também estou. Amo você.

Recusei-me a parar para quaisquer autógrafos ou fotografias de fãs, preferindo ir diretamente para o carro, meu braço envolvendo minha garota. O corpo de Cassie ficou tenso quando pequenos clarões de luz explodiram em torno de nós. Eu estava acostumado com isso, mas ela não. Eu a apertei mais firmemente, ansiando por reconfortar o que quer que a estivesse incomodando.

— Ei, Matteo.

— Oi, Jack. Cassie. — Seu sorriso se apagou rapidamente quando ele disse o nome dela. Ele também percebeu. Algo estava errado.

Assim que ficamos na privacidade de nosso carro, procurei a mão de Cassie, afagando-a com meu polegar.

— Diga-me o que está acontecendo, gatinha.

O carro disparou em velocidade para a frente, e Matteo deu uma olhada para nós no retrovisor.

— Eu estou realmente cansada, Jack. É um longo dia até que eu venha para cá direto depois do trabalho, sabe?

Ela tinha razão. Cass saía de manhã antes de eu acordar e não voltávamos para casa até bem depois das onze da noite.

— Você não tem que vir a todos os jogos — ofereci uma solução. Eu a queria lá? Claro que sim. Eu queria essa garota em todo lugar em que eu estivesse. Mas talvez eu estivesse sendo insensato ao pedir-lhe que fosse aos jogos quando eu nem sequer jogava.

Seus olhos se suavizaram e eu tive que tocá-la. Segurei seu queixo na palma de minha mão, seus olhos se fechando.

— Eu quero estar nos seus jogos, Jack. Perderei grande parte deles por causa do trabalho. Quero ver todos que eu puder.

Eu suspirei.

Na verdade, suspirei profundamente.

Matteo estava provavelmente pensando que eu era um grande dengoso. Diabos, eu estava pensando que grande dengoso eu era.

Mudei de assunto. Ela estava evitando minha pergunta por um motivo e eu me recusava a pressioná-la sobre ele no carro. Perguntaria a ela novamente assim que estivéssemos em casa... e sozinhos. Estendi para ela um envelope de papel de embrulho cheio de papelada.

— O que é isso? — Ela empinou seu nariz, e foi tão bonitinho que eu imediatamente tive uma ereção.

— É minha programação de viagens para os próximos três meses.

Seus olhos se arregalaram.

— Ah, eu queria lhe perguntar sobre isso uma noite dessas, mas esqueci completamente.

— Bem, aí está. — Deslizei minha mão pela sua coxa acima. — Parte dela, pelo menos — eu acrescentei, antes que ela afastasse minha mão com um tapa.

— Pare com isso — ela sussurrou, seu rosto ficando rosado.

Eu adorava o modo como a afetava. Deixava-me com uma ereção ainda maior, e eu ajustei meus jeans, tentando aliviar a pressão. Ela folheou os papéis, parando para ler algumas páginas mais extensamente que outras. Eu me inclinei sobre seu pescoço, o cheiro de sua pele dominando meus sentidos. Beijei-a suavemente, deixando minha língua deslizar por seu pescoço enquanto ela soltava um gritinho.

— Vou foder você no banco de trás deste carro enquanto Matteo nos olha se você não parar de fazer esses barulhinhos.

Seu queixo caiu, seus olhos recaindo sobre o volume em minhas calças antes de ficarem arregalados de vergonha.

— Jack!

— Gritar meu nome não vai ajudar você — provoquei, minha língua deslizando pelo lóbulo de sua orelha enquanto eu o sugava delicadamente em minha boca.

— Oh, meu Deus — ela sussurrou. — Pare com isso. — Ela ajustou seu corpo, afastando meu rosto com suas mãos. — Espere até chegarmos em casa — ela rogou, lançando um olhar na direção de Matteo.

Subi com minha mão por sua coxa outra vez, parando antes de atingir seu ponto. A carência inundava seus olhos, apesar de suas constantes súplicas para que eu parasse. Eu recuei rapidamente, colocando minhas mãos por trás da cabeça e me recostando nelas.

— Ok, eu posso esperar.

Seu peito arfava, sua respiração era entrecortada.

Maldição. Eu não podia esperar, mas provocá-la valia a pena.

Ela tentou se distrair folheando a papelada outra vez, com as mãos trêmulas.

— Então, isto é toda a sua informação de viagem. Voo, hotel, ônibus e horários de jogos?

— Sim. Está tudo aí. — Tentei ignorar a pulsação entre minhas pernas.

— Tenho uma pergunta.

Como é que as fêmeas simplesmente desligam a habilidade de se excitar? É como se fossem super-heroínas ou algo assim. Podem ir de agitadas a fechadas em dois segundos! Machos não funcionam assim.

— Tenho uma resposta — eu disse tão tranquilamente quanto possível.

— Quem faz isso para vocês? Alguém tem que agendar todos os seus voos e coordenar tudo isso. Eu ficaria maluca se tivesse que cuidar de toda essa bagunça administrativa — ela admitiu, balançando a cabeça.

— Temos uma secretária de viagem. Seu nome é Alison e eu lhe darei todas as informações de contato caso você precise falar com ela. — Inclinei minha cabeça para lá e para cá, estalando meu pescoço ruidosamente.

— Quando eu quiser ir para um jogo distante, o que devo fazer? Ligo para ela para fazer minha viagem também?

Eu dei risada.

— Não. Ela apenas programa a viagem do time. Todas as esposas, namoradas e filhos devem se virar por si mesmos.

— Jesus Cristo... Mas se eu quiser ir no mesmo voo que você, eu posso, certo? — ela perguntou, quando surgiram duas linhas de preocupação acima da ponta de seu nariz.

Balancei minha cabeça.

— Não. Temos um avião do time que...

— Vocês têm um avião do time? Como um avião do Mets?

Esfreguei meus olhos com as costas da minha mão.

— Não. Se você me deixar terminar.

— Termine — ela interrompeu com um sorriso malicioso e eu quis terminar foi com ela.

— Temos uma linha aérea comercial que alugamos, para que ninguém mais possa viajar nela. É só o time, o gerente, os instrutores, os treinadores e os caras do equipamento. E nós não nos sentamos no aeroporto ou algo assim. Usamos uma área isolada para que não tenhamos que lidar com os fãs.

— Eu não tinha a menor ideia de que tudo isso acontecia. É muito legal para vocês. Meio ruim para mim. — Seus lábios formaram um pequeno rosnado falso. — Mas seja como for.

— Por que o rosnado?

Ela bufou.

— Bem, Nora mencionou que eu poderia fazer algumas reportagens fotográficas especiais casadas com suas viagens. Mas isso ainda não está definido.

— Você poderia viajar comigo e trabalhar? Gostei disso. — A ideia de tê-la viajando comigo o tempo todo era exatamente o que eu queria e me recusei a esconder o meu entusiasmo pela sugestão.

— Não fique tão empolgado. Ela mencionou isso só uma vez e também disse que poderia não funcionar. — Ela empinou a cabeça de lado antes de perguntar: — Muitas esposas vão para os jogos distantes? Quero dizer, e aquelas que têm filhos?

— A maioria delas não viaja com o time. Acho que deve ser mais fácil ficar em casa.

Ela fez que sim.

— Ok. Então, se eu quiser ir para um jogo distante, tenho que programar meu próprio voo, e que o mais?

— Terá que pegar um carro de aluguel. O time viaja de ônibus. E você teria que me informar que está indo porque Alison precisaria trocar meu quarto.

— Trocar seu quarto, como?

Eu me remexi no meu assento, desconfortável com as informações que estava prestes a divulgar.

— Se uma esposa ou namorada vai a um jogo distante, somos postos num andar do hotel diferente do resto do time. Ou, se houver outra ala no hotel, somos transferidos para lá.

Oh, Jesus.

— Basicamente é para seu próprio bem. Há coisas que você não vai querer ver nas viagens, gatinha. E se não estamos no mesmo andar que eles, então você não as verá necessariamente. — Tossi sobre minha mão. — A menos que vá ao bar do hotel. Nunca entre no bar do hotel. Nem sequer olhe para lá. Você está me ouvindo?

Ela ainda parecia perdida. Precisei pronunciar para ela com todas as palavras e eu realmente não queria fazer isso porra nenhuma. Não com a nossa história. Não com nosso doloroso passado. Eu imaginei as tietes e caçadoras de jogadores que apareciam nos bares de hotel toda noite depois de nossos jogos. Elas sempre sabiam o hotel em que o time ficava e não hesitavam em se oferecer a qualquer jogador que as quisessem.

Vira acontecer coisas naqueles bares que gostaria de apagar de minha memória e eu não queria que elas chamuscassem a memória dela. Eu odiava magoá-la. Dei uma olhada em direção a Matteo, que visivelmente sabia o que eu estava prestes a dizer. Ele rapidamente balançou a cabeça, como se me advertisse a não contar para ela.

— Um monte desses caras trai suas esposas, gatinha. É por isso que somos alocados em outro andar se estamos realmente com nossas esposas e namoradas. E é por isso que você deve evitar o bar do hotel a todo custo. Há coisas que você não quer ver lá.

Os olhos de Matteo se apertaram no espelho ao mover seu olhar da estrada para Cassie e de Cassie para a estrada. Ela pareceu chocada, seu rosto perdendo a cor.

— Ah, sim. Certo.

Estendi a mão para pegar seu queixo, virando-a para me olhar enquanto seus cabelos louros se derramavam em torno de minha mão.

— Esses outros caras podem trair quem quiserem. Mas eu não. Aprendi a lição. Eu nem mesmo entro mais nos bares de hotéis. Recuso-me a me colocar naquela posição novamente. E peço para ficar no andar das esposas a cada excursão que fazemos, se isso a torna mais feliz.

Raspei com meu pé sobre o tapete do piso, a energia nervosa percorrendo minhas veias, quando ela desviou os olhos de mim. Eu esperei que ela respondesse.

— Cass? — Seus olhos encontraram os meus. — Diga alguma coisa. Qualquer coisa.

— Não tenho nada a dizer.

— Você sempre tem algo a dizer. É só dizer. Por favor, fale comigo — eu implorei. Esta garota me punha de joelhos e eu cairia no chão de amores por ela sempre.

Ela engoliu em seco antes de inspirar profundamente.

— Eu só acho que é horroroso. Obviamente, a administração sabe sobre as traições e, pondo as esposas em andares separados, é como se eles tolerassem isso. Simplesmente não entendo por que a integridade que exigem de vocês em campo não é exigida quando estão fora dele.

— Não é assim, querida. As traições acontecerão de todo modo, não importa o que alguém diga. As esposas no fim começaram a pedir para serem postas em andares diferentes. Elas não queriam ver garotas saindo dos quartos dos maridos de suas amigas.

O carro diminuiu para um balanço suave antes de parar. A esta altura da conversa, eu já esquecera onde estávamos. Matteo saiu do carro antes que eu pudesse impedi-lo, abrindo nossa porta e estendendo a mão para Cass. Ele a puxou com cuidado do banco traseiro, guiando-a para a entrada do edifício com a mão sobre seu ombro.

— Obrigada — ela disse educadamente.

— Obrigado, cara — estendi a mão para Matteo e segurei a sua com força. Ele segurou com a mesma firmeza em resposta e eu lutei contra a ânsia de espremê-la até que os ossos saltassem. Se isto era uma espécie de confronto que estávamos tendo, eu seria o vencedor. — Vejo você amanhã?

— Com certeza. Boa noite e boa sorte. — Ele ergueu uma sobrancelha e eu dei um tapinha em suas costas.

— Obrigado.

Atravessamos a portaria, dizendo olá para Fred antes de tomar o elevador para subir ao nosso apartamento. Assim que atravessamos a porta da frente, esvaziei o resto de troco de meus bolsos sobre a mesa. Escolhi entre eles, pegando todas as moedinhas e removendo-as da pilha.

— O que você está fazendo? — ela perguntou, examinando-me pela porta da geladeira.

— Pegando as moedinhas.

— Por quêêêê? — ela perguntou, arrastando o som do "e" para enfatizar.

— Você sabe por quê — eu disse com uma piscadela.

— Explique.

— Eu não gasto mais moedinhas, gatinha. Elas todas ficam guardadas e postas naquela caixa bem ali. — Apontei para a caixa cheia de moedinhas que Fred entregara naquela noite, que ficava na prateleira.

— Eu lhe devo uma porção de apalpadas, Sr. Carter.

— Você é quem está dizendo. Por que você acha que eu continuo colocando na caixa?

Ela riu e eu vi seu rosto se iluminar antes que eu apagasse seu sorriso.

— Agora que estamos sozinhos, vai me contar, por favor, o que houve? Sei que você está cansada, mas alguma outra coisa aconteceu nesta noite. O que foi? — Ela hesitou e eu senti que ela não queria me contar. — Cass. Por favor, isso está começando a me enlouquecer. Alguém a ofendeu?

— Não. — Ela balançou a cabeça, seus olhos evitando os meus. — Ninguém me ofendeu.

— Eu sei que algo aconteceu. Posso ver em seu rosto. Pode não haver arranhões desta vez, mas posso ver do mesmo jeito.

Ela estremeceu quando eu trouxe o ataque à tona. Mal conversávamos sobre aquela noite, em parte porque o cara fora capturado, mas porque isso me deixava incontrolavelmente irritado. Eu mal podia pensar naquela noite, na expressão dela e no modo como tremia em meus braços, sem querer arrombar a cela e matar aquele babaca com minhas mãos limpas.

Vasculhei a memória à procura de alguma coisa que eu havia dito ou feito recentemente para irritá-la.

— Por que diabos você está me fazendo arrancar isso de você à força deste jeito? É só me falar! — Minha irritação começou a aumentar à medida que o tom de minha voz subia.

Por que ela simplesmente não dizia o que estava acontecendo?

— Caramba, Cassie, é só botar para fora! Você está com raiva de mim? Eu fiz alguma coisa errada?

Meu celular soou, dando sinal de uma mensagem de texto. Irritado, eu o agarrei e bati meu dedo com força sobre o botão.

Cass vai me matar por te mandar isso, Jack, mas você precisa ver. É do jogo de hoje.

Anexo ao texto de meu irmãozinho havia uma fotografia de Cassie tendo um copo de cerveja jogado em suas costas.

Eu não preciso de babá

CASSIE

    Odiei que Jack imediatamente pensasse que fora alguma coisa que ele fizera. Não queria lhe falar sobre os fãs. Ou sobre as esposas. Ou sobre nada daquilo, realmente. A última coisa que ele precisava fazer era se preocupar comigo quando estava em campo. Beisebol era a sua profissão, não algum hobby que ele tivesse por diversão no final de semana. Eu não queria ser o tipo de garota que o distraía e, de repente, faria qualquer coisa para evitar que ele me visse como um peso. O estádio estava cheio com milhares de pessoas toda noite. Não era provável que ele pudesse impedi-las de dizerem o que quer que fosse para mim.

    Jack estava ficando mais agitado e eu precisava contar-lhe alguma coisa. Lembrei-me da última vez em que escondera meus sentimentos dele nos tempos do colégio. Aquele episódio do primeiro jogo distante foi um desastre completo. As duas fotografias de celular que aquela garota havia me mostrado, de Jack e uma morena entrando no quarto de um hotel, pareceram bem destruidoras. Tive a certeza de que Jack me traía enquanto seu time jogava no Texas e me recusei a retornar suas ligações ou responder às suas mensagens até que ele finalmente perdeu as estribeiras com todo mundo ao seu redor. Depois foi revelado que a morena das fotografias estava lá para ver Brett, o colega de quarto de Jack para o fim de semana, mas eu nunca lhe dera uma chance de me contar nada até que ele retornou da excursão completamente irritado comigo. Eu não havia aprendido nada com aquilo?

Seu telefone soou e eu vi sua conduta mudar da irritação para uma coisa totalmente diferente.

— Gatinha — sua voz praticamente sussurrou enquanto seus olhos se inflamavam com uma mistura de fúria e tristeza.

Quando me encostei ao balcão frio de granito, não sabia o que dizer. Por onde eu devia começar?

— O que aconteceu esta noite? — Ele se pôs imediatamente do meu lado, seus lábios se enterrando em meu pescoço. Senti seu constrangimento. Ele estava tentando desesperadamente manter a calma, mas minha hesitação em responder à sua pergunta punha à prova sua resolução.

Engoli o nó na garganta antes de me virar para encará-lo.

— Olha... seus fãs são malvados de vez em quando, e as esposas no time são umas piranhas — eu me encolhi ao admitir.

O corpo de Jack ficou tenso, suas mãos se fechando em punhos.

— Ter cerveja jogada sobre você toda é mais do que maldade, Cass.

— Como você soube da cerveja?

Ele passou seu celular para mim.

— Dean. — Balancei a cabeça assentindo, notando que nem Melissa poderia ter impedido Dean de enviar a fotografia para Jack.

— Que mais? — ele perguntou entredentes e eu me fingi de tola.

— Que mais o quê?

— Que mais tem acontecido durante os jogos? E pare de tentar me proteger ou qualquer que seja a coisa distorcida que você pensa que está fazendo porque estou quase perdendo a cabeça.

— Os fãs me ofendem, às vezes.

— Que quer dizer com ofendem você? Ofendem você como?

— Um par de sujeitos só disse umas coisas sobre as fotografias que foram publicadas. É tudo. — Desviei os olhos dos seus quando estes se apertaram. Tentava fazer minha voz soar displicente, como se tudo fosse apenas meio exagerado, mas Jack não entrava nessa.

— Que fotografias? — sua voz soou amarga e confusa.

De repente me ocorreu que Jack não fora alertado sobre nenhuma delas. Claro que não fora. Ele não se dava ao trabalho de ler os jornais e se Dean não lhe contasse, então, quem mais contaria? Os departamentos de relações jornalísticas e públicas do time ficavam fora de qualquer coisa que não tivesse a ver diretamente com o time ou com o jogador. Uma coisa que só dizia respeito a mim não seria notada.

— Aquela fotografia que Meli mandou na outra noite foi publicada no jornal na manhã seguinte. E têm saído algumas outras desde então. — Evitei de propósito lembrar aquela minha fazendo o gesto obsceno para a multidão.

— Você está brincando comigo?

— Não estou, não — eu disse, olhando diretamente para trás dele, meu olhar focalizado na parede.

— Mais alguma coisa que você não está me contando?

Meus olhos focalizaram suas íris escuras e depois pisquei para fechá-los antes da confissão seguinte. Exalei um longo suspiro.

— Alguém tentou cuspir em mim na noite passada. É isso.

— Oh, é só isso? — Ele balançou sua cabeça com incredulidade antes de jogar as mãos para o alto. — Isso não está certo. Mas não está certo mesmo. — Ele me pegou, seu corpo trêmulo de raiva ao puxar-me para seu peito. Envolveu minha cintura com força antes de pousar sua cabeça sobre a minha. — Você não pode esconder essas coisas de mim. Não posso impedi-las se não sei o que está acontecendo. Você tem que me deixar informado.

— Eu não queria ser um peso para você — admiti, sentindo-me meio estúpida assim que disse as palavras em voz alta.

Ele apertou meu corpo com força contra o seu.

— Você nunca é um peso. Está me ouvindo? — ele disse, elevando o meu rosto para o seu. Seus olhos ficaram fechados com força antes de se reabrirem. — Não posso crer que isso esteja acontecendo com você. Sinto tanto, gatinha. — Ele começou a andar de um lado para outro, puxando seus cabelos bem pretos enquanto a culpa me assolava.

Isso era exatamente o que eu não queria que acontecesse. Jack ficar tão preocupado comigo que não conseguisse pensar direito.

— Não lamente, Jack. Não é culpa sua. E eu não estou desprotegida. Há segurança por todos os lados. Por favor, não faça isso com você mesmo. Não se preocupe comigo. Eu vou ficar bem. — Desempenhei minha melhor exibição de uma garota totalmente confiante, mas por dentro estava sufocando. A verdade é que eu não me sentira inteiramente segura e não tinha certeza de quão bem ficaria.

— Não me preocupar com você? — Ele riu e bufou ao mesmo tempo. — Isso é o mesmo que pedir ao Edifício Chrysler para não ser alto!

Amava a paixão que Jack tinha por mim, mas ansiava por acalmá-lo. Eu queria ser a única pessoa na Terra a lhe dar paz e serenidade, não agitação.

— Talvez Matteo deva ir aos jogos com você — ele sugeriu lentamente, antes de ficar mais empolgado conforme a ideia se enraizava. — Sim. — Ele fez um sinal de assentimento com a cabeça. — É isso. Matteo irá com você aos jogos.

— O quê? Isso é loucura. Você não pode pedir a ele para que faça isso. Ele é nosso motorista, não nossa babá.

— Por que você é tão teimosa? Preferia saber que você está segura com alguém como Matteo do que sozinha e vulnerável num estádio gigantesco onde todo mundo sabe exatamente onde você está sentada.

— Não. Isso é ridículo. — E eu não sabia por que relutava, francamente, porque era uma ideia brilhante e eu já me sentia mais estabilizada à simples ideia de ter alguém como Matteo ao meu lado. Ele era forte e intimidador e eu sabia que ele me manteria em segurança. Acreditava honestamente que ele faria qualquer coisa que Jack lhe pedisse.

— Não é uma discussão idiota, gatinha. — Ele se inclinou para mais perto, seu hálito sobre meu rosto. — Não posso ficar no monte, tentando me concentrar em meu jogo, quando estou preocupado sobre o que as pessoas estão fazendo ou dizendo para você lá na arquibancada. Matteo irá com você e ponto-final. — Ele ergueu as duas mãos para o alto como se eu não tivesse escolha e minhas defesas se inflamaram.

— Ponto-final? O que eu sou, a última a dar palpite? Eu não consigo nem ter opinião no que acontece em minha própria vida? Sou prisioneira de sua imprensa e seus fãs quando estou no estádio, e agora sou prisioneira em casa também?

— Caramba, Cassie, só me escute! — sua voz se enfureceu, e eu pulei, assustada com a sua intensidade. — Eu faria qualquer coisa para mantê-la segura. Qualquer coisa! Mas não posso protegê-la quando estou lá no maldito campo!

Ele aspirou, num fôlego curto.

— E prometi depois daquela noite no Fullton que nunca deixaria ninguém machucá-la novamente. Você se lembra disso? Porque eu me lembro. Eu me lembro de cada mínimo detalhe daquela noite. Você não viu o que eu vi. Você não sabe como me olhou dentro dos olhos. Senti como se toda a minha razão de existir estivesse desmoronando ao meu redor quando a garota que eu amo estava ali, cuspindo sangue.

Seus olhos faiscaram com a lembrança.

— Falhei com você naquela noite, Cassie. Eu nunca me perdoarei por não ter me certificado de que você estava segura e protegida. Aquilo nunca devia ter acontecido com você. Prometi a você que nunca deixaria ninguém feri-la daquele jeito. Simplesmente me deixe cumprir minha promessa para você — ele finalizou, exasperado, enquanto as rugas de preocupação se aprofundavam em seu rosto.

Sufoquei as emoções trazidas de volta por suas palavras e soltei um pequeno suspiro.

— Ok, querido. Serei acompanhada por Matteo.

Ele fechou seus olhos e os traços de tensão desapareceram do meio deles.

— Obrigado. É meu trabalho proteger você. É meu trabalho mantê-la em segurança. Deixe-me fazer isso ou eu vou ficar maluco.

— Eu já disse ok. — Jack estava certo e eu não queria mais brigar.

— Você já disse ok? — ele imitou minha voz e eu olhei ferozmente para ele. — Está certo, você disse ok. — Ele deu dois passos em minha direção e meu interior estremeceu quando ele se aproximou.

Inesperadamente minhas costas ficaram presas contra a parede, sua boca quente e molhada sobre meu pescoço.

— Eu amo você — ele suspirou sobre minha carne, minhas pernas amolecendo. — Não discuta comigo sobre sua segurança outra vez — ele exigiu e eu gemi em resposta.

— Pelo amor de Deus, Cassie. O que eu lhe disse sobre esses sons? — Sua língua abriu caminho em direção à minha boca, onde separei meus lábios na expectativa dele.

Estávamos mortos de fome. Tão famintos um pelo outro, era como se não pudéssemos parar de comer esta refeição, mesmo que quiséssemos.

Eu não quero parar.

Ele sugou meu lábio inferior, enfiando-o em sua boca antes de mordiscá-lo e prendê-lo com seus dentes. Eu não consegui controlar os sons que escapavam de meus lábios enquanto minha língua lambia e explorava o interior de sua boca antes que ele recuasse ligeiramente.

— Diga que você me ama — sua voz era quente, obrigando-me a obedecer.

E obedecer foi o que fiz.

— Claro que eu amo você.

Ele forçou meus braços para o alto com uma de suas mãos e, com a outra, tirou minha camiseta e a jogou no chão. Seus olhos escuros de chocolate me dominaram antes que sua cabeça baixasse e ele enterrasse seu rosto entre meus seios. Seus dedos soltaram meu sutiã, e o tecido entre seus lábios e minha pele se desfez, despindo-me para ele.

Emaranhei minhas mãos em seus cabelos enquanto sua ereção me pressionava. Ele agarrou minhas nádegas e me ergueu. Instintivamente, cruzei as pernas em torno de seu quadril, rebolando para ele a cada passo que ele dava ao me conduzir em direção ao quarto.

— Jesus, gatinha. Vou comer você aqui neste chão mesmo se você não parar de fazer isso.

Eu dei risada, sua língua entrando em minha boca com nova determinação. Ele me pôs na cama antes de se posicionar sobre mim. Minhas mãos apalparam suas costas, os dedos se enterrando em seus músculos quando eu erguia meus quadris para se colarem aos seus.

Percorri a linha de seus músculos pelos seus braços abaixo antes de enfiar minha mão entre nossos quadris. Remexi no botão de seu jeans até que ele gentilmente se ergueu, tomando cuidado para não pôr todo o seu peso sobre mim. Eu o desabotoei, abri o zíper e puxei seu jeans para baixo de suas nádegas firmes.

Ele recuou da cama, levantando-se para retirar o resto de suas roupas. Depois olhou para mim, um sorriso profundo aparecendo. Cambaleei para a frente, desesperada por depositar beijos em cada covinha quando ele me forçou para baixo. Retirou minha calcinha, e eu me deitei na cabeceira da cama, completamente exposta.

— Você é tão bonita. Eu gosto de tudo em você. — Ele depositou um beijo no peito do meu pé. — Mesmo quando você é teimosa... — Sua língua deslizou por minha canela e a excitação subiu em linha reta por todas as fibras do meu corpo. — E mandona. — Seus lábios beijaram minha coxa, sua língua prosseguindo em ataque. — E um pé no meu saco. — Seu hálito aqueceu a pele junto ao meu quadril.

Ele enfiou um dedo dentro de mim e eu gemi de prazer. Balancei contra ele, sua língua lambendo a parte baixa de meu estômago antes de subir em direção aos meus seios. Ele sugava e mordiscava enquanto minhas costas se arqueavam de prazer.

— Gosta disso? — ele gemeu sobre minha pele.

— Mmmm... — sussurrei, enroscando meus dedos em seus cabelos outra vez. — Entre em mim — eu disse, e ele moveu seu membro ereto em minha direção antes de recuar. — Entre — repeti, e inseri a cabeça do membro dentro de mim.

Arfei e estremeci com a sensação dele me penetrando enquanto o puxava para que entrasse mais profundamente. Ele cedeu e minhas pernas se abriram mais, acolhendo-o. Ele balançou para dentro e para fora de mim enquanto meus quadris rebolavam para ele, criando aquela construção familiar de sensações. Ele enfiou em mim com intensidade, sua língua lambendo, sua boca sugando furiosamente dos meus seios ao meu pescoço e descendo novamente. Gemi e sua boca se esmagou contra a minha, silenciando meu prazer. Ele se agitou com mais força, mais rapidamente enquanto eu me movia contra ele, rumando em direção ao clímax.

— Você tem um gosto tão bom. Você sempre teve um gosto tão bom — ele sussurrou sobre mim, seus braços se flexionando no alto.

Minhas mãos seguiram o traçado de suas costas até que aterrissaram em suas nádegas. Eu as apertei, forçando-o vigorosamente para dentro de mim.

— Oh, Jack. Isso. — Eu me apliquei sobre ele, puxando, rebolando, erguendo. Ele acelerou o ritmo, nossos corpos se movendo em uníssono enquanto percorríamos a mesma trilha conduzida pelo êxtase.

— Foda. Isso. Jack. Oh, meu Deus. — Eu arfava enquanto tremia de excitação. O calor me percorria toda, meu corpo palpitando enquanto Jack se agitava num frenesi.

— Foda, Cassie. Caramba, você é muito gostosa. — Sua boca sugou meus seios, levando-os aos dentes. Agarrei seu cabelo, puxando-o levemente ao mover meu corpo junto com o dele. Ele ficou ainda mais duro dentro de mim, ainda entrando e saindo, quando penetrou profundamente uma última vez. Grunhindo ruidosamente, ele explodiu dentro de mim, pulsando a cada pequena explosão.

Ele se afastou lentamente antes de desfalecer perto de mim.

— Vá fazer xixi. Eu sei que você precisa. — Dei um tapa em seu ombro antes de sair da cama para ir ao banheiro.

Um momento depois, eu me juntei a ele na cama, pressionando minha cabeça contra seu peito enquanto ele me envolvia com um braço.

— Por falar no problema da segurança...

— Não estamos falando do problema da segurança — zombei antes de continuar — ... não mais.

Seu peito se ergueu e baixou agudamente, minha cabeça se movendo com ele.

— Acho que devíamos procurar outro apartamento. Não que este não seja grande, mas acho que posso adquirir um imóvel um pouco maior com porteiro 24 horas.

Eu não podia negar o fato de que estivera pensando exatamente na mesma coisa. E que eu me sentiria muito mais segura tendo porteiro em período integral em vez de um só de meio período noturno.

— Também tenho pensado nisso.

— Podíamos procurar em algum lugar mais próximo ao Central Park, se você quiser. — Meu interior vibrou com esta sugestão. Adorava o Central Park e queria morar perto dele, inicialmente, mas era muito caro e eu não podia adquirir um lugar por mim mesma. Ao menos não onde eu procurara. Antes que eu respondesse, ele continuou: — Eu sei que é mais longe de seu escritório...

— Não é muito mais longe — interrompi, erguendo minha cabeça de seu peito. — Quero dizer, é, mas eu não me importo. Eu adoro o Central Park, especialmente a área próxima ao Plaza Hotel. Como você soube disso?

Ele sorriu como um travesso gato Cheshire:

— Suas fotografias on-line para a revista.

Lembrei das fotos que eu tirara do parque e suas proximidades da primeira vez em que me mudara para cá.

— Oh, certo. Naquele tempo em que você me perseguia.

Sem nenhum esforço real, ele se precipitou, retorcendo e girando meu corpo a seu capricho. Fiquei de costas antes que pudesse sequer pensar.

— Sim. Quando perseguia você, moleca — ele disse, sentando-se sobre mim. — Você tirou uma foto daquela fonte e daquele hotel realmente bonito. Ou ao menos suas fotos o faziam parecer bonito.

Sorri, tentando afastá-lo de mim, mas meus movimentos eram inúteis contra ele.

— Aquele é o Plaza Hotel. Ele não precisa que eu o torne bonito. É fabuloso, e tenho certeza de que sou apaixonada por ele.

— Eu ainda não vi nada disso, sabia? — Ele prendeu meus braços sobre minha cabeça antes de chegar com seu rosto para mais perto do meu. — Você é uma péssima anfitriã. — Seus lábios roçaram contra meus lábios, suavemente a princípio, antes que ele aprofundasse o beijo. Emoções e calor formando um redemoinho dentro de mim.

Graças a Deus que eu já estava deitada, porque meus joelhos teriam se dobrado completamente no instante em que ele iniciou o beijo. Eu lutava por me lembrar sobre o que estávamos falando antes que ele apagasse todos os meus pensamentos.

— Anfitriã, eu? Não sou homem e você não é visita. Você mora aqui agora.

Uma linda covinha brilhou em cada uma de suas bochechas.

— Verdade. Mas ainda acho que você deveria me mostrar a cidade. Eu tenho a quinta-feira de folga.

— Bem, eu não. Tenho que trabalhar.

— Então, diga que está doente — ele sugeriu e meu gênio começou a ferver. — É meu único dia de folga neste mês.

— Eu não vou dar uma de doente! — Eu o empurrei e ele se afrouxou. Afastando seu corpo do meu, eu me ergui da cama numa posição de sentada. — Espere. Quinta-feira é realmente seu único dia de folga neste mês todo? Sério?

Sua cabeça empinou de lado, meu choque me dominando.

— Quero dizer, eu sabia que você ficava fora metade do mês por causa dos jogos, mas acho que nunca percebi que você não tinha qualquer dia real de folga. — A agenda de beisebol de Jack não era culpa dele. Ele não podia controlá-la. Era mais uma coisa para ajustar em nossa nova vida juntos.

Ele deu de ombros.

— Sei que é muito. Mas ouça. — Ele estendeu a mão para as minhas. — Tenho quinta-feira de folga. Adoraria sair para olhar novos apartamentos, se tivéssemos tempo, e eu queria que você me mostrasse alguns de seus locais favoritos na cidade, tudo bem? Talvez você possa tirar meio expediente? — Seu polegar acariciava minha mão. Como se sentisse minha hesitação, ele acrescentou: — Faremos isso dar certo.

— Eu sei. Tudo bem. — Tentei mascarar minha preocupação.

— Não, não está. O que há de errado? Com o que você está preocupada? São as outras garotas?

Balancei minha cabeça.

— Não, não é isso. Ao menos, não agora. — Fingi um sorriso. — Eu não sei. Será que não é porque mal poderemos nos ver pelos próximos meses?

— Você poderia deixar seu emprego e vir comigo. Então nunca nos separaríamos. — Ele sorriu maliciosamente quando meu estômago falhou e minha pulsação se acelerou.

— Não diga isso. Você sabe que eu odeio quando você diz essas besteiras — avisei quando o calor subiu às minhas faces.

— Ah, gatinha. Estou só brincando.

— Bem, então não brinque — respondi rispidamente, meu tom áspero e entretecido com amargura. Esta não era a primeira vez em que Jack sugerira que eu não trabalhasse. Lembrei-me de uma reunião com vovó e vovô pela primeira vez em que ele dissera a mesma coisa. — Não com meu emprego, ok? É importante para mim. Eu *quero* trabalhar. E se isso significa que não conseguiremos ficar juntos durante sua temporada, então — dei de ombros outra vez — suponho que não ficaremos juntos tão frequentemente.

— Só quero que você seja feliz — ele admitiu docemente, mas era tarde demais. Jack escolhera o único tópico que me forçava a reagir de modo tão maldoso que eu queria ir do outro lado da cama rasgar seu coração. Minhas defesas formigaram em cada fenda do meu corpo, espalhando sua cobertura de arame farpado protetor por todos os lados.

— Então não me peça para sair do emprego mais uma vez. Nem mesmo brincando. Isso me dilacera. — Meu trabalho era a única coisa que eu tinha que era tudo para mim. Não era por causa de Jack. Não era por causa de nós. Não era por causa de ninguém ou nada mais. — A fotografia é minha paixão, Jack. Ela domina pedaços de minha alma, minhas vísceras, tudo dentro de mim. Meu ser todo vem à vida quando fico por trás daquelas lentes fazendo fotos, e trabalhei muito duro para chegar aonde cheguei.

— Eu sei que você trabalhou. E peço desculpas — ele retrocedeu. — Só quis dizer que sentirei sua falta. Quero você comigo o tempo todo. Odeio viajar e só desejarei mesmo que você esteja lá. Mas nunca teremos isso enquanto você estiver trabalhando.

Avancei minha cabeça em sua direção, meu olhar feroz.

— Eu não posso deixar de trabalhar, Jack. Você não entende isso? Como pode, você, entre todas as pessoas, não entender isso?

Eu aprendi, havia muito tempo, que ninguém faria coisas por mim. Se eu tivesse um sonho e quisesse alcançá-lo, teria que abrir meu caminho com unhas e dentes em direção a ele e agarrá-lo por mim mesma. Eu não desistiria do que trabalhara tão duramente para conseguir. Eu não deixaria ninguém tirar isso de mim. Jack, de todas as pessoas, tinha que ser capaz de deduzir. Ele trabalhara tão duramente quanto eu para conseguir as coisas que queria. Ambos fomos decepcionados pelas poucas pessoas que no mundo são julgadas dignas de confiança implícita. Todas as promessas não cumpridas do meu pai passaram por minha cabeça, mas o desapontamento constante que eu sentira crescer empalidecia em comparação a ambos os pais de Jack escolhendo abandoná-lo.

— Entendo isso. De que diabos você está falando? — Ele puxou seu cabelo.

— Se eu parasse com a fotografia e parasse de trabalhar, ficaria perdida. Eu não saberia quem sou sem isso — reconheci, o mero pensamento fazendo meu interior se sentir escavado e vazio.

— Como você acha que vou me sentir quando minha carreira de beisebol terminar? — Ele se aprumou e me encarou.

— Mas você disse uma vez que desistiria dela. Por mim! Como você pôde dizer aquilo? — Eu não conseguia me imaginar desistindo daquela parte de mim por ninguém. Nem mesmo Jack.

— Porque é a verdade, caramba! Eu seria nada sem este esporte. Não sei quem sou sem o beisebol e levarei algum tempo para descobrir isso quando este dia chegar. Mas eu serei capaz de fazer isso, contanto que tenha você.

Balancei a cabeça, a descrença correndo desesperadamente por dentro de mim.

— Ouça — ele exigiu. — Um dia o beisebol vai acabar. É um fato. E este dia será um dos piores de minha vida. Mas se eu tiver que ir até o fim de minha carreira sem *você*? — Ele bufou. — Então você pode muito bem só me colocar para pastar como uma daquelas velhas vacas malditas. Porque eu não existo sem você. Jack Carter não existe como pessoa inteira sem Cassie Andrews.

Meu peito arfava enquanto eu lutava contra as lágrimas quentes que ameaçavam brotar de meus olhos à medida que ele continuava.

— Sem você, eu seria a casca de um homem. Uma carcaça vazia, sem vida. E sei disso porque estive lá. Passei por isso. Vivi sua perda devido à minha própria estupidez e nunca poderei explicar a você o que senti.

Deixei que minhas lágrimas caíssem, mas não podia dizer nada ainda.

— Cass, não quero que você pare de trabalhar. Não quero que você desista de nada por mim. Mas preciso que você saiba o que aprendi ao perdê-la. Sei como é ruim não ter você em minha vida e não quero experimentar aquela sensação nunca mais.

Prendi o fôlego.

— Eu não posso imaginar minha vida sem você, Jack — admiti de todo o coração. — Mesmo quando estávamos separados, sempre esperei que fôssemos encontrar nosso caminho de volta um para o outro. Mas não gosto de me sentir pressionada a escolher entre você e minha profissão. Não é justo e é uma decisão que eu não quero ter que tomar.

— Porque eu não vou vencer? — ele perguntou, sua voz suave, mas firme.

— Eu não sei — respondi honestamente. — Mas não posso acreditar que já estejamos brigando.

— Não estamos brigando. Estamos apenas imaginando como as coisas seriam.

— Não. Tenho total certeza de que estamos brigando.

Não deixarei nada acontecer com ela

JACK

Eu sabia o que a gatinha queria dizer na noite passada, mesmo que ela não soubesse. Ela sentia que escolher entre sua profissão ou seu coração era como se eu pedisse literalmente que escolhesse entre mim e ela mesma. Eu queria culpá-la, mas não podia. Ela não sabia o que era isso. Não mesmo. Viver sem a única pessoa para quem você sabe que foi feito. Eu experimentara a dor de ser forçado a viver sem ela enquanto havia conquistado meu maior sonho.

Não era suficiente.

Ter o beisebol, mas não Cassie, não me deixava feliz. Tinha certeza de que era o mesmo para ela com a fotografia e sem mim; ela simplesmente ainda não percebera isso. Ela não fora realmente forçada a percebê-lo. Ao menos não da perspectiva em que eu estivera. Eu me estrepara. Eu a perdera. É diferente quando é você que comete os erros.

Tentei não acordar Cassie ao ligar para o escritório onde Matteo trabalhava. Deliberadamente acordei antes que seu despertador soasse para resolver isso.

— Bom dia, Sr. Lombardi. É Jack Carter.

— Bom dia, Sr. Carter. Está tudo funcionando bem com Matteo? — Seu sotaque ecoava através do fone.

— É por isso que estou ligando, na verdade. — Tentei explicar antes que ele interrompesse.

— Se Matteo não estiver dando certo, temos muitos outros motoristas. Soltei um suspiro irritado.

— Não, Sr. Lombardi. Matteo está indo muito bem. Queria ver se posso agendá-lo por mais tempo nos dias em que eu tiver jogos.

— Ah, por quanto tempo mais?

— Gostaria que ele ficasse no campo desde a hora em que ele deixa Cassie lá até a hora em que saímos. — Eu não queria revelar a este cara meus motivos para precisar que Matteo ficasse. Queria manter esse assunto tão privado quanto possível. — Então, seriam provavelmente quatro ou cinco horas extras. Isso é possível?

— Quantas vezes por semana você tem jogos locais?

— Temos cerca de treze jogos locais por mês, geralmente seis ou sete deles numa fila sucessiva.

Eu o ouvi rabiscando e o som dos papéis sendo embaralhados no outro lado da linha.

— Isso não deverá ser um problema.

— Tem certeza? Porque, se for, precisarei buscar outras opções. — Precisava de uma resposta direta. Se este cara não fosse me dar o tempo de Matteo, eu tiraria Matteo dele e o contrataria exclusivamente. Ou encontraria outra pessoa para fazer o trabalho.

— Está bem. Só não se esqueça de dar a Matteo uma cópia de sua agenda para que possamos desmarcar os outros agendamentos.

— Excelente. Pode pedir para Matteo me ligar quando ele chegar?

— Sem problemas, senhor.

— Obrigado. — Desliguei o telefone antes de soltar um suspiro de alívio. Eu meio que esperava mais uma batalha pelo tempo de Matteo. Fiquei grato por não precisar. Agora tinha que conversar com Matteo. Precisava de alguém que a vigiasse e ele precisava ser capaz de colocar a segurança de Cassie acima da sua. Talvez ele não fosse gostar da ideia de seu belo rostinho de modelo ser posto em risco. Achei que descobriria isso.

— Ei, você acordou cedo. — Eu me virei para ver Cassie na porta do quarto, olhando para mim. Ela parecia tão bela ali, que não pude resistir. Fui ansiosamente em sua direção, envolvendo-a em meus braços e apertei-a. Beijei seu pescoço, aspirando o perfume de sua pele.

— Lamento muito por ontem à noite. — Ela ergueu sua cabeça para olhar para mim. — É que eu fico realmente na defensiva quando se trata de minha profissão.

Olhei para dentro de seus olhos verdes, empurrando o cabelo que caíra sobre seu rosto e puxando-o para trás de seu ouvido.

— Eu sei. Está tudo bem. Eu entendo.

— Odeio brigar com você. — Seus lábios se projetaram num beicinho, e eu sorri.

— Eu lhe disse que não estávamos brigando. Estávamos apenas imaginando como as coisas poderiam ser, ok? — Eu me abaixei, depositando um beijo em seu rosto. — Pois então, ouça, conversei com o chefe de Matteo nesta manhã e ele concorda com ele ficar para os jogos. Vou me encontrar com Matteo hoje mais tarde para ter certeza de que ele poderá lidar com isso.

Ela soltou um suspiro.

— Lidar como?

— Só quero ter certeza de que ele está à altura. Eu não vou pedir a ele para fazer isso se não estiver à vontade para tal. Ele realmente precisa escolher.

— Bem, bom para ele — ela disse, sua voz entrelaçada de amargura.

Deixei cair minhas mãos.

— Estou fazendo alguma coisa errada, Cass? Estou apenas tentando garantir que você esteja segura e protegida quando não estou por perto. Isso não é bom para você?

Esta garota está me deixando louco.

— Não. — Ela fez uma pausa antes de olhar para o chão. — Deus, desculpe, Jack. Não sei o que há de errado comigo. — Seus olhos se fecharam quando ela cobriu o rosto com as mãos. — Não estou habituada com alguém cuidando de mim do jeito que você faz. É como se fosse um ajuste para mim, tudo isso. Lamento.

— Não lamente. Por favor, não brigue comigo por isso. Eu não serei capaz de me concentrar no campo se ficar pensando que as pessoas estão assediando você ou sendo maldosas, ferindo-a.

— Eu sei. — Ela fez um sinal de assentimento antes de engolir em seco. — Tentarei ser menos louca. Amo você.

— Você não é louca. — Sorri. — E eu também amo você. — Beijei seus lábios antes que ela se afastasse.

— Preciso me preparar para o trabalho. — Seu rosto se suavizou.

— Vá então. Pare de perder tempo fingindo que briga comigo. — Dei um tapa em sua bunda e ela gritou.

— Jack!

Meio tentado a perseguir sua bunda até dentro do banheiro, o som de meu telefone tocando me distraiu.

— Ei, Matteo — eu disse, depois de ver seu nome e número aparecer em minha tela.

— Bom dia, Jack. Sr. Lombardi disse que você queria conversar comigo?

— Sim. Podemos nos encontrar um pouco mais tarde para discutir um assunto? Pagarei você pelo seu tempo, naturalmente.

— Espere um segundo. — O telefone soou como se fosse arremessado sobre uma escrivaninha. — Eu tenho alguns clientes nesta manhã, mas estarei livre por volta das onze. É muito tarde?

— Não, está perfeito. Você me encontra no restaurante do Sal? — sugeri.

— Sim, no Sal — ele respondeu, sua voz empolgada.

— Ok, Matteo. Vejo você lá.

Pressionei Fim, deixando meu telefone sobre o pequeno balcão antes de entrar no banheiro. Dei uma espiada para Cassie na cortina do chuveiro e fiquei imediatamente excitado.

Calma, garoto.

— Vou almoçar com Matteo lá no Sal. Mando uma mensagem para você depois para informar como as coisas vão, ok?

Ela virou seu corpo para me olhar, a vergonha espalhando cor-de-rosa por seu rosto.

— Excelente. Agora, caia fora daqui antes que você me faça chegar atrasada no trabalho. Sei o que você está pensando, Carter.

Eu adorava quando ela me chamava pelo sobrenome. Sua voz soava mais insolente, e me deixava mais excitado ainda.

— Você pode me culpar? Porra, mulher, olhe para você. Sexy pra caramba — zombei, sabendo que a deixava pouco à vontade. Mas ela estava linda toda nua e molhada, e agora tudo em que eu conseguia pensar eram as coisas que eu queria fazer com ela.

Ela apertou seus lábios um contra o outro com força.

— Tá bom. Cai fora daqui. Adeus. Obrigada.

Entrei no restaurante de Sal, o cheiro de pizza fazendo meu estômago rosnar.

— Ei! Jack! Bom ver você! — Sal se ergueu na área de cozinha, acenando para mim através de uma janela de passagem. — E olha, belo jogo a noite passada. — Sua voz tempestuosa reverberou através do pequeno edifício inteiro.

— Obrigado, Sal.

— Então, em que posso servi-lo?

— Vou esperar até que Matteo apareça e aí pediremos alguma coisa — eu disse, antes de me sentar a uma das mesas.

— Matteo virá? Ha! Eu não vejo aquele merdinha há semanas! — Ele lançou uma massa de pizza para o ar antes de apanhá-la com o punho e girá-la furiosamente.

— Ele realmente não é tão pequeno assim.

— Não, ele não é. — Ele riu. — Então, como ele está se saindo com você e Cassie? Tudo bem? — Ele me olhou analiticamente enquanto pressionava a massa para baixo, criando a perfeita crosta fina.

— Está tudo bem até aqui. Obrigado novamente pela recomendação.

— Sem problemas, sem problemas. — Ele fez um sinal para mim quando a campainha na porta retiniu. Matteo entrou na pizzaria, um enorme sorriso no rosto.

— Matteo! Por que você não vem me visitar? Não gosta da minha comida? — Sal provocou antes de sair da cozinha para saudar seu primo.

Vi os dois homens se abraçarem e percebi naquele momento quanta saudade eu sentia de meu irmãozinho, Dean. Desejei que o ano escolar já tivesse terminado para trazê-lo para cá, mas ele provavelmente não deixaria vovó e vovô. Dean era sempre o melhor dos netos.

— Ah, você sabe que eu amo sua comida. Mas é que tenho andado ocupado. — Matteo fez um sinal de assentimento em minha direção.

— Estou sabendo. É bom estar ocupado. — Sal deu um tapa nas costas de Matteo. — Vocês dois me digam o que vão querer, ok?

— Só vou querer uma fatia, Sal — hesitei, dando uma batidinha no meu estômago roncador. — Melhor duas.

— O mesmo para mim — Matteo disse, seguindo meu pedido.

— Farei uma inteira para vocês. Não é possível que vocês dois não conseguirão dar um fim nela. — Sal riu antes de caminhar de volta para cozinha.

Sorri, fazendo um sinal para Matteo sentar-se ao meu lado. Assim que ele ficou perto o suficiente, estendi a mão. Um rápido e firme aperto de mão e Matteo estava sentado diante de mim.

— Pois é, preciso conversar com você sobre uma coisa — comecei, inclinando os cotovelos sobre o tampo da mesa.

— Sim, Sr. Lombardi mencionou que você queria que eu ficasse com o carro durante os jogos, certo?

— Sim, mas há algo além disso.

— O quê?

Recuei na minha cadeira, pensando em como expressar a coisa da maneira certa.

— Alguns fãs importunaram Cassie na noite passada no jogo. E acho que as outras esposas são realmente mesquinhas e não fazem nada para ajudar. A imprensa está tirando fotos dela e postando-as na internet. Eu gostaria realmente que você a levasse aos jogos e se sentasse com ela para que ela não ficasse sozinha.

— Então, você quer que eu a leve até o campo e depois fique para o jogo com ela?

— Sim. Mas também preciso que você a vigie. E se alguém perturbá-la, preciso que você concorde em lidar com isso.

— Como um guarda-costas?

— Se quer enxergar desse modo, sim. — Matteo se remexeu na sua cadeira, e eu acrescentei: — É por isso que queria conversar com você. Se você não se sentir à vontade fazendo isso, encontrarei outra pessoa.

— Eu nunca disse que não ficaria à vontade — ele respondeu num tom agressivo que fez minhas defesas se eriçarem.

— Bem, imaginei que poderia pedir a você por ser forte, e suponho que as pessoas o achem intimidador.

Eu não.

Ele riu.

— Na verdade, não tenho problemas com isso. Só preciso saber meus limites.

— O que quer dizer? — Estiquei minha cabeça na direção dele enquanto meus músculos ficavam tensos.

Melhor que ele não esteja falando sobre seus limites com Cassie. Darei um chute em sua bunda bem aqui no restaurante do seu primo.

— Eu só quero dizer... o que você quer exatamente de mim? Se alguém importuná-la, quer que eu quebre os dentes do cara, faça-o calar a boca ou não faça nada?

Era esta minha ideia e eu já a estava odiando. A ideia de outra pessoa defender minha namorada era angustiante. Era eu quem deveria protegê-la, mas estava voluntariamente passando este dever para outro cara. Um cara que se parecia com um maldito modelo de revista.

— Não acho que você deva causar uma cena, a menos que seja absolutamente necessário. Não exagere nas reações, porque isso apenas levará a notícias negativas. — Ele fez que sim enquanto continuei: — Eu basicamente não quero que Cassie fique mais sozinha nos jogos. Imaginei que ela faria amizades com as outras esposas do time, mas já que não parece que isso vá acontecer... preciso tomar outras providências para sua segurança.

— Eu entendo.

— E tudo isso está bem para você? Preciso ter certeza — perguntei, esperando sentir alguma hesitação em seus objetivos.

— Tenho certeza. Não há problema.

— Excelente. — Sorri, feliz por termos chegado a um entendimento. — Veja bem, essa garota é meu mundo e eu não posso suportar a ideia de alguém feri-la. Lidaria eu mesmo com isso se pudesse jogar e estar ao seu lado ao mesmo tempo, mas não posso.

— Precisa que eu comece hoje?

— Sim, se você puder.

— Eu já descartei outros compromissos da minha agenda.

— Perfeito. Agradeço por vigiá-la.

— Não vou deixar nada acontecer com ela. Prometo. — Sua expressão ficou séria, sua boca se estreitando numa linha fina, rígida, e acreditei nele.

Ele pode me dirigir quando quiser

CASSIE

Matteo chegou ao meu escritório prontamente às seis da tarde, exatamente como Jack mandara mensagem dizendo que ele chegaria. Ele esperou por mim no primeiro andar enquanto eu terminava uma montagem de fotos de última hora. O jogo da noite seria o primeiro a que ele compareceria comigo e eu estava nervosa. Não por ficar sozinha com Matteo, mas porque agora eu seria fotografada com um cara que não era Jack.

Não que Matteo não fosse um cara de boa aparência. Ele era bonito para caramba. Comecei a pensar se isso era uma boa ideia, afinal de contas. Estaríamos sem querer dando a todos mais munição contra mim?

Suspirei antes de entrar no elevador para descer, a tensão da situação começando a me corroer. Odiava as coisas em que tinha que pensar agora, antes que sequer houvesse saído. Todo esse drama somado afetava minha capacidade de ficar feliz. Estava preocupada demais com tudo ao meu redor para simplesmente sentar-me e curtir a atuação de Jack no campo.

Eu odiava isso.

Avistei Matteo no momento em que saí do elevador. Ele sorriu, e eu não pude deixar de sorrir em resposta.

— Tenho que ser seu namorado hoje — ele disse com uma piscadela.

Namorado?

— Sim, acho que sim — eu disse, repreendendo-me silenciosamente por concordar com a escolha daquela palavra.

Caminhei para o carro e quando Matteo abriu a porta de trás, recusei, abrindo, em vez disso, a porta do passageiro.

— Odeio sentar atrás enquanto você dirige. É idiota.

— Tem certeza? — ele perguntou com surpresa.

— Sim. — Fiz que sim antes de deslizar para dentro e fechar a porta atrás de mim.

Coloquei o cinto de segurança enquanto Matteo se pôs depressa no assento do motorista, dando partida no macio táxi municipal dando um estalido em seu pulso.

— Isso vai ser divertido, hein?

— Espero que sim. Honestamente acho que isso pode criar mais drama a princípio, mas deve passar com o tempo.

— Mais drama como? Por que estou indo com você?

Fiquei pensando como exatamente colocar em palavras o que estava querendo dizer.

— Matteo, não é que você seja feio. Então, tenho certeza de que isso vai causar alguma espécie de confusão.

Ele sorriu, e eu notei um sinal de rubor se infiltrando em seu rosto.

— Você me acha bonito?

— Não — respondi sufocando. — Eu disse que acho que você não é feio.

— Bem, obrigado. — Ele sorriu. — Também acho que você não é feia.

Insegura sobre como responder, preferi lançar um sorriso rápido, de lábios cerrados. A última coisa que eu queria era deixar as coisas desconfortáveis entre nós, de modo que deixei o assunto totalmente de lado e peguei meu celular. Digitei uma rápida mensagem para Melissa antes de olhar pela janela do carro para a cidade que passava zunindo num borrão.

— Então, me diga o que devo fazer hoje à noite — ele perguntou.

— Bem, temos os fãs bocas-sujas e as esposas mesquinhas.

— Oooh. Fale sobre as esposas. — Ele deu uma olhada para mim antes de voltar o foco para a estrada.

— Elas são realmente horríveis. Não falam comigo.

— De jeito nenhum?

— De jeito nenhum.

— O que você fez para elas? — ele perguntou com uma risada.

— Cale a boca! — Apertei meus lábios antes de dar uma palmada em seu ombro. — Não fiz nada para elas, exceto juntar-me ao seu time estúpido com meu namorado.

— Como ousou?! — ele exclamou, com a voz animada, e eu dei risada. — Então, elas ignoram você completamente?

Fiz que sim.

— Muito. É como se eu nem estivesse lá.

Seus lábios formaram um ligeiro rosnado.

— Vocês, mulheres, são um tanto mesquinhas umas com as outras. Por que será?

— Está perguntando para a garota errada. Eu não sou uma daquelas mulheres. A menos que você seja mesquinho comigo primeiro; então, viro uma megera. Mas, você perguntou, de modo que não pode me culpar. — Sorri inocentemente.

— Bem, isso vai ser divertido.

Paramos no estacionamento do estádio e olhei nervosamente ao redor. As pessoas vinham em enxame em torno do carro, mas ninguém prestava atenção a quem estava dentro dele. Eu dei uma olhada para Matteo antes de abrir minha porta e sair.

Ele saiu e ficou perto da porta, imóvel.

— O que você está fazendo? — perguntei.

Ele baixou uma olhadela sobre seu traje de trabalho e depois voltou o olhar para mim.

— Preciso trocar de roupa.

— Oh, nem pensei nisso, mas boa ideia.

Dei as costas para o carro enquanto ele entrou depressa no banco de trás para se trocar. Agradeci mentalmente por ser esperto o suficiente para trazer uma troca de roupas. Ele teria parecido ridículo usando calças e uma gravata no estádio.

— Pronta? — ele perguntou por trás de mim, e eu tive um sobressalto. — Desculpe.

— Tudo bem. — Eu me virei para ele e quis gritar. Nada que esse cara usava escondia sua boa aparência. — Você parece tão diferente — eu disse, notando seus jeans e camisa branca de mangas longas que envolvia os músculos de seus braços perfeitamente. A tatuagem aparecia um pouco mais agora, embora ainda não tivesse ideia do que era.

— Obrigado. — Ele arqueou uma sobrancelha. — Devo agradecer?

— Eu nunca o vi de jeans. Você ficou bonito.

Merda.

— Quero dizer, você fica bem de jeans. É diferente de você usando as calças que estava vestido. — Eu me atrapalhei, tentando fazer minha declaração não significar nada, mas tornando-a pior ainda.

Peguei nossos ingressos na cabine e entramos. Meu nervosismo deveria ter se acalmado com Matteo ao meu lado, mas ficou maior. Cabeças se viraram em nossa direção quando passamos. Sua boa aparência chamava atenção, e isso era a última coisa que eu desejava.

— Está preparado para isso? — perguntei antes que saíssemos do túnel e descêssemos pela passagem entre fileiras.

— Não se preocupe, Cassie. Vou protegê-la.

Engoli minha apreensão em seco e penetrei na luz dos outdoors e no tumulto da multidão. Desci pelos degraus, aproximando-me de nossa fileira de assentos enquanto Matteo me seguia bem atrás. Meu coração batia disparado enquanto eu me preparava para palavras odiosas ou insultantes que nunca vieram. Soltei um suspiro depois de apontar para nossos assentos.

Notei todas as esposas mesquinhas olhando fixamente para Matteo, boquiabertas à visão dele. Eu me sentei e as encarei, subitamente cheia de confiança. Colei um sorriso obviamente falso em meu rosto e disse:

— Fechem suas bocas, senhoras. Vocês estão ficando ridículas. — Antes de dar minhas costas para elas.

Elas soltaram um grito sufocado e sussurraram umas para as outras, e resolvi não dar a mínima. Ao menos não hoje à noite.

— Essa foi sensacional — Matteo se inclinou para mim, sussurrando.

— Tenho certeza de que acabei de assinar minha sentença de morte com as esposas do beisebol, mas não me importo.

Olhei ao redor do estádio e em direção ao abrigo lá embaixo procurando por algum sinal de Jack. Eu odiava quando ele não estava arremessando. Não era tão divertido ficar assistindo ao jogo quando ele não jogava. E o cercado para os arremessadores não poderia ficar mais longe do lugar onde nossos assentos ficavam. Do modo como estava situado, eu raramente conseguiria ter um vislumbre de sua presença.

Alguém tossiu, forçando-me a voltar os olhos.

— Trina. Onde você estava na noite passada?

— Desculpe, garota, eu tive que trabalhar. Quem é este? — Ela estendeu a mão bronzeada em direção a Matteo e me analisou com um olhar de curiosidade.

— Sou Matteo. Amigo de Jack e Cassie. É um prazer conhecê-la. — Ele fez uma pausa, visivelmente apaixonado pela bela mulher. — Trina, é este seu nome?

— Sim. É um prazer conhecê-lo também. — Tudo que ela dizia soava mais bonito com seu sotaque. — Posso me sentar perto de você, Cassie? — ela perguntou antes de jogar sua bolsa no assento à minha esquerda.

— Como se precisasse pedir. Por favor, sente sua bunda magra perto de mim.

— Pensei que você dissera que todas as esposas eram megeras? — a voz de Matteo zombou quando Trina se encostou do meu outro lado.

— Elas são. Elas são horrivelmente megeras. Todas, exceto eu — Trina disse, seu colo em total exposição sob sua blusa de gola V cor de areia.

Meu celular soou e eu o peguei, notando uma mensagem de Melissa.

Quem é esse tesão aí sentado com você?

Ela incluíra uma fotografia de Matteo inclinado em minha direção. Eu digitei em resposta.

É Matteo. Ele é nosso motorista.

Puta merda. Ele pode me dirigir quando quiser!

Sua resposta me fez rir alto. Matteo olhou por sobre meu ombro na mensagem.

— Quem disse isso?

Embaraçada, escondi minha tela e enfiei meu celular na bolsa.

— Minha melhor amiga, Melissa. Ela é louca.

— Então — Trina perguntou baixinho. — O que eu perdi ontem à noite?

— Oh, só fãs me jogando merda. E as esposas sentadas aqui não fazendo nada enquanto tudo isso acontecia. Odiei que você não estivesse aqui.

— Vi o jornal. — Ela franziu a testa, uma expressão que não parecia natural em seu rosto.

— Isso já aconteceu com você? — Odiei o modo com que a esperança me percorreu, mas precisava desesperadamente de alguém que tivesse tido a experiência de minha mente abalada e meu orgulho ferido.

— Claro. — Ela pôs sua mão sobre o coração. — Mas eu já estou muito exposta aos olhos do público por causa de meu trabalho, de modo que é diferente.

— Diferente como?

— Estou habituada com isso. Venho lidando com esse tipo de baixaria por anos. Eu me sinto mal por você porque sei como é incômodo.

— É isso! É a palavra perfeita para isso. — Olhei entre Matteo e Trina. — É desesperadamente incômodo...

Ela pôs sua mão sobre a minha.

— Eu sei. E lamento muito que você esteja passando por isso, mas você vai ficar bem. Não deixe que eles peguem você.

— Estou tentando. É muito mais fácil quando você está aqui — eu disse significativamente.

— Ei! O que eu sou, bagaço? — Matteo interrompeu.

Eu respondi "sim" enquanto Trina respondia "não" ao mesmo tempo.

Gritos de animação encheram o estádio quando o som de taco estalando ecoou pelo ar da noite. Ergui minha cabeça abruptamente em direção ao campo a tempo de ver a pequena bola branca voar sobre o muro no centro do campo e chegar às arquibancadas. A multidão gritou e vaiou furiosamente, e nós três aplaudimos e saudamos um ao outro com as palmas das mãos como se tivéssemos acabado de rebatê-la.

— Perco muitos jogos por causa do trabalho. Lamento — Trina gritou acima da barulheira.

— Falando nisso... parece que você conhece minha chefe, Nora? Ela ama você e disse para eu lhe mandar lembranças.

O rosto de Trina se iluminou à menção do nome de Nora.

— Não me diga! Eu amo Nora. Ela é sua chefe? Você é uma garota de sorte. Ela é brilhante.

— Eu sei. Ela é mesmo excelente.

— Então, essa é a revista para a qual você trabalha? Que incrível, Cassie.

— Obrigada — eu disse, estendendo a mão para dar uma batidinha em seu ombro.

O celular de Trina vibrou contra o assento antes que ela o pegasse e olhasse na tela.

— Oh, desculpe, preciso ver isso.

Olhei quando ela subiu pela fileira e entrou na passagem entre filas atrás de nós, desaparecendo de nossa visão.

— Ela é linda — Matteo disse.

— Eu sei. E é tão boa pessoa. Seu sotaque me mata. Queria que ela me ligasse toda noite e me contasse uma história para dormir — eu disse com uma risada.

— Eu quero entrar nessa. Mas não queria que fosse por telefone.

Revirei os olhos.

— O que foi? — ele perguntou defensivamente.

— É apenas típico, Matteo. Só isso.

Eu odiava esse tipo de coisa, que fora a razão pela qual eu tentara me livrar de Jack no início, no colégio. Eu o rotulara como o tipo mais previsível que havia. Eu me enganara.

— Ah, ora, vamos, ela é uma bela garota. Eu teria que ser cego para não me sentir atraído por ela.

— Bem, eu lhe informarei se isso não for bom para ela e seu namorado. — Pisquei.

— Você faria isso? — Ele cutucou meu ombro provocativamente, e eu olhei de volta para o campo.

Trina não voltou mais, e Matteo e eu passamos o resto do jogo jogando conversa fora e nos indagando para onde ela teria ido. Percebi que tê-la ali me deixava menos preocupada com meus arredores e com quem violava meu espaço.

Quando o jogo terminou, estiquei os braços e quase perdi o equilíbrio. O braço forte de Matteo amparou minhas costas, mantendo-me firmemente no lugar.

— Obrigada — eu disse, antes de me afastar de sua mão.

— Não posso deixá-la se ferir ou Jack me mata.

Dei de ombros, incapaz de discordar quando, em meio ao caos de gente que andava ao redor, ouvi alguém gritar:

— Já substituiu Jack, Cassie?

Balancei a cabeça, repugnada. Quis responder "Se eu o tivesse substituído, por que diabos estaria neste jogo?", mas não respondi. Eu odiava não me defender. Tinha convencido a mim mesma de que desencorajava os insultos ficando em silêncio.

Matteo ficou tenso atrás de mim, seu corpo fechando o espaço entre nós defensivamente.

— Você está bem? — ele sussurrou ao meu ouvido e eu pulei.

Dei uma batida em meu ouvido.

— Estou bem. Não faça isso.

— Desculpe. Só para ter certeza.

— Se vão me insultar, poderiam ao menos ser criativos nisso. — Tentei sorrir, mas, ao invés disso, a repugnância retorceu meus lábios.

Ele me seguiu de perto até que chegamos à entrada privada para a sede do clube.

— Vou esperar Jack aqui. Nós o encontramos no carro.

— Ok. Verei vocês no carro. — Ele fez um sinal de assentimento antes de se afastar.

Contornava a última curva quando avistei Trina sentada num banco.

— Ei — gritei para ela, ouvindo minha voz ecoar pelas paredes.

Ela se levantou e caminhou em minha direção.

— Desculpe. Fiquei presa por conta de um monte de ligações e agora tenho que ir para o Brasil de manhã para uma grande reportagem fotográfica.

— Eu diria que é insano, mas entendo. — Dei de ombros, entendendo muito bem as viagens de última hora e como o trabalho pode ficar imprevisível de repente. Eu não havia experimentado isso ainda de primeira mão, mas via minhas colegas de trabalho lidarem com isso sem queixas.

— Kyle não vai gostar. — Ela franziu a testa, e eu meio que sorri com simpatia. — Ele odeia quando viajo. Acho que ele deseja em segredo que eu pare de trabalhar como modelo e gere filhos.

— Você faria isso? — perguntei, lembrando da discussão que Jack e eu tivéramos na noite passada.

— Um dia sim. Mas não por enquanto. — Ela soltou um profundo suspiro. — No entanto, é difícil tentar equilibrar o trabalho e estar à disposição de Kyle. Ele está na estrada tão frequentemente que precisa que muitas pequenas coisas sejam cuidadas. Eu me sinto muito mal por não estar por perto para ajudá-lo, mas não mal o suficiente para largar minha carreira por ele.

Assenti, para que ela soubesse que eu entendia tudo o que ela dizia, mas não disse nada, poisque não queria aprofundar-me mais naquele assunto, não neste momento. Havia uma hora e um lugar para essa discussão, e não era aquele. Ao menos não para mim.

— Você acha que sou uma pessoa horrivelmente egoísta? — Ela fechou os olhos com força, como se não quisesse ver quão egoísta poderia ser.

— Não. Claro que não. — Toquei seu ombro e seus olhos se reabriram. — Por que temos que desistir de nossas carreiras pelas deles? Quero dizer, por que tem que ser uma coisa ou outra?

— Porque é realmente difícil trabalhar e ter um relacionamento ao mesmo tempo. Nenhuma de nós está numa forma de trabalho típica, realmente. — Ela lançou um olhar em direção às garotas mesquinhas. — Nenhuma delas trabalha mais. Ouvi dizer que Kymber desistiu de uma grande carreira para ser esposa e mãe — ela baixou sua voz. — Acho que isso é parte do motivo pelo qual ela é tão malvada com a gente. Ela é cheia de ressentimento.

Concordei.

— Eu nunca vou querer ser desse jeito.

Trina riu.

— Você não vai ser, Cassie. Não importa o que aconteça em sua vida, você nunca tratará as pessoas como ela trata.

A porta se abriu com uma batida ruidosa e Jack saiu, um sorriso cauteloso no rosto.

— Ei, Trina. Gatinha. — Ele depositou um beijo em meu rosto e se afastou.

— Oi, Jack — Trina sorriu. — Verei você mais tarde, Cassie.

— Oh, espere — eu disse abruptamente. — Podemos trocar números de telefone? Eu quero poder mandar mensagens para você. Especialmente se você desaparecer como fez hoje à noite. Fiquei um tanto preocupada.

— Eu sei. Desculpe. Aqui está.

Digitei seu número no meu celular antes de lhe dar um rápido abraço e alcançar Jack. Ele lançou seu braço musculoso em torno de minha cintura e me puxou com força, nossos quadris se pressionando um contra o outro a cada passo.

— Como foi tudo hoje? — ele perguntou.

— Melhor, realmente — admiti, sabendo que eu ficara muito menos estressada com Matteo por perto.

— Alguém lhe falou alguma merda?

— De fato, não.

Ele me apertou e beijou minha cabeça.

— Então foi uma boa ideia, não? — ele perguntou enquanto rumávamos para o carro escuro onde Matteo esperava, mais uma vez usando seu traje de trabalho.

— O quê? — Sorri brincando, grata pelas horas que minha mente deixou que se apagassem na distância.

— Ter Matteo indo com você aos jogos. Admita que foi uma boa ideia.

Inclinei minha cabeça sobre seu ombro.

— Foi uma boa ideia, sim. Obrigada.

Dois quartos no vigésimo terceiro andar

JACK

Cassie não pôde tirar o dia de folga, mas prometeu me encontrar para o almoço. Incerto do que fazer com minhas raras poucas horas de liberdade, entrei na internet e procurei por aluguéis disponíveis perto do Plaza Hotel. Imprimi uma lista de lugares tanto no Upper West Side quanto no Upper East Side. Eu não sabia a diferença entre os dois, mas Cassie saberia.

Depois de ligar para alguns dos números, marquei um horário para olhar um lugar no East Side depois que ela voltasse do trabalho. Examinei minha programação de beisebol para os próximos três meses, prestando mais atenção para aqueles dias em que eu não estaria ali. O time viajaria logo para uma excursão de onze dias, e fiquei pensando se Cassie poderia ir a qualquer um dos jogos distantes.

Sabia que era uma bobagem pensar nisso, mas era um tanto ruim que Cassie trabalhasse em período integral. Significava que nunca ficaríamos juntos quando eu jogasse em excursão. E eu ficaria viajando a uma média de dezessete dias por mês. É um longo tempo para ficar sem ver a namorada.

Eu nunca admitiria isso para ela, no entanto, e sabia que querê-la em torno de mim o tempo todo era egoísta. Especialmente depois de tudo que eu lhe fizera passar. Ela se mudara para Nova York para seguir seus próprios sonhos e eu queria dar força a ela.

Independentemente de minhas besteiras cheias de orgulho, eu honestamente odiava que ela ficasse ali sozinha. A imprensa e os fãs me estressavam e eu precisava saber que ela estava protegida quando eu não estava por perto. Precisávamos nos mudar para algum lugar com porteiro em período integral o quanto antes — antes que eu perdesse meu maldito juízo.

E se eu comprar um cachorro para ela? Eu sempre quis um cachorro. Jesus, Carter, não há nada que não tenha a ver com você?

Colocando meu boné de beisebol, saí do nosso edifício e rumei para a estação de metrô. A brisa fria açoitava meu rosto, e o sol era tão brilhante que eu quase voltei para pegar meus óculos de sol. Cassie me mandara mensagens sobre os caminhos para o restaurante onde nos encontraríamos para almoçar, já que eu não tinha nenhuma ideia sobre para onde me dirigia ou o que estava fazendo. Fiquei meio tentado a ligar para Matteo e pedir para que ele me levasse, mas eu sabia que Cass pegaria no meu pé por não adquirir "a experiência de Nova York", como gostava de chamar. Além disso, precisava aprender a me orientar pelos meus caminhos.

Desci as escadas para o metrô, parando na primeira máquina de venda disponível que encontrei. Pus uma nota de dez dólares em sua fenda, e um Cartão do Metrô azul e amarelo saiu. Dando uma olhada ao redor, observei as pessoas enfiando seus cartões nos leitores eletrônicos antes de atravessar as catracas. Lembranças de ter visitado a Disneylândia quando menino passaram em clarões por minha mente quando enfiei meu cartão. A luz ficou verde e a catraca se destrancou com um clique.

Empurrei-a para passar, sentindo-me como um turista totalmente perdido e esperando que ninguém me reconhecesse. Descendo por um novo lance de escadas, cheguei à plataforma do metrô.

Que viagem.

A iluminação era mais opaca e o ar mais úmido aqui embaixo. Um cara no extremo da plataforma batia sobre alguns tambores e o som viajava de alto a baixo pela estação. A ideia de ter minhas costas desprotegidas não me agradava, de modo que me encostei à parede e esperei o trem chegar.

Os freios guincharam quando o trem estacionou, a voz do condutor aparecendo e desaparecendo. Quando as portas se abriram, esperei que todos saíssem antes de pular para dentro. Praticamente vazio, fiquei com os assentos à minha escolha. Peguei o assento mais próximo às portas.

Duas paradas depois, pulei para fora e subi o lance de escadas; a luz do sol praticamente me cegou de tal maneira que desviei os olhos para o chão.

— Você não é aquele jogador de beisebol supergostoso? — a voz dela me imobilizou e voltei meus olhos para ver aqueles olhos verdes familiares olhando diretamente para mim.

— Você não é aquela namorada quente do tal jogador de beisebol? — Lambi meus lábios e sua boca se abriu. Eu amava transar com ela.

Cassie deixou cair seus óculos de sol sobre os olhos e me puxou para longe da saída do metrô. — Vamos. — Ela deu uma risadinha e eu quis transar com ela como alguma espécie de adolescente apaixonado atrás de um cinema.

— Não íamos nos encontrar no café? — Estendi minha mão para a sua, entrelaçando seus dedos com os meus.

— Nora me deu a tarde de folga. Ela não aceitou não como resposta, por isso sou toda sua, Carter.

— Ela provavelmente sabia que eu ficaria perdido.

— Provavelmente. — Ela sorriu. Seus lábios eram tão tentadores que eu queria sugá-los e nunca deixá-los sair de minha boca. — Então, como foi sua primeira viagem de metrô?

Afastando a imagem de minha mente e desejando que meu pau baixasse, focalizei meus pensamentos.

— Interessante.

— Mas incrível, certo? Quero dizer com isso, todas as pessoas diferentes, de muitos estilos de vida juntas num único lugar. Adoro as estações de trem.

Balancei a cabeça com uma bufada.

— Só você mesmo.

— O que isso significa? — Ela deu uma palmada em meu ombro.

— Só quis dizer que você vê beleza em tudo. Mesmo nas feias, escuras, repugnantes estações de metrô.

— Só acho que são legais. Um pouco assustadoras, às vezes, mas ainda assim legais.

Cassie apontou para o toldo vermelho e branco no alto à frente.

— É lá que vamos comer.

— Tenho que ser franco, gatinha. Sinto como se estivéssemos traindo Sal.

— Não! — Ela gemeu. — Não estamos, juro. Este lugar não é sequer italiano. É francês.

Dei um passo à frente dela para abrir a porta do restaurante quando uma voz de mulher disse:

— Oh, meu Deus, você é Jack Carter? Sou uma superfã. Você é um arremessador fantástico. Posso tirar uma foto com você, por favor?

Eu dei uma olhada para Cassie e vi seus lábios formarem um sorriso de lábios apertados. De modo que a puxei para mim e pus um sorriso educado, mas firme em meu rosto ao dizer para a mulher:

— Lamento, mas estou prestes a almoçar com minha garota. Numa outra ocasião.

— Por favor! Só uma foto? Ou um autógrafo? Pode assinar alguma coisa para mim, então? — Olhei quando ela enterrou suas mãos em sua bolsa enorme, procurando por Deus sabe o quê.

— Por favor, entenda, estou apenas tentando ter algumas horas privadas neste momento. Sinto muito. — Dei as costas para a fã entusiasta além da conta e segurei a porta aberta para Cassie.

— Sinto muito, querida — eu disse, afagando seu cabelo.

— Está tudo bem. Por que você simplesmente não deu a ela o que ela queria?

A recepcionista sorriu, mas não nos interrompeu. Em vez disso, apanhou dois menus e fez um sinal para que nos dirigíssemos ao fundo do pequeno café seguindo seus passos.

— Eu não quis.

Puxei a cadeira de Cassie para ela antes de sentar-me do outro lado da mesa e tirar meu boné.

— Sua garçonete estará com vocês em breve — a pequena morena disse antes de se afastar rapidamente.

— O que quer dizer com não quis? — Cassie se inclinou para a frente, seus cabelos caindo de repente diante de seus olhos enquanto eu os afastava com meus dedos.

Prendi um suspiro. Eu não tinha lhe falado disso ainda, desta parte de meu plano principal, mas supus que agora seria uma hora tão boa quanto qualquer outra.

— Estou tentando limitar meu contato com eles.

Seus olhos se apertaram.

— Você está tentando limitar seu contato com quem? Seus fãs?

Eu me inclinei para o outro lado da mesa.

— Só os femininos.

169

É isso aí. Admito.

Eu queria limitar meu contato com minhas fãs, estivesse dentro ou fora do campo. Eu nunca quisera dar a elas ou à imprensa algum motivo sobre o que falar, escrever ou postar.

— Jack. — Ela fechou os olhos por um momento antes de encarar os meus. — Você não pode ignorar suas fãs. É mesquinho e elas acabarão odiando você.

Eu me encostei à cadeira dura e dei de ombros.

— Se eu for mesquinho com elas, elas me deixarão em paz. E se me deixarem em paz, não terão nada a dizer. E se não tiverem nada a dizer, então você nunca terá nada com que se preocupar.

Ela balançou a cabeça.

— Eu não quero que as pessoas odeiem você.

— Então, o que está dizendo? Você concorda com que eu converse com elas?

— Claro que concordo, só não quero que você durma com elas. — Uma risada ligeira escapou de seus lábios. — Ou transe com elas ou faça alguma coisa com elas.

Estendi a mão, pegando a sua.

— Nunca mais cometerei este erro. Provarei isso a você todo dia pelo resto de nossa vida. Eu quero ignorá-las por você, para que possa ver que sou digno de confiança e não ficar preocupada.

— Não quero que você vá até estes extremos por mim. Não é certo. E a parte da confiança virá com o tempo, ok?

— Ok — concordei, levando sua mão aos meus lábios.

Quando terminamos de comer, paguei a conta para a garçonete e esperei que ela me trouxesse o troco de volta. Ela se aproximou de nossa mesa, uma expressão esquisita no rosto.

— Tudo bem? — perguntei.

— Aqui está o troco — ela disse, estendendo-me o portador de contas de couro macio. — E eu realmente lamento, mas há uma multidão lá fora esperando vocês saírem.

Eu dei uma olhada para Cassie quando a surpresa lampejou em seus olhos.

— Nós não os deixaríamos entrar, é claro. Mas eles sabem que vocês estão aqui. Sentimos muito, realmente. — A garçonete olhou fixamente para os pés.

— Tudo bem. Não é culpa sua — tentei reconfortá-la antes de olhar para Cass outra vez. — Você está bem?

Cassie fez que sim e olhou para nossa garçonete.

— Como eles souberam que estávamos aqui?

— Alguém postou isso naquele website, Flagrados.

Eu franzi a testa.

— Não sei qual é.

— É aquele website em que as pessoas podem pôr onde avistaram uma celebridade ou um atleta. Alguém postou que vocês dois estavam almoçando aqui.

Inclinei a cabeça para trás lentamente.

— Entendi. Obrigada. — Empurrei a cadeira de volta antes de esticar os braços. Passando meus dedos pelo meu cabelo, agarrei meu boné e coloquei-o firmemente na cabeça.

— Você está preparada? — perguntei à Cass, estendendo minha mão para que ela pegasse. Ela se levantou lentamente, sondando a situação lá fora.

Ela suspirou.

— Ok, não há tanta gente assim lá fora. Cerca de dez pessoas.

— Vão querer que eu assine coisas. Você se importa ou quer que eu os mande embora? — Eu faria qualquer coisa que ela quisesse.

— Claro que você deve autografar. — Ela sorriu.

Prendi sua mão, conduzindo-a para a porta. Abri-a com um empurrão, segurando-a para que ela pudesse passar antes de seguir atrás. O som de meu nome encheu o ar em torno de nós quando as pessoas se amontoaram para se aproximar, empurrando seus celulares com câmeras em direção a nós. Instintivamente, eu quis proteger Cassie dos corpos que investiam, mas acabei apenas prendendo suas mãos com mais força.

— Ui, Jack — ela estremeceu, retirando sua mão da minha e balançando-a.

— Merda. Desculpe, gatinha.

— Tudo bem. — Ela sorriu.

— Jack, que tal uma fotografia? — uma mulher gritou acima de todos. Eu teria que ser cego para não notar sua boa aparência.

— Claro — eu disse, lembrando das palavras de Cassie.

Posei relutantemente, mantendo minhas mãos baixadas, mas esta garota se aninhou toda sobre mim como um terno barato. Repugnado, retirei suas mãos do meu corpo.

— Sem mais fotografias, mas eu assinarei o que vocês quiserem — anunciei ao grupo, franzindo a testa para aquela que acabara de arruinar as fotografias para o resto deles. Forçando um grande sorriso em meu rosto, assinei papéis, recibos de táxi e um par de bolas de beisebol.

— Cassie, Cassie querida. Olhe para cá. — Minha atenção se voltou para um sujeito de cabelos longos, aparência ensebada, com uma câmera profissional, batendo fotos da gatinha enquanto ela esperava eu terminar. Eu vi quando ela reagiu ao som de seu nome, o que visivelmente a pegou de guarda baixa, e ela procurou na multidão quem estava gritando por ela.

— Deixe-a em paz — eu gritei na direção dele, e ele me fuzilou com o olhar. Ele me olhou totalmente feroz, voltou a câmera em direção a Cass, e clicou o botão. Eu me imaginei pulando sobre todos e quebrando aquela câmera no meio de seu maldito crânio.

— Você é tão bonita quando sorri, Cassie. Não vai sorrir para a câmera? Quem estava com você no jogo na noite passada, Cassie? Você e Jack se reconciliaram? Por que você estava furiosa com ele? — Aquela merda toda não tinha fim.

— Eu disse para deixá-la em paz — ameacei, minha paciência se esgotando.

Cassie de repente apareceu ao meu lado, sussurrando em meu ouvido:

— Esse cara está me incomodando.

— Vamos embora — sussurrei em resposta. — Eu tenho que ir. Desculpem. — Abri caminho pela multidão, que havia crescido em número considerável desde que eu começara. Empurrei levemente pelo meio da multidão, assinando alguns pedaços de papel no caminho, sem soltar a mão de Cassie.

Descemos pela calçada e eu dei uma olhada para trás, notando que o cara ainda estava tirando fotos de nós, seguindo cada um de nossos movimentos.

— Aquele cara está nos seguindo. Ele deve ser um paparazzo.

— Quando ele gritou meu nome — ela parou —, aquilo me enlouqueceu. E todas estas perguntas. É esquisito quando as pessoas sabem sobre sua vida desse jeito.

— Eu sei. Venha, vamos pegar um táxi. — Parei de andar e o cara também.

Está certo, babaca. Mantenha distância.

— Entendi isso. — Ela piscou para mim antes de sair para a beira da rua movimentada.

Ela parecia muito sexy chamando um táxi, seu quadril salientando-se enquanto ela acenava com o braço. O táxi estacionou como um trem em velocidade antes de frear com força e nós pulamos para dentro.

— Ele está nos seguindo? — Cassie perguntou baixinho.

Olhei para trás.

— Não. Eu acho que ele percebeu que vou acabar com ele — eu disse com uma risada e ela beijou meu rosto.

Quando o pequeno táxi parou em frente a um edifício residencial com ornamentos dourados, um sujeito uniformizado do lado de fora da porta giratória, eu sorri, meu nível de conforto já crescendo.

É disso que estou falando.

Ajudei Cass a sair do táxi e caminhamos em direção à porta.

— Posso ajudá-los? — o porteiro perguntou.

Ótimo. Ele pergunta o que você está fazendo aqui antes que você entre. Gosto disso.

— Temos um encontro com Ruth.

— Tenham um bom-dia — ele disse, permitindo-nos entrar.

Uma mulher de meia-idade nos saudou no momento em que entramos. Sua voz era tão rouca que soava como se ela fumasse vinte maços de cigarro por dia.

— Sou Ruth. Vocês devem ser Jack e Cassie. Prazer em conhecê-los. Temos um apartamento de dois quartos vago no vigésimo terceiro andar que eu quero mostrar a vocês. Estão preparados?

Eu me virei para Cassie.

— Vigésimo terceiro andar? É meu número, querida. Isso é um sinal.

Jogadores de beisebol não passam de uns supersticiosos.

Cassie sorriu, seguindo Ruth para dentro do elevador que nos levou para o vigésimo terceiro andar num minuto. Ruth nos conduziu pelo corredor, destrancou a porta e fez sinal para que entrássemos.

— Estarei por aqui, para que vocês possam aproveitar o tempo olhando tudo.

Puta merda.

O lugar era maravilhoso. Eu sabia que a gatinha já estava conquistada pela expressão em seu rosto.

— Podemos comprar? — ela sussurrou.

— Podemos. Facilmente. Não é tão caro quanto você pensa.

— Acho difícil de acreditar.

Eu podia entender por quê. Cassie se assustou com os balcões de granito e os utensílios de aço inoxidável, e grunhiu quando entrou no banheiro principal. Eu não sabia de metade das besteiras sobre que estava falando, mas o sorriso em seu rosto não tinha preço. Eu pegaria um puta empréstimo para morar aqui se fosse necessário.

— Acho que podemos fazer caber aqui dez apartamentos do tamanho do seu — zombei, antes de caminhar para a sacada. A cidade rugia lá embaixo, e os edifícios ofereciam a paisagem perfeita. Apostei que a gatinha adoraria fotografar as coisas dali de cima.

— Um terraço? É o paraíso. Estou no paraíso. — Seu rosto tremulava de felicidade.

— Quero fazer coisas comprometedoras com você nesta sacada, gatinha.

— Estou chocada — ela disse, revirando os olhos.

— Então, gostou? — perguntei, agarrando-a pela cintura e puxando-a para mim. Antes que ela pudesse responder, colei meus lábios aos seus, sentindo seu corpo amolecer em meus braços. Eu me afastei dela lentamente, deixando o beijo demorar antes de terminá-lo com uma bicadinha em sua bochecha.

— É realmente maravilhoso, Jack. Acho que eu poderia morar aqui para sempre.

— Mesmo que seja um pouco mais longe do Central Park do que você queria? — perguntei só para ter certeza, sabendo qual seria a sua resposta.

— É perfeito. E o parque não é tão longe assim.

— Vou comprar, então.

— Você ainda nem viu o quarto principal. Ou o quarto de hóspedes. Você já olhou ao redor? — Ela passou seus dedos pelos meus cabelos.

— Não preciso. Se você gosta, é tudo que importa para mim — entrei e gritei em direção à porta da frente aberta. — Ruth. — Ela olhou ao redor junto à moldura da porta e sorriu. — Vamos ficar com ele. O que temos que fazer?

Pegos em flagrante

CASSIE

Jack convenceu Ruth a nos deixar mudar tão logo fosse possível, dizendo que queria saber que eu estaria segura enquanto ele estivesse na estrada por onze dias. A mudança manteve minha mente ocupada, de modo que, em vez de ficar focalizada no fato de que Jack estaria fora por tanto tempo, eu pensava mais em arrumar as coisas. Isso me impediu de ficar tecendo pequenas conjeturas sobre Jack e traições. Eu não queria me preocupar com ele fazer isso, mas às vezes você não pode impedir o que sente.

Passamos a semana seguinte arrumando nosso pequeno apartamento para a mudança e fiquei longe do campo quando Jack não estava arremessando, para ter mais tempo para pôr tudo em ordem. Percebi que não gostava de ficar em casa quando o time de Jack fazia um jogo local. Eu achava que me sentia diferente porque Jack não estava jogando, mas não era assim. Eu queria estar onde ele estava, estivesse ele jogando ou não.

Mas estar longe do campo significava também que não havia fotografias minhas na internet e essa pequena trégua trouxe um senso de normalidade de volta à minha vida de que eu quase havia me esquecido. É espantoso quão rapidamente nos adaptamos às coisas em nossa vida quando acreditamos que não temos uma escolha em questão.

Eu estava fechando a tampa de uma caixa, lacrando-a, quando Jack entrou pela porta da frente. Eu sorri, pulando para saudá-lo. Envolvi-o pelo pescoço, esfregando meu nariz sobre sua pele quente.

— Oi, querido. Como foi o jogo?

— Eu não gosto quando você não está lá — ele admitiu e uma parte minha se derreteu com suas palavras.

— Também não gosto. — Fechei os olhos, inalando seu cheiro.

— E nós perdemos — Seu tom ficou queixoso e irritado.

— Lamento.

Ele se inclinou para baixo, dando-me uma beijoca na boca antes de entrar na cozinha.

— Estou faminto, gatinha, e tudo foi encaixotado. — Ele abria e fechava os armários.

— Na geladeira tem um macarrão que eu fiz para o jantar. Só precisa ser aquecido.

Ele se virou para a geladeira e abriu a porta.

— Oh, aqui — ele disse, estendendo a mão no seu bolso de trás. Puxou para fora um pedaço de papel dobrado e jogou-o para mim.

— O que é isso?

— É o itinerário detalhado de viagem para os próximos jogos.

— Oh. — Eu o desdobrei. — Esta é minha cópia ou preciso anotar isso em algum lugar?

— É toda sua. Eu tenho a minha no meu armário.

— Obrigada. — Examinei o papel, procurando o horário de seu voo. Suspirei de alívio quando li seis horas. — Estou tão feliz que seu voo não será antes das seis.

— Eu sei. É apenas cerca de duas horas e meia daqui para Miami, de modo que tivemos sorte. — Ele lançou um rápido sorriso de covinhas antes de o micro-ondas apitar, sinalizando que sua comida estava pronta.

Eu fiz que sim e examinei a sala de estar vazia.

— Eu não pensava que podia parecer ainda menor aqui, mas realmente parece. O que realmente não faz sentido.

— Nossa nova casa vai parecer um palácio para você.

— Posso nunca sair do banheiro — zombei, e ele ergueu uma sobrancelha. — Você nem sabe do que estou falando porque você nem o viu. Espere só para vê-lo!

Comecei a ficar realmente empolgada. Nosso novo apartamento parecia fabuloso e eu mal podia esperar para morar lá.

— Matteo sabe que nós vamos mudar, certo? Você contou para ele?

Ele fez que sim, antes de engolir um punhado de comida.

— Contei. Ele sabe exatamente onde fica.

Comecei a repassar a lista de checagem em minha cabeça. Utilidades mudadas de lugar e ligadas, velho apartamento limpo, pessoal de mudança agendado, casa empacotada, e endereço postal e on-line atualizados.

— Gatinha? — a voz de Jack penetrou no meu cérebro totalmente organizado.

— Hã?

— Você ouviu uma só palavra do que eu disse?

Balancei a cabeça.

— Desculpe. O que você disse?

— Perguntei se você pensou em ir para qualquer um dos jogos distantes.

— Eu ia pedir a você para ir à série de Chicago. — Eu despenquei no sofá.

— Ia me pedir? Gatinha, você pode ir a qualquer jogo se quiser. Você não precisa me pedir.

— Bem, eu nunca fui a Chicago. — Sorri, imaginando a Cloud Gate, a famosa escultura de aço inoxidável em formato de feijão da qual as pessoas sempre falavam. Eu queria fotografar aquele feijão.

O sofá se afundou quando Jack se sentou ao meu lado.

— Tudo bem, mas ouça. Chicago é uma cidade realmente grande que às vezes não é segura. Já que você estará sozinha, não acho que você deva tomar o "L" pela cidade. Só pegue táxis.

— O "L"? — perguntei.

— É o sistema de trens de Chicago, que tenho certeza de que é bom, mas eu perderia o juízo pensando em você dando voltas nele sozinha.

— Eu pego os trens em Nova York sozinha o tempo todo. Não pode ser tão diferente.

— Provavelmente não é. Mas eu me sentirei melhor se você pegar apenas táxis.

— Ok. Pegarei táxis — concordei, antes de sentir pequenos nervos de minha espinha. Eu precisava me acostumar a viajar a lugares estranhos sozinha. Não apenas fazia parte de namorar Jack, mas era parte de minha futura carreira também. Meus compromissos de trabalho eram quase sempre infalivelmente em território não familiar.

— Não estou brincando, gatinha. E tanto quanto quero você lá, agora estou pirando com a ideia de você ficar lá sozinha. — Suas sobrancelhas se cerraram.

— Não estarei sozinha. Estarei com você.

Ele balançou a cabeça.

— Não exatamente. Estarei no campo a maior parte do tempo. Não acho que haverá um dia sequer em que sairei para o almoço. Já fomos para lá.

— Isso é ruim. — Eu entendia agora por que as esposas não iam aos jogos distantes.

Os ombros de Jack se aprumaram quando ele me encarou.

— Sei que é muito tempo sozinha. Você não tem que ir.

— Eu quero ir. Eu deveria ao menos ver como é, certo? Talvez eu goste de ter um tempo para explorar — sugeri, insegura de quem eu estava tentando convencer, eu ou ele.

A tensão no seu rosto permaneceu.

— Talvez devamos levar Matteo para que você não fique sozinha?

Eu sacudi a cabeça para trás com surpresa.

— Não! Não vamos levar Matteo! Ficou doido?

— Foi só uma ideia.

— Bem, pare de pensar assim. Não quero que Matteo vá para toda parte comigo. — Imaginei o dia de trabalho em campo que a imprensa teria com algo assim.

Jack estendeu o braço, agarrando minha mão na sua.

— Eu me preocupo com você, é só isso.

— Eu sei, mas a certa altura você precisará deixar-me ser uma garota adulta e tomar conta de mim mesma. Eu me virava perfeitamente bem antes de você aparecer, como você sabe. — Sua expressão mudou, e eu percebi que o tinha magoado. — Não foi isso que eu quis dizer. Eu só quis dizer que eu não precisava de uma babá anteriormente.

— Você não estava sendo caçada pela imprensa ou por fãs.

— Isso é verdade — reconheci, meu estômago se revirando com a ideia.

— Sei que você pensa que sou louco, gatinha, mas eu não consigo funcionar direito se fico preocupado com você. — Ele baixou a cabeça, e uma sensação horrível me percorreu furtivamente. Eu odiava ser a fonte de seu sofrimento.

— Não acho que você é louco, mas odeio causar tanto estresse a você.

Seus olhos escuros se viraram para o meu rosto.

— Você não me causa estresse. Eu é que me causo estresse porque não consigo relaxar quando se trata de você. Porque eu amo você demais.

Eu não sabia como responder. Jack me deixava totalmente consciente de que eu era a prioridade número um de sua vida, e eu nunca experimentara tal sensação. Olhei fixamente para ele, deixando meus sentimentos por ele circularem por cada grama do meu corpo. Sentindo-me pesada com minhas próprias emoções, eu ansiava por tornar meu estado de espírito mais leve.

— É importante a hora em que eu aterrissar na sexta-feira?

Ele levou minha mão aos seus lábios e beijou os nós dos meus dedos.

— Mesmo que você agende um voo que chegue na hora em que eu chegar, não me autorizam a ir com você até o hotel. Então, não se preocupe com tentar coordenar seu voo com o meu ou algo assim.

— Tudo bem. Eu só vou voar depois do expediente, então.

— Então, você pode perder o jogo?

— Eu não perderei. Temos sextas-feiras de verão no escritório agora, de modo que podemos sair cedo.

— Que diabo são sextas-feiras de verão? — ele zombou.

Eu sorri.

— Toda esta cidade louca vai aos Hamptons nos fins de semana de verão. Por isso todo mundo sai cedo na sexta-feira, para subir até lá.

— Cale essa boca.

Eu dei risada.

— Não estou brincando.

— Pode imaginar se fizéssemos isso em LA? O que teríamos, sextas-feiras em Malibu?

— Sextas-feiras em casas de praia! — eu gritei.

Jack sorriu e inclinou sua cabeça.

— Você é adorável. Eu amo tanto você.

— A que horas os homens da mudança chegam aqui amanhã?

— Às oito. — Olhei ao redor uma última vez. — Será que arrumei tudo certinho?

Jack virou sua cabeça em todas as direções, examinando nosso pequenino espaço de sala de estar.

— Acho que sim. Você trabalhou direito, gatinha.

— Obrigada. — Meu rosto se aqueceu com seu cumprimento enquanto ele o segurava.

— Devíamos sair deste apartamento com uma trepada.

— O que você tem em mente? — Suguei meu lábio inferior.

— Acho que você sabe. — Ele saiu do sofá antes de deslizar suas mãos sob mim e me erguer. — Acho que tenho duas moedas no bolso. — Sua língua varreu meus lábios enquanto ele me carregava para dentro de nosso pequenino quarto uma última vez.

Mudamos para nosso novo apartamento na manhã seguinte, e Jack pegou um voo naquela noite. Mas não antes de montar o estrado da cama, duas séries de prateleiras para livros e uma nova penteadeira. Ele prometeu que arrumaria tudo, de modo que eu não precisasse fazer nada.

Adorei o homem que ele estava se tornando para mim.

Para nós.

Sexta-feira em Chicago finalmente chegou e eu aterrissei no aeroporto de Midway perto das quatro horas. O jogo de Jack no Wrigley não começava antes das sete e meia, mas ele já estava no campo. Pulei num táxi para o hotel, como Jack insistia, e vi a cidade surgir à minha frente. Mesmo através da janela do banco de trás, senti a diferença entre esta cidade e Nova York. Supus que fossem semelhantes, mas não eram.

Ambas tinham numerosos edifícios altos, mas isso era bem o limite onde as semelhanças acabavam. Nova York parecia suja e populosa, Chicago era imaculada e livre de entulhos, mais nova talvez. E enquanto Nova York zumbia com energia constante, Chicago transpirava mais um suave sussurro.

Fiz o check-in no hotel à margem do rio Chicago e pedi serviço de quarto enquanto matava tempo antes do jogo. Olhei pela janela para o rio que corria lá embaixo e para a cidade que me cercava. Chicago tinha um estilo próprio e eu sorri ao pensar em capturá-lo com minha câmera. Eu teria tempo de sobra para isso amanhã.

Quando cheguei ao estádio, quase passei a noite toda olhando fixamente para o letreiro de CAMPO DE WRIGLEY, CASA DOS CHICAGO CUBS. Era uma peça tão clássica de memória do beisebol que eu me descobri deslumbrada por ela. Fiz algumas fotos do letreiro vermelho e branco envelhecido, amando tudo, antes de pegar meu ingresso individual que esperava por mim na lista de convidados. Passei pela entrada escura, perdida na excitação de um estádio novo para mim.

Uma vez lá dentro, vagueei sozinha, indo na direção errada a princípio antes de fazer meia-volta. Eu me perguntava se algumas das garotas mesquinhas estariam lá. Excetuando Trina, não havia ninguém que eu quisesse ver. Três mensagens de texto depois, eu descobri que Trina estava ainda fora do país em seu trabalho. Examinei a fileira de assentos verdes, procurando o meu. Sentei-me na minha cadeira antes de olhar ao redor. Descobri-me cercada por algumas garotas bonitas, em idade colegial, mas nenhuma que parecesse familiar. Meus ombros se relaxaram com a ausência de quaisquer garotas mesquinhas. Eu não notara o quanto elas me deixavam estressada até que estivessem ausentes.

Sem a distração dos fãs habituais ou das esposas mesquinhas, eu me concentrei completamente em ver Jack jogar. O modo como ele era compenetrado sempre me impressionara. Ele parecia outra pessoa quando se erguia naquele monte. Bloqueava todo som, toda aclamação, todo grito, e cercava cem por cento o batedor a 20 metros de distância.

E quando ele desistiu numa batida, recobrou sua compostura e retomou sua energia, diferente dos outros arremessadores que ficavam completamente desconcertados quando alguém os derrotava. Num jogo em que seu estado mental poderia fazer ou destruir alguém, Jack tinha a habilidade de manter o controle. Seu temperamento fora do campo nunca traduziria isso. Jack sempre se movia para a frente, deixando a última jogada para trás e concentrando-se na próxima.

Sua paixão e total respeito pelo jogo que amava só me fazia amá-lo ainda mais. Eu admirava o modo com que Jack jogava. Demonstrava muito caráter interno arremessar do modo com que ele o fazia. Ele era concentrado, determinado, e jogava com o coração. Como alguém não amaria isso?

Quando o jogo terminou, perguntei a três diferentes seguranças para onde deveria me dirigir para ir ao vestiário do time visitante. Com meu cartão de identidade na mão, vagueei pelos subterrâneos e esperei Jack surgir. Era estranho ser a única pessoa a esperar. Os jogadores começaram a sair do vestiário, cada um me lançando um rápido sorriso antes de ir embora. Fiquei pensando se eles sequer sabiam quem eu era. Eu não havia realmente conhecido qualquer um dos jogadores do time de Jack.

O namorado de Trina, Kyle, saiu e eu sorri.

— Ei, Cass. Jack está saindo — ele disse, antes de me dar um rápido abraço.

— Obrigada. Diga à Trina que estou com saudade dela.

Ele riu.

— Claro que direi. Vejo você depois. — Ele fez aceno ao descer pelo corredor, desaparecendo.

Jack saiu momentos depois, seus cabelos ainda molhados pelo banho. Eu o envolvi com meus braços e o apertei.

— Grande jogo, querido.

— Obrigado — ele sussurrou, antes de beijar meus lábios.

Ele me conduziu para fora, onde o ônibus do time rugia.

— Lamento você ter que pegar um táxi de volta ao hotel.

— Tudo bem.

— Não está bem, não. Eu devia poder levar você, em vez de mandar você sozinha às onze horas numa noite de sexta-feira.

— Ficarei bem. Não se preocupe — tentei reconfortá-lo, mas senti que ele estava pouco à vontade.

— Esperarei com você até pegar um táxi. — Ele agarrou minha mão e me conduziu em direção à rua movimentada.

— Você não tem que fazer isso, Jack. Não quero que você tenha problemas.

— Metade do time não saiu ainda do vestiário. Tudo bem.

Fazer sinal para um táxi levava mais tempo do que eu pensara. Era uma noite de sexta e a maior parte dos táxis que passavam já estava cheia de passageiros. Comecei a me preocupar com que Jack tivesse que me deixar sozinha, quando um táxi vazio surgiu em nosso caminho e Jack acenou para ele.

— Obrigada, querido. — Estiquei meu pescoço para lhe dar um beijo antes de pular para dentro do táxi.

— Vejo você no hotel — ele disse, antes de fechar a porta para mim.

Cheguei antes do ônibus do time, de modo que entrei no grande saguão e fiquei à espera. Eu quase rumei para o bar quando o aviso de Jack passou pela minha cabeça.

Não olhe para lá, Cass. Jack falou para você não olhar.

Mas o time nem mesmo está aqui ainda. O que eu poderia ver?

Discuti comigo mentalmente antes de ceder e virar minha cabeça para examinar atentamente o interior da área do bar. Avistei as três colegiais que estavam sentadas perto de mim durante o jogo. Uma das garotas acenou com a mão em minha direção como se me reconhecesse de algum tempo, e eu rapidamente desviei o olhar.

Puta merda. Essas garotas estavam esperando na seção de ingressos dos jogadores?

O time apareceu no saguão do hotel, fazendo uma cena ruidosa ao entrar. Examinei os homens corpulentos, procurando Jack. O marido de Kymber passou por mim sem sequer me notar, e eu olhei quando ele virou para o bar.

Essa não.

Observei a cena se desenrolar como uma batida de carro diante dos meus olhos. Eu não poderia desviar os olhos, nem se tentasse. Ele dava uma volta pelo bar quando uma das garotas louras saltou de seu banco para dentro de seus braços. Ela deu uma risadinha quando ele agarrou suas nádegas, dando-lhe umas palmadas, para deleite dela. Cruzou suas pernas em torno da cintura dele, depositando beijos por todo o seu rosto mentiroso, traiçoeiro de rato bastardo. Mais dois jogadores, ambos casados, entraram no bar e uma cena semelhante se desenrolou. Eu quis vomitar.

Meu queixo caiu completamente quando todas as impressões de Jack me traindo se derramaram em minha corrente sanguínea. Meu estômago revirou, ameaçando esvaziar seus conteúdos por sobre todo o brilhante chão ladrilhado. Jack subitamente apareceu diante de mim, sua expressão sombria.

— Eu disse para não olhar para o bar, gatinha. Eu disse.

— Puta merda. — Balancei a cabeça, ainda chocada com a espalhafatosa exibição de infidelidade e minhas próprias lembranças infernais.

Jack pegou meu braço e me conduziu para o elevador.

— Foi por isso que eu disse nada de bar. E é por isso que estamos num andar diferente do deles. Para que você não tenha que ver essa porcaria. Vamos.

Tropecei ao tentar manter o ritmo do passo de Jack, que estava visivelmente desesperado para me retirar da área.

— Não posso acreditar que eles ajam dessa maneira em público. Eles não ficam preocupados em serem pegos em flagrante?

Jack me olhou.

— Não aqui.

— Hein?

Os lábios de Jack se apertaram.

— Não vamos falar disso aqui. Espere até que estejamos em nosso quarto.

— Oh — suspirei.

Saindo do elevador, descemos pelo longo corredor em direção ao nosso quarto. Passei os dedos por sobre o papel de parede enquanto Jack enfiava o cartão-chave na fenda. Com dois cliques, ele empurrou a porta, segurando-a para que eu entrasse antes que ele viesse atrás. Ele se deitou na cabeceira da cama.

— Eles não estão preocupados em serem pegos em flagrante porque todos já sabem.

— Você está tentando me dizer que Kymber, a piranha, sabe que seu marido é um merda de um traidor? — perguntei, meu tom refletindo visivelmente minha incredulidade.

Ele bufou.

— Não com tantas palavras, mas sim.

— Então, ela sabe que ele a está traindo, e o quê? Simplesmente não dá bola?

Eu não podia conceber como alguém em juízo perfeito não se importaria com ser traído daquele modo. Que tipo de relacionamento era aquele, afinal?

— Não sei se ela realmente sabe, mas sei que ela suspeita.

— E ela não se importa o suficiente para descobrir com certeza?

— Ela provavelmente não quer realmente saber a resposta. A realidade é que um monte desses caras traem suas esposas, gatinha. É mesmo uma merda, mas é a verdade. E, sim, as esposas geralmente sabem, mas apenas fingem que não está acontecendo nada.

— Como se estivessem em negação? — Balancei minha cabeça, ainda tentando compreender aquilo tudo. Pensei em Kymber e seu bando de garotas mesquinhas, e senti pena delas.

— Ou é isso ou elas apenas fingem que não está acontecendo porque gostam de suas vidas.

Balancei minha cabeça, recusando-me a crer em tamanha loucura.

— De modo algum. Todas as coisas materiais que elas conseguem são mais importantes para elas do que serem respeitadas ou bem tratadas ou verdadeiramente amadas?

— Acho que é realmente fácil se acostumar a certo estilo de vida. E elas preferem não renunciar a ele. — Ele desarrumou seu cabelo escuro antes de encostar a cabeça à parede.

A concepção toda me parecia estranha. Fiquei pensando no que fazia as pessoas se convencerem de que a troca comercial valia a pena. Quem precisava de autoestima e autovalorização quando se podia ter diamantes enormes e roupas caras?

— Bem, que o senhor não tenha nenhuma ideia parecida, Sr. Carter, porque esse tipo de porcaria nunca dará certo comigo.

Meus olhos começaram a se enevoar, meu coração doendo com a percepção de que já fizera isso comigo. A traição toda, meu conhecimento dela, basicamente aceitando-a e depois o recebendo de volta com os braços abertos. Tudo isso acontecera.

Eu fui deitar-me ao lado dele, e ele passou seu braço em torno do meu ombro.

— Sei que você não é como aquelas mulheres. E eu não gostaria de você se fosse. — Seus lábios se colaram ao lado de minha cabeça. — Cometi um erro no passado, mas não vai acontecer de novo. Sei que você me deixaria para sempre se eu cometesse e eu não posso... — ele fez uma pausa — ... eu *não vou* perder você de novo.

Ela não deveria ser mais gostosa?

CASSIE

    Jack e eu caímos numa rotina confortável pelas seis semanas seguintes. Matteo me acompanhava a todo jogo em casa e os aborrecimentos basicamente cessaram. Isto é, até que Jack teve sua primeira derrota com o time. Naquela noite, fui forçada a ouvir algumas pérolas sobre como "Jack foi horrível" e como eu precisava "endireitar sua cabeça". Os fãs radicais estavam furiosos. Quando você vence, eles o amam tão ferozmente que você não poderia ser mais perfeito. Mas, no momento em que perde, pisam em você na hora da saída.

    Conversávamos pelo telefone constantemente quando ele viajava. Ele queria que eu fosse a quantos jogos distantes pudesse, mas isso não era divertido como eu pensava que fosse. Eu passava a maior parte do tempo vagando sozinha numa cidade estranha ou comendo sozinha num restaurante. Do lado de fora, parecia tão glamoroso ser a namorada de um astro de uma liga superior, mas era solitário na maior parte do tempo. Sem mencionar o fato de que ver os outros jogadores enganando suas esposas me dava náuseas.

    Eu tinha pequenos ataques de insegurança de vez em quando, mas fazia o melhor para manter meus medos sob controle. Jack tentava fazer o melhor também, ficando ao telefone comigo até altas horas da noite, optando por serviço de quarto em vez de sair com os companheiros, não importando quantas vezes eu tivesse lhe dito para fazê-lo.

O beisebol mantinha Jack fora por literalmente metade de cada mês. O número mais consecutivo de dias em que ele ficara em casa havia sido sete.
Sete.

A confiança era algo complicado. Às vezes, parecia uma entidade viva, dotada de respiração, que eu modelara, construíra e conformara a ajustar às minhas necessidades naquele momento. E, em outras, movia-se como uma emoção incontrolável que fluía e refluía como as ondas de um oceano. Um dia eu estava perfeitamente bem e no outro estava acabada, convencida de que Jack não era melhor que seus colegas de equipe.

Eu desejava que nosso relacionamento fosse mais fácil, mas éramos uma obra em processo. A parte mais difícil era aceitar isso. Tive uma escolha quando Jack voltou pela primeira vez. Não tinha que deixá-lo entrar pela porta da frente, mas o queria. Precisava seguir em frente e acreditar que ele não me magoaria outra vez. Meu coração ansiava por aceitar suas ações e fazer um ato de fé, mas minha cabeça se recusava a ceder.

Cabeça estúpida.

Jack estar na estrada não significava que os posts sobre nós na internet tivessem parado. Não pararam. E não importava o quanto eu me esforçasse por tentar convencer a mim mesma a não lê-los, eu geralmente não conseguia resistir. Minha própria curiosidade me matava. Eu lia as coisas escritas sobre mim ou Jack e jurava que nunca as leria novamente por me causarem tamanha angústia. Tornou-se um círculo vicioso de autodepreciação e eu precisava trabalhar com minha força de vontade.

E Melissa, Deus a abençoe, nem sempre ajudava. Ela mantinha contas em todo site que mandava mensagens sobre mim e Jack e, embora afirmasse não compartilhá-los todos comigo, parecia que me alertava para um novo post todo dia. Eu estava exausta simplesmente por saber disso tudo.

Determinada a focar no trabalho, e não no noticiário, verifiquei os arquivos on-line da revista, vasculhando velhas fotografias e novas anotações para a pesquisa de outro fotógrafo. Um alerta de e-mail de Matteo apareceu na minha tela.

Quer almoçar hoje? Não tenho nenhum cliente e Jack ainda está fora da cidade.

Eu quase digitei "sim" em resposta, mas me contive. Gostava da companhia de Matteo e nos tornáramos realmente bons amigos, mas eu sabia o que aconteceria. Alguém nos veria juntos e nos fotografaria. A foto seria exposta por toda a internet dentro de minutos e muito provavelmente impressa no dia seguinte com alguma chamada falsa e uma história forjada por alguma "fonte anônima".

Odiava me sentir como se não pudesse ir a parte alguma com alguém quando Jack estava fora da cidade, mas bastava uma chamada proclamando "Quando Jack Está Longe, Cassie Aproveita" para me deter. A chamada estava impressa acima de uma foto minha e de Matteo rindo depois do jantar e resultava num grande número de acusações na internet, sem mencionar minha necessidade de reassegurar a Jack que não havia absolutamente nada de podre acontecendo entre mim e Matteo.

Esse era um pesadelo que eu não tinha intenção alguma de repetir. Rapidamente digitei uma resposta para o e-mail de Matteo:

Trabalhando num projeto. Sinto muito. Verei você quando Jack chegar em casa.

Felizmente, minha última linha deixava claro que eu não faria planos com ele até que Jack estivesse de volta à cidade.

Passei a hora do almoço trabalhando e, quando saí do escritório, estava faminta. Depois de suar com o calor no trem sem ar-condicionado de volta para casa, decidi parar em um café.

— Boa noite, Cassie. Vai pedir alguma coisa para levar hoje? — O homem baixinho e redondo perguntou. Eu estivera lá poucas vezes, mas Roman sempre se lembrava de mim e me saudava pelo meu nome.

— Na verdade, Roman, acho que vou comer aqui hoje à noite. — Sorri quando ele esfregou suas mãos com satisfação.

— Vá em frente e sente-se onde quiser.

— Obrigada. — Olhei ao redor para as mesas vazias antes de escolher uma no canto dos fundos, próxima à janela. Roman apareceu à minha mesa, um chá gelado na mão.

— Gostaria de ver o menu? — ele perguntou.

— Acho que vou querer seu famoso sanduíche East Side com fritas.

— Já vou trazer, bela senhora! — Ele sorriu e o sorriso se estendeu por todo o seu rosto, forçando-me a sorrir em retribuição.

Encostei as costas à cadeira de madeira e fiquei olhando as pessoas entrarem apressadas. Nova York era uma cidade tão tumultuada o tempo todo. Dia ou noite, neve ou sol, as pessoas estavam sempre correndo.

Meu celular vibrou no bolso de minha cintura. Puxando-o, li a mensagem de Melissa.

Bela blusa.

Quê?

Olhei ao redor ansiosamente com o súbito desejo de que ela estivesse ali para uma visita e simplesmente houvesse se escondido de mim. Digitei uma resposta.

Do que você está falando?

Você está naquele website Flagramos mais uma vez. Flagramos: namorada de Jack Carter jantando sozinha perto de seu apartamento em Sutton Place.

Imediatamente, fiquei zonza.

Você está brincando.

Antes que eu digitasse qualquer coisa mais, meu celular soou novamente. Melissa enviara uma imagem instantânea do website para o meu celular, lá aparecia uma fotografia minha olhando para fora da janela pela qual eu estava realmente olhando.

Maldição.

Agarrei minha bolsa, deixando dinheiro mais do que suficiente na mesa para cobrir a conta, e procurei ao redor por Roman.

— Roman, pode ser para viagem? Preciso ir para casa. Aconteceu uma coisa. Desculpe.

— Claro, Cassie. Sem problemas. Diga a Jack que mandei lembranças. — Ele transferiu meu sanduíche do prato que carregava para uma caixa antes de estendê-lo para mim.

— Direi, sim. Deixei o dinheiro sobre a mesa. Obrigada. — Sorri antes de correr para a porta.

Olhei por sobre meu ombro durante todo o trajeto de retorno ao meu apartamento. Eu não poderia ter chegado lá mais rapidamente. Cada passo me lembrava como minha vida se tornara exposta. Por trás de meus óculos de sol, dava olhadas para os transeuntes, cismando se os celulares que eles carregavam não estariam sendo usados na verdade para ajudar a espalhar minha vida pelas telas de computador por todo o país. Todo turista com uma câmera agora parecia um cúmplice potencial da intimidação da mídia.

Assim que entrei em nosso edifício, deixei-me desmoronar.

— Está tudo bem, Srta. Andrews? — o porteiro perguntou, seu grande bigode espesso movendo-se enquanto ele falava.

— Sinto muito, Antonio. Estou apenas um tanto desesperada por todas as mensagens e porcarias on-line. Eles não podem entrar aqui, certo?

— Não, senhora. Eles não podem entrar aqui. — Ele aprumou sua espinha. — Eu não vou deixar.

— Obrigada — murmurei, evitando olhar para fora, grata por ninguém estar lá me olhando ou encarando estupidamente.

Insistindo em que cada passo meu era seguido, eu ficaria paranoica. A imprensa, os fãs, as fotos; isso nunca parava. Havia pouca trégua. Pouco refúgio. Eu tentava fingir que não me importava, mas a pressão constante estava me deixando louca.. Pedacinhos de mim estavam sendo recortados todos os dias. Por que eu era consumida pelo público? Eu não era nem a celebridade da relação.

Liguei para Melissa do elevador assim que as portas se fecharam.

— Você está bem? — ela respondeu, em vez de dizer alô.

— Não. Estou enlouquecendo. Como esta cidade toda sabe quem eu sou? E, mais importante, por que se importam?

— Porque você é namorada de Jack. E ele é o arremessador número um da equipe no momento. Você sabe como as pessoas ficam com assuntos assim. Elas são obcecadas pela vida particular das celebridades.

Suspirei, destrancando a porta do meu apartamento e entrando.

— Mas eu não posso sequer jantar sem alguém postar isso. Até você sabe que eu não sou tão interessante assim. — Tentei rir.

— Mas eles não sabem. Tudo que eles veem é a garota que é dona do gostoso e belo coração de Jack. Eles não sabem por tudo que vocês dois passaram.

— Mas agem como se soubessem. — Eu me esparramei sobre o sofá. — Postam todo tipo de merda afirmando saber tudo sobre nós.

Melissa riu.

— Sim, e nós duas sabemos como são precisos esses posts. Eles são quase tão bons quanto aqueles no website das esposas gostosas.

Meu coração bateu em dobro.

— Que website de esposas gostosas?

— Merda — ela fez uma pausa. — Sinto muito, Cass. É só um website idiota.

— Que há nele? — perguntei, antes de me erguer para pegar meu laptop da mesa de café.

Ela hesitou e eu senti que estava escondendo alguma coisa de mim.

— Fotos.

— Que mais? Diga-me — exigi.

— Mais nada. São só fotos, na maior parte, mas elas fazem uma avaliação sua.

— Avaliam-me como?

— Baseado na gostosura.

Digitei uma descrição na ferramenta de busca quando centenas de nomes de websites repugnantes surgiram. Acrescentei "atleta" em minha busca e bingo. Cliquei no primeiro link da lista e meu nome apareceu, junto com quatro fotos minhas recentes. Havia uma descrição que declarava que eu e Jack tínhamos nos conhecido no colégio, mas rompêramos por uma curta temporada antes que nos uníssemos outra vez depois que ele fora negociado. Um parágrafo descrevia o que eu fazia para viver, mas não mencionava onde.

Graças a Deus.

Uma escala de avaliação de uma a dez estrelas esperava no fim do post para ser votada. Abaixo da escala de estrelas, a minha situando-se no sexto lugar no momento, havia uma seção de comentários.

— Achei o website — arfei ao telefone.

— Oh, Deus. Não. Cass. Não leia — ela suplicou pelo celular.

Cliquei no link de Comentários quando meu estômago revirou.

"Eu soube que ela trai o Jack sempre que ele está fora da cidade com aquele cara, o Matteo. Talvez alguém precise ajudar Jack a se vingar dela. Eu me apresento como voluntária."

"Eu a vi pegando aquele cara que está sempre com ela nos jogos. Eu teria tirado uma fotografia, mas estava sem meu celular. Da próxima vez não esqueço."

"Pensei que jogadores de beisebol deviam ter namoradas gostosas. Onde ele achou essa aí? Ela é repulsiva. E provavelmente devia fazer um regime."

— Alô? Cassie?

— Estou aqui — funguei.

— Temos que passar por isso frase após frase? Obviamente você não trai Jack quando ele está longe. Você não estava saindo com nenhum motorista supergostoso, mas, se você me deixasse, eu provavelmente sairia. Você não foi uma piranha para ninguém que não merecesse isso no colégio e você não é nem gorda nem feia. Todas essas são garotas invejosas que pensam que querem o que você possui.

Meus olhos se encheram de lágrimas quando perguntei à minha melhor amiga:

— O que é que eu faço?

— Tem que parar de ler essas coisas. Imediatamente — ela insistiu, e eu cliquei no pequeno X vermelho no topo da tela, fechando a página. — E eu vou parar de contar a você qualquer coisa que qualquer um esteja dizendo. Nada disso importa, seja lá como for, e está estraçalhando você.

Eu fiz que sim, sabendo que ela não podia me ver.

— Você tem que ajudar.

Melissa estava certa. Esses posts e críticas estavam me destruindo. Eu tentava não me importar e ficar alheia, mas ficava difícil quando a coisa era constantemente enfiada em sua cara. E era ainda mais difícil quando as coisas postadas eram mentiras descaradas.

— Ajudarei. Nada mais de textos ou mensagens com fotos, ok? Prometo. Você se sentirá um milhão de vezes melhor assim que parar de ler as coisas que são postadas.

— Posso fazer isso — eu disse, obviamente tentando convencer a nós duas.

— Sei que é difícil ficar alheia, mas, acredite, é melhor você ignorar.

— Obrigada, Meli. — Meu celular soou e eu o afastei de meu rosto, olhando para a tela. — Ei, tenho que ir. Jack está chamando na outra linha.

— Tudo bem. Falo com você depois. Amo você! — ela gritou antes que eu clicasse.

— Oi, querido — respondi.

— Gatinha. — Sua voz ronronou em meu ouvido. — Sinto sua falta.

Soltei um suspiro.

— Também sinto sua falta. Como foi o jogo hoje?

— Hã, perdemos. Eles acabaram com a gente.

— Lamento, querido.

— Tudo bem. Estarei em casa logo e tenho uma surpresa para você — ele zombou pelo telefone.

Eu sorri, enfiando meus dedos sob uma das almofadas no sofá.

— Que tipo de surpresa?

Ele sorriu.

— Entrei em contato com meu companheiro Jake. Vi que ele vai fazer um show no Madison Square Garden. Por isso o procurei para conseguir uns ingressos.

— Jake quem? — perguntei, nunca tendo ouvido falar sobre seu amigo numa banda.

— Jake Wethers — ele respondeu.

— Do *Poderosa Tempestade*? — eu sufoquei antes de me levantar como um raio.

Jack riu novamente.

— Sim, você conhece essa banda?

— Cale a boca, Jack. Todo mundo conhece essa banda. Como é que você conhece Jake Wethers?

— Temos alguns amigos em comum lá em Los Angeles e nos encontramos umas poucas vezes nesses anos. Temos uma boa relação e mantemos contato. Você vai amá-lo.

— Puta merda, Jack, eu já o amo! — eu disse. — Não posso acreditar que vamos a um show do *Poderosa Tempestade*! E não posso acreditar que você conhece Jake!

— Então, fiz bem? — ele perguntou, sua voz uma mistura de doçura e convencimento.

— Melhor que bem. Mal posso esperar para vê-lo.

— Só se lembre de que você ama a mim, e não Jake Wethers, entendeu? Amo Jake, mas chutarei a bunda dele se for preciso.

— Já é difícil o bastante namorar você. A última coisa de que preciso é namorar um astro do rock louco — eu gemi.

— Sim, e Jake não é tão divertido quanto eu — ele disse, e eu não deixei de perceber a ironia.

— Oh, com certeza. Porque namorar você tem sido um verdadeiro passeio no parque — brinquei, ainda interiormente agitada com a informação de que Jack e Jake eram amigos.

— Vou comer alguma coisa, gatinha. Amo você. Vejo você amanhã.

— Amo você também — eu disse, antes de desligar meu telefone e despencar no sofá.

Jack entrou pela porta da frente com um sorriso amplo em seu rosto e eu praticamente o derrubei com minha empolgação.

— Deus, senti tanto sua falta! — ele sussurrou em meus cabelos, enroscando seus dedos neles.

Beijei cada uma de suas covinhas antes de colar meus lábios nos seus.

— Também senti sua falta — eu disse, antes de passar minha língua sobre seu lábio inferior. Ele tinha um sabor de canela quente e eu o suguei para dentro de minha boca, mordiscando-o delicadamente.

Jack depositou sua sacola no assoalho com um baque surdo e me ergueu do chão com um braço só. Ele nos conduziu para nosso quarto e me arremessou sobre nossa nova cama.

— Fique nua — ele exigiu com uma sobrancelha arqueada.

— Você primeiro — brinquei, encarando-o.

Com um sorriso arrogante, ele deu de ombros e depois se despiu de sua camiseta preta. Eu queria lamber cada centímetro de seu peito e músculos abdominais. Ele desabotoou seu calção e tirou o resto de suas roupas num movimento veloz. Eu absorvi cada parte deliciosa dele, meus olhos vagueando da cabeça aos pés.

— Sua vez — ele disse, não se mexendo do lugar onde estava na ponta da cama.

Ergui minha camiseta branca antes de me livrar rapidamente de meu short e minha calcinha. Depois desabotoei o sutiã deixando-o cair do lado da cama. Jack veio sobre mim, lambendo, mordiscando e beijando meu corpo como que faminto por ele.

— Preciso de você — ele suspirou sobre minha pele antes de lamber meu pescoço.

Eu não queria preliminares; ele estivera ausente por tanto tempo que eu ansiava por seu toque. Puxei seu corpo, ansiosa para que ele me penetrasse. Não queria esperar nem mais um segundo sem tê-lo dentro de mim.

— Jack — arfei, quando ele beijou meus seios e gemeu sobre eles. — Jack, entre em mim. Eu quero você. Agora.

Sua boca subiu até à minha, sua língua entrando e saindo da minha boca apaixonadamente. Ele estava febril e eu estava desesperada.

— Diga outra vez. Diga que você me quer.

Ele beijou minha boca com mais força enquanto seu corpo se movia em torno do meu. Gritei para forçá-lo para dentro, mas ele resistiu. Minhas unhas se cravaram em sua cintura quando tentei guiá-lo.

— Diga.

— Eu quero você, Jack. Eu preciso de você.

— Onde? — Suas mãos me tocaram pelo corpo todo. — Onde você me quer?

— Dentro de mim. Quero você dentro de mim agora — ofeguei e gemi em uníssono.

Com uma arremetida profunda, ele me penetrou. Eu gemi, o prazer se misturando à dor.

— Oh, Deus. Você entrou tão fundo!

Ele se moveu para dentro e para fora, penetrando mais profundamente a cada investida até que não pôde ir mais além. Cruzei minhas pernas em torno de sua cintura, absorvendo-o o mais profundamente possível.

— Eu não vou conseguir segurar, gatinha.

Reforcei meu aperto, empurrando meus quadris contra ele com mais força e mais velocidade enquanto ele se avolumava dentro de mim. Manobrei meu corpo e Jack nos virou para que eu ficasse por cima. Absorvendo-o ainda mais profundamente nesta posição, gritei de prazer. Baixei meus olhos sobre Jack, seus olhos grudados nos meus.

— Você é tão gostosa — ele gemeu.

Eu me inclinei para a frente, lançando minha língua em sua boca enquanto mexia meus quadris para cima e para baixo num ritmo apressado. A sensação dele dentro de mim era diferente de qualquer outra coisa e eu gemi quando ele atingiu o ponto certo. Rajadas de sensação percorreram meu corpo quando berrei com o prazer que ele me dava. Mexi meus quadris contra ele enquanto ele gemia, suas mãos agarrando as minhas vigorosamente. Ele vibrava dentro de mim ao gemer em fôlegos arfantes. Nossos movimentos ficaram mais lentos e ele me puxou sobre seu peito arfante.

— É ótimo ter você em casa — sussurrei sobre seu peito.

Ele bufou.

— É ótimo estar em casa.

— Eu amo você, Jack. — Eu amava Jack mais do que amara qualquer pessoa em minha vida, mas namorá-lo era difícil. Eu queria contar a ele sobre todos os sites e as coisas que eles postavam, mas ele já tinha o suficiente em que se concentrar durante a temporada. De modo que guardei minha infelicidade no fundo de mim, esperando com a ajuda de Deus que ela ficasse lá mesmo.

 Ele passou seus dedos pelos meus cabelos ao se inclinar para depositar um beijo em minha cabeça.

— Eu amo você, gatinha.

Não fui feita para isso

CASSIE

Eu raramente podia comparecer aos jogos da tarde de Jack na cidade por causa do trabalho, de modo que estava acompanhando um jogo on-line quando meu celular tocou com o toque de chamada de Melissa. Estendi a mão, silenciando-o imediatamente. Respondi-o baixinho:

— O que há, garota?

— Sei que não nos falamos mais, mas preciso lhe dizer uma coisa.

Meu peito apertou enquanto eu prendia meu fôlego:

— O quê?

— Chrystle vendeu sua história a um tabloide.

Meu estômago afundou.

— Que história, exatamente? — consegui perguntar em meio ao meu choque.

— Oh, aquele em que você é uma puta destruidora de lares que roubou o marido dela depois que ela perdeu seu bebê num aborto.

Minha cabeça começou a latejar enquanto as paredes do escritório giravam em torno de mim. Agarrei o celular diretamente sobre meu peito, deixando que a bílis que se erguia em minha garganta cedesse.

— Cass, você está aí?

— Estou.

— Há mais ainda.

— Mais ainda? — dei um grito sufocado, pensando em que mais poderia haver.

— Há fotos on-line do casamento dela. E fotos suas. E o artigo está recheado de mentiras. As pessoas estão engolindo a coisa, Cass. Acreditando em cada palavra da história daquela piranha mentirosa. As chamadas de mensagens on-line estão explodindo, chamando você de destruidora de lares e o diabo a quatro. É uma loucura!

Meu corpo começou a tremer com fúria. Eu odiava muito Chrystle por tudo que ela fizera para se interpor entre mim e Jack. E eu pensara que ela estivesse fora de nossa vida de uma vez por todas.

— Por que ela simplesmente não dá o fora?

— Porque ela é uma puta faminta pelo dinheiro que a publicidade dá. Eu vou matá-la mesmo. Assassinar essa piranha.

Consegui dar uma risada em meio às minhas lágrimas cheias de raiva.

— Deixa que eu a mato primeiro.

— Cassie, posso vê-la, por favor? — Nora gritou em meio ao tumulto do escritório.

— Meli, tenho que desligar. Minha chefe está me chamando. — Enfiei meu celular numa gaveta antes que minhas pernas nervosas me conduzissem para dentro do escritório de Nora. Suas paredes estavam cobertas com várias capas de revistas de anos anteriores e fotografias dela com celebridades e políticos locais.

— Feche a porta e sente-se — ela disse, não erguendo os olhos quando eu entrei. Fiz como ela pediu, tremendo quando caí na superestofada cadeira de couro branco. — Fale-me sobre essa matéria que acabou de sair.

— O que você quer saber? — perguntei, meus olhos ficando imediatamente inundados.

Ela se inclinou para a frente, apoiando-se nos cotovelos, e olhou diretamente para mim.

— Quanto disso é verdade?

— Acabei de saber sobre ele, de modo que não estou totalmente certa do que diz.

— Jack foi casado com esta pessoa?

Fiz um sinal de cabeça.

— Sim.

— E ela ficou grávida. — Eu podia notar que ela supunha que essas partes da história eram precisas.

— Não. Ela mentiu para ele. Ela disse a ele que estava grávida, mas nunca esteve. No momento em que Jack descobriu, ele a deixou. Ele estava comigo primeiro. — Eu de repente quis defender o que Jack e eu tivemos no passado, antes que Chrystle viesse e ferrasse com tudo. — Estávamos juntos quando Jack a conheceu.

— Então, ele enganou você? — ela perguntou francamente.

Eu assenti:

— Sim.

— Ela sabia sobre você? — Nora me olhou atentamente e senti que uma ideia estava passando pela sua cabeça.

— Ela sabia sobre mim. Ela não se importou. Disse que sempre quisera um marido que jogasse beisebol e foi o que conseguiu. — Raiva e vergonha se chocavam dentro de mim enquanto eu lutava para manter minhas emoções equilibradas.

— Você quer dirigir esta declaração ao público? Poderíamos fazer uma em seu nome, contestando todas as afirmações e acusações desta mulher. — Nora cruzou as mãos e pousou o queixo sobre elas. — Ou podemos fazer uma matéria sobre você e Jack que retrate o oposto.

Eu não havia nem pensado em me defender. Nos últimos meses, eu aprendera a me manter calada quanto a todas as coisas que as pessoas escreviam sobre mim. Disseram-me que se eu tomasse posição por mim mesma isso me faria parecer pior, o que eu nunca entendi, mas eu tinha que concordar porque não sabia que outra coisa podia fazer.

"Se você revidar, eles vão atacar com ainda mais força", a mãe de Melissa me advertira a certa altura. *"Não lhes dê mais munição. As pessoas gostam de provocar uma reação na gente. Assim, quando elas não conseguem o que querem, finalmente se afastam."* Mas eles não haviam se afastado.

— É isso o que você acha que eu deveria fazer? — perguntei à Nora. — Uma declaração? Isso não vai piorar as coisas?

Seu cenho se franziu.

— Possivelmente. Deixe-me pensar nisso por uns dias.

— Ok.

— Fico preocupada com você. Não sei como você consegue se controlar com todo este lixo. Ficar com esse cara certamente traz alguns problemas, não? Espero que ele valha a pena.

Meus pulmões se apertaram como se todo o ar houvesse sido sugado para fora da sala. Eu queria sufocar, mas não podia. Lutei para manter minha compostura enquanto as lágrimas escorriam. E, bem aí, desmoronei. Eu simplesmente não suportava mais. A terrível pressão, o assédio constante, os sites me criticando todo dia. Havia se tornado peso demais para carregar.

— Oh, querida. — Nora saiu de trás de sua escrivaninha e caminhou para mim. — Eu sinto muito. Eu só quis dizer que era muito para suportar.

— Eu sei. Não é o que você disse; é o que eu sinto — tentei explicar em meio a soluços.

— Por que você não tira uns dias de folga? Vá espairecer a cabeça. Caramba, tire uma licença ou algo assim. Saia da cidade por uns tempos.

Enxuguei meus olhos e funguei.

— Talvez eu pegue um avião para casa. Você tem certeza de que está bem?

— Tenho, sim. Teremos um plano de ação quando você voltar. — Ela apertou meu ombro antes de retornar à sua cadeira.

— Obrigada, Nora. — Forcei um sorriso antes de sair de seu escritório. Juntei minhas coisas, digitei uma rápida nota de ausência temporária para o meu e-mail e desliguei meu computador. Parei na loja do saguão, pegando um exemplar do tabloide quando minhas pernas vacilaram. A fotografia de casamento de Jack com Chrystle produziu fortes estocadas de dor quando eu olhei para ela.

Mortificada, pus o tabloide debaixo do braço e saí. Eu não poderia pegar o metrô para casa, eu não resistiria cercada por toda aquela gente, de modo que liguei para a única pessoa em quem pude pensar ao voltar para o saguão.

— Matteo, você pode sair do trabalho e me levar para casa? — Minha voz tremeu ao praticamente implorar.

— É claro. Você está bem, Cassie?

— Sim. Eu só preciso de uma carona para casa, por favor. — Ele sabia que eu estava mentindo, mas não insistiu no assunto.

— Estarei aí em dez minutos.

Matteo chegou em cima da hora, e eu saí das portas do saguão em direção ao seu carro. Ele saiu apressado do assento do motorista, a preocupação estampada em todo o seu rosto. Ele me conduziu pela mão, abrindo a porta para mim e fechando-a delicadamente. Uma vez lá dentro, coloquei o cinto de segurança e esperei pela inquirição que não veio. Se ele tinha um milhão de perguntas, não fez nenhuma.

Matteo estacionou o carro em frente ao meu edifício quando hordas de fotógrafos o cercaram.

— Oh, meu Deus — eu disse, o choque claramente estampado por todo o meu rosto.

— Cassie, o que está acontecendo? — Matteo perguntou.

A imprensa percebeu que era eu que estava no carro, e levou menos de dois segundos para eles formarem um exame pelo lado onde eu estava, as câmeras emitindo clarões sem parar, praticamente me cegando, mesmo à luz do dia.

— Dou um jeito nisso — Matteo disse antes de sair do carro. Eu o ouvi exigindo que eles dessem o fora enquanto abria minha porta e me ajudava a sair. Eu baixei a cabeça depois de sair, recusando-me a fazer contato visual com todos.

Repórteres bradavam perguntas enquanto Matteo me envolvia com um braço protetor e abria caminho a empurrões pela multidão.

— Você sabia que ela estava grávida?

— Jack a deixou por sua causa?

— Você estava tendo um caso com Jack enquanto ele ainda estava casado?

— Você acha que o estresse a fez perder o bebê?

— Deixem-na em paz! — ele gritou, tentando me conduzir para dentro do edifício.

Uma vez dentro do prédio, o porteiro bloqueou os repórteres enquanto Matteo se fez de escudo para que eu não fosse vista e apertou o botão no elevador. Ele ficou ao meu lado até que as portas se abrissem.

— Obrigada — eu disse em meio a olhos chorosos.

— Você vai ficar bem? Tem certeza de que quer ficar sozinha agora? — Ele segurou a porta do elevador aberta com sua mão.

— Você tem que ir apanhar Jack logo, certo? Ficarei bem até ele chegar. Mas posso precisar que você me leve a um lugar mais tarde. Eu ligarei se precisar — eu disse, sabendo que estava sendo enigmática.

— No que você precisar, estarei às ordens — ele me reassegurou.

— Obrigada novamente. — Engoli em seco antes que deixasse as portas se fecharem e bloqueassem a vista de tudo, exceto de meu próprio reflexo.

Na segurança de nosso apartamento, despenquei em nossa cama, puxando os joelhos por sobre meu peito. Deixei que minhas lágrimas se derramassem em meu travesseiro. Eu não podia acreditar que isso estivesse acontecendo outra vez. Eu nunca conhecera ninguém tão vingativo e tão cruel, e ainda nem sequer tinha lido a maldita matéria.

Voltei ao momento em que estava no Fullton, quando começaram a sair notas sobre Jack se casando e como eu era retratada como a mulher deixada para trás. Pensei que nunca experimentaria tamanha dor e humilhação como aquelas novamente, mas isso era de longe muito pior. Agora que Jack jogava nas ligas superiores, tudo era ampliado. Nossa vida não era simplesmente mais uma história local; era parte do noticiário nacional. E essa história de Chrystle ganhara a atenção de todos.

Meu estômago se retorceu e revirou quando tentei repelir tudo isso, mas falhei. Meu celular tocou, fazendo-me pular ao verificar o número que reluzia na tela. Não o reconheci, mas atendi de qualquer modo.

— Alô.

— É Cassie Andrews falando? — uma voz masculina me perguntou no outro lado da linha.

Hesitei.

— Sim.

— Quero lhe fazer algumas perguntas sobre a matéria de hoje para nosso website, ok?

— Não, não está ok. Como conseguiu meu número? Não me ligue outra vez.

Horrorizada, encerrei a ligação o mais rapidamente possível. Acho que devia ficar surpresa por ter demorado tanto para que eles me localizassem, mas eu não estava preparada para isso. Eu não queria que a imprensa tivesse o número de meu celular. Eu já a odiava o bastante por saber onde morávamos.

Fechei os olhos depois de colocar meu celular no mudo, caindo no conforto do sono. O som da porta batendo com força me despertou.

— Cass? Cassie? Onde você está? — a voz de Jack soou desesperada, quando o som de seus passos ressoaram sobre o assoalho. Fiquei em silêncio, sabendo que ele por fim me encontraria ali.

— Gatinha. Você está bem? — Ele se curvou junto a mim na cama, segurando meu corpo trêmulo em seus braços. Tudo que eu queria era fugir. *Literalmente.* — Fale comigo, Cass.

— Eles ainda estão lá embaixo? A imprensa? — Evitei olhar para ele.

— Sim. São uns abutres malditos.

Eu me levantei da cama e entrei na cozinha. Abri o armário e retirei um copo. Enchendo-o de água, engoli tudo de uma só vez.

— Como você leu sobre a matéria?

— O relações-públicas do time viu e me alertou. Ele vai publicar uma declaração oficial em meu nome.

— Qual é sua declaração? — perguntei, pondo o copo sobre o balcão frio de granito.

— Eu não sei — ele deu de ombros.

— O que quer dizer com não sabe? — Comecei a ficar irritada, o calor se erguendo de minha barriga.

— O time faz uma declaração e exige que eu concorde com ela — ele me disse, tentando fazer com que eu me sentisse melhor, mas fracassando.

— E se você não concordar com ela? E se for uma declaração horrível, estúpida? Você deve apenas sorrir e fazer que sim com a cabeça?

— É o que acontece, gatinha. Eles publicam uma declaração que é melhor para o time e eu devo concordar com ela. Minha opinião não conta.

Dei as costas para ele, correndo para o banheiro.

— Isso é estupidamente ridículo! É da sua vida que estamos falando! E da minha vida. São mentiras horríveis sobre mim e você. Não podemos só ficar sentados e concordar com alguma declaração que você nem sequer fez.

Ele veio logo atrás de mim.

— O que você quer que eu faça? Nossa própria declaração?

Tirei meus tênis do armário.

— Preciso cair fora daqui imediatamente. — O calor se espalhou rapidamente por todo o meu corpo enquanto minha irritação aumentava sem controle.

— O que você vai fazer? Para onde vai?

— Você não é o único que tem explosões de temperamento, Jack. Só porque eu não saio por aí mostrando os punhos na cara das pessoas não quer dizer que eu não fique puta da vida!

— Fugir não significa realmente provar que você tem temperamento. Só prova que você tem... — ele fez uma pausa — ... pernas.

Amarrei os cadarços de meus tênis.

— Só me deixe em paz.

— Está vendo? Pernas para correr da raia em vez de ficar aqui e desabafar! — ele gritou, com voz frustrada.

— Não consigo pensar claramente quando estou perto de você. Preciso ficar longe. — Seus olhos. Seu rosto. Eles me distraíam de meus pensamentos interiores.

Bati a porta com força e desci as escadas para a sala de ginástica, grata por ela estar vazia. Liguei uma esteira antes de colocar meu iPod na tomada. A música do Imagine Dragons explodiu em meus ouvidos quando comecei a correr cada vez mais rapidamente, toda a frustração das últimas semanas se derramando em gotas de suor pela minha testa. Desejando que eu pudesse apagar todos os posts dos blogs, artigos de jornal, colunas de fofocas, correntes de mensagem e Chrystle de minha memória com cada passo na esteira, joguei os meus pés com força sobre a superfície em movimento.

Depois de uma hora de pura descarga de adrenalina, nada mudou. Eu não me senti melhor, aliviada, ou calma. As mesmas pressões e mágoas permaneciam. Percebi que não podia mais ignorar isso.

Eu não estava feliz.

As últimas quatro semanas ajudaram a dissolver minha força num lamaçal de dúvida de mim mesma e infelicidade. Ficar com Jack significava aceitar todas as outras coisas que vinham com isso e eu odiava a situação. Minha cabeça latejava quando caminhei de volta para o apartamento. Ignorando Jack, passei por ele e fui para o chuveiro. Ele tentou me seguir, mas eu fechei e tranquei a porta. Deixei passar o tempo, esperando que a água quente levasse todas as minhas dúvidas, mas nada ajudou. Depois disso, sequei o cabelo com uma toalha antes de sair com outra toalha envolvendo meu corpo.

Jack estava sentado em nossa cama, observando cada movimento meu, quando eu rapidamente me troquei, pondo um jeans e uma camiseta.

— Eu não fui feita para isso. — Fechei meus olhos subitamente, desejando que as fotos na internet e a matéria no tabloide desaparecessem de minha mente.

— Não foi feita para quê, exatamente? — ele perguntou cautelosamente, sua cabeça se inclinando para um lado.

Suspirei.

— Não fui feita para esta vida. Para esta invasão constante de privacidade... Este julgamento. As pessoas se põem a dizer e escrever o que querem sobre minha vida e eu tenho apenas que ficar parada aqui e aceitar tudo. Não posso mais lidar com isso.

As lágrimas começaram a cair e eu não me dei ao trabalho de contê-las.

— Você sabia que há fotos minhas pregadas em todos os websites onde pessoas votam a favor ou contra eu ser suficientemente gostosa para você? — gritei em meio à minha frustração.

Lógico que eu sabia que não era culpa de Jack, mas meu constrangimento superava toda a lógica neste momento.

— Você sabe o quanto isso é horrível? Ser criticada por minha aparência por um bando de estranhos malditos? Deus me livre que eu seja realmente uma boa pessoa que ama seu namorado e trabalha duro e trata bem as pessoas. Isso não é levado em conta. Nada disso importa!

Joguei as mãos para o alto, balançando minha cabeça.

— Só conta o que eu visto e como está meu cabelo e quanto de peso preciso perder. Por que as pessoas pensam que podem esculhambar com a minha aparência? Você sabia que há um tópico de discussão inteiro no site de beisebol dedicado a me odiar? Não a não gostar de mim, mas a me odiar. Que diabos eu fiz para alguém?

— O quê? Por que você nunca me falou isso? — ele perguntou. — Farei a administração acabar com esta merda agora! Eu não vou aceitar nenhum tópico de discussão sobre você num website de beisebol. A menos que sejam coisas positivas. — Ele forçou um sorriso tímido, suas covinhas mal aparecendo.

— Já me chamaram de tudo quanto é nome. Puta, desmazelada, golpista, feia, gorda, piranha, pererreca, vagabunda, caçadora de atletas... e eu não consigo aceitar isso, Jack. Eu não sei como alguém consegue.

— O que você está dizendo, gatinha? — Ele deu dois passos em minha direção e eu recuei instintivamente.

— Não sei o que estou dizendo. — Meu coração parou dentro de meu peito quando neguei a verdade. Eu sabia exatamente o que estava dizendo... só que parecia não conseguir formar as verdadeiras palavras.

Ele começou a andar para cá e para lá nervosamente. Com toda honestidade, meus nervos nem sequer me esmagaram naquele momento.

— Não tome nenhuma atitude estúpida, Cass. Você sabe que não fazemos nada de bom um sem o outro.

Eu fiz que sim enquanto mais lágrimas escaparam.

— Não tenho certeza se nós tampouco fazemos algo de bom juntos.

— Você não está falando sério. Você está apenas perturbada — a voz de Jack tremia quando ele enfiou as mãos em seus bolsos da frente. Quando não respondi, ele implorou: — Não faça isso. Não ouse desistir de nós.

— Sinto que estou perdendo a mim mesma. — Eu me virei, incapaz de suportar a expressão em seus olhos. — Ficar nesta relação com você está acabando comigo — admiti, as lágrimas escorrendo por meu rosto sem misericórdia.

A culpa me dominava enquanto minhas palavras saíam. Nunca tive a intenção de admitir tudo isso para ele durante a temporada de beisebol. O que eu quis foi ficar forte o suficiente para passar por isso e superar tudo sozinha, falar com ele quando a temporada se encerrasse, mas não suportava mais. Minhas vísceras tinham se apertado tanto que achei que fossem se despedaçar. A matéria acusadora de Chrystle fora a gota d'água.

Jack deu um passo para perto de mim, seus braços pousando em meus ombros quando me virou para ele.

— Você não precisa me abandonar — ele disse, pegando em meu queixo com mãos trêmulas. — Você não tem que fugir disso.

Eu queria vomitar. Minhas sensações se contorciam dentro de mim, o conflito se espalhando novamente. Parte minha queria fugir de Jack Carter o mais rápido possível, enquanto outro pedaço de mim queria me enlaçar em seus braços e nunca mais sair.

— Preciso descobrir como ficar com você e ainda manter minha sanidade. Eu me sinto como uma lunática enlouquecida. Como se eu não tivesse controle algum sobre a minha vida. Não posso continuar vivendo deste jeito. — Solucei até que minha vista ficou nublada.

Ele me conduziu para nosso sofá, puxando-me para sentar-me com ele enquanto eu chorava sobre seu peito. Como eu tinha ficado assim tão distorcida e confusa? Eu sabia que amava Jack, mas não tinha certeza de que poderia ficar com ele deste modo por mais tempo. Eu me afastei de seus braços, enxugando os olhos com as costas da minha mão quando ele voltou à vista, tão maravilhoso como sempre.

Ele segurou delicadamente meu rosto, a umidade enchendo seus olhos escuros.

— Eu não quero ficar aqui sem você. Podemos dar um jeito nisso. Mas não poderemos dar um jeito se você fugir. Sozinho, não posso fazer com que a gente dê certo.

— Eu só preciso encontrar alguma espécie de equilíbrio. Entre seu trabalho e o meu e toda a pressão que vem junto com isso. — Parei, ao tentar juntar minhas ideias. — É demais para mim. Preciso me recompor. Estou me despedaçando aqui.

Ele inclinou a cabeça para as mãos, seus dedos remexendo em seus cabelos escuros. Vi seu peito se erguer e cair, sua cabeça tremer antes de ele se virar para olhar para mim.

— Certo — ele balbuciou com uma respiração entrecortada. — Recomponha-se, então. Mas não me abandone nunca. Depois de tudo pelo que passamos, por favor, não deixe isso nos destruir.

Lágrimas escorreram por meu rosto com as palavras dele. Eu amava Jack, mas a questão era comigo. Amar Jack colocava meu amor-próprio em risco. Uma garota só poderia suportar constrangimentos e críticas de tantas frentes até que sua autoestima começasse a despencar. E isso não era saudável para nenhum de nós dois.

— Eu vou tirar alguns dias de folga e ficar com Melissa. — As palavras saíram de minha boca sem esforço. Eu não tinha nem falado com Melissa, mas sabia que ela me acolheria.

Ele baixou a cabeça, o ar de derrota substituindo qualquer esperança que pudesse ter tido.

— Ok, gatinha. Vá, então.

Eu fiz que sim, estendendo a mão para pegar meu celular e discando o número de Matteo.

— Oi, Matteo, é Cassie. Você pode me levar ao aeroporto JFK o quanto antes, ou está ocupado?

Matteo me pediu para esperar um momento enquanto organizava sua agenda com outro motorista. Esperei, evitando todo o contato visual com Jack. Matteo voltou à linha, informando-me que ele me pegaria em vinte minutos e me ligaria quando estivesse no térreo. Eu o agradeci antes de encerrar a ligação. Quisesse eu ou não, era hora de fazer as malas.

Senti que Jack me observava da entrada da porta do nosso quarto enquanto eu jogava peças de roupas dentro de minha mala aberta. Deliberadamente, eu me forçava a não olhar para ele. Ele poderia pegar as minhas partes quebradas e despedaçá-las ainda mais. Se eu olhasse para ele, questionaria tudo. Ele poderia me fazer ficar e eu precisava desesperadamente ir embora. Depois de acrescentar mais dois pares de sapatos, fechei o zíper da mala e a levantei da cama.

— Deixe-me ajudá-la — ele ofereceu por trás de mim, seu hálito deslizando por minhas costas.

— Tudo bem. Já peguei — eu disse firmemente, recusando-me a encará-lo.

— Por quanto tempo você ficará longe? — ele perguntou, num tom melancólico.

Dei de ombros, incerta de meus verdadeiros planos.

— Eu não sei. Alguns dias. Uma semana, talvez. Mandarei uma mensagem para você — sugeri com uma olhadela em sua direção.

O rosto de Jack ficou triste quando a cor desapareceu imediatamente. Ele estendeu o braço para mim, seus dedos apertando meu pulso, impedindo o meu movimento.

— Você vai voltar. Certo, gatinha? — Uma expressão de impotência cobriu seu rosto.

Meu estômago afundou até meus pés com sua pergunta. Tomei fôlego curto antes de responder:

— Sim, Jack. Eu vou voltar.

Não era uma mentira, mas a verdade era tão dolorosa quanto. Claro que eu voltaria, mas não tinha certeza de para que voltaria.

— Tenho um emprego aqui.

Suas sobrancelhas se apertaram, lágrimas enchendo seus olhos quando ele soltou meu braço. Meu telefone soou, rompendo a opressão cheia de dor que reinava no quarto.

— Oi, Matteo. Ok. Estou descendo.

— Preciso ir. — Inclinei-me para Jack e plantei um beijo suave em seu rosto antes de me virar para ir embora.

Ele agarrou meu pulso por trás e forçando-me a encará-lo.

— Venha cá — ele disse, firmemente, ao puxar meu corpo sem esforço para o seu. Antes que eu pudesse fazer qualquer coisa com os braços, os seus me envolveram, puxando-me com força contra seu peito arfante.

Oh, meu Deus, ele está chorando.

— Amo você mais do que tudo. Você precisa saber disso antes de sair por aquela porta. — O calor de seu hálito queimava sobre a minha pele. Meus olhos encontraram os seus e as lágrimas que escorriam por suas faces fizeram meu coração se despedaçar.

— Eu também amo você. — Minha perturbação atual não tinha nada a ver com meus sentimentos por Jack. Eu o amava mais do que eu havia julgado possível. Mas às vezes o amor não era suficiente e, para que eu ficasse com ele para sempre, precisava ter certeza de que podia lidar com o que quer que surgisse em meu caminho.

— Farei qualquer coisa para deixá-la feliz. Qualquer coisa, gatinha. Você só precisa me dizer o que fazer e eu o farei. Diga-me o quer e eu o darei para você. Se você quiser entrar com uma ação contra Chrystle, dou entrada na papelada amanhã. Você quer que eu deixe o beisebol? Pararei de jogar.

Doía-me ouvir sua voz soando tão desesperada, tão carente.

— Não é isso o que eu quero — eu disse sufocada, meu coração batendo em ritmo dolorosamente cortante. — Neste momento eu só preciso de um pouco de espaço.

Ele afastou seus braços do meu corpo, e eu imediatamente ansiei pela atenção deles outra vez, mas me recusei a ceder.

— Ok. Espaço — ele suspirou em resposta, seu rosto coberto de lágrimas. — Mas não para sempre. Não vou deixar você nos abandonar. Eu sei que tudo isso é culpa minha. Um maldito erro que nunca passa. Lamento tanto por tudo isso!

— Sei que você lamenta — sussurrei. — Lamento também.

Puxei minha mala para a porta da frente, deixando Jack para trás.

Saí do elevador, percebendo o bando de repórteres ainda reunido do lado de fora do edifício. Ao me avistar, as câmeras começaram a espocar contra o vidro da janela enquanto eles lutavam entre si pelo melhor ângulo. Matteo se arremessou por entre eles em seu caminho até mim. Impedindo que me vissem novamente, ele pegou minha mala enquanto segurava meu corpo com força.

Dando um passo para fora, fui bombardeada pela imprensa, que bradava suas perguntas.

— Para onde vai, Cassie?

— Você e Jack romperam?

— Ele vai voltar para Chrystle?

— Por que você está chorando?

Eu queria gritar com o máximo de meus pulmões para eles fecharem as malditas bocas e cuidarem de suas próprias vidas. Não sabiam nada sobre nossa relação e suas suposições estúpidas me deixavam maluca. Matteo abriu a porta do passageiro e eu balancei minha cabeça, optando pelo assento dos fundos, que tinha vidro blindado nas janelas. Vi quando alguns dos paparazzo se dispersaram e supus que estavam rumando para seus carros para que pudessem me perseguir.

Ele abriu a porta para mim e me conduziu para dentro.

— Você está bem?

Enxuguei as lágrimas do rosto.

— Ficarei.

— Você e Jack estão bem? — ele perguntou ao entrar com o carro na Segunda Avenida.

Insegura do quanto eu queria confiar em Matteo no momento, optei pela solução mais fácil.

— Não tenho certeza.

Matteo examinou o espelho retrovisor algumas vezes antes de eu perguntar:

— Eles estão nos seguindo?

— Acho que não. Eu geralmente percebo quando eles estão nos seguindo porque dirigem como uns estúpidos, mas não estou vendo ninguém.

— Ótimo.

— Cassie? — Sua voz questionou e eu simplesmente olhei em sua direção. — Você sabe que estou aqui se precisar de mim, não é?

Forcei um sorriso educado.

— Eu sei. Obrigada.

Dirigimos o resto do caminho em silêncio. Meu cérebro se revirava dentro de meu crânio, causando mais confusão, interrogação e dor. Fechei os olhos quando o som de meu celular foi captado pelos meus ouvidos.

Li a mensagem de Jack.

Eu amo você. Desejaria que houvesse palavras diferentes para dizer, mas ninguém ainda foi inteligente o bastante para inventar alguma. Então, é tudo que tenho a dizer. Mas é tudo. Eu amo você. Quero passar o resto de minha vida com você. Por favor, volte logo para casa.

Um tanto tentada a pedir a Matteo para virar o carro, preferi desligar o celular. Outra mensagem daquelas, e eu retornaria. Eu nunca partiria.

E eu provavelmente me tornaria a casca de uma pessoa que secretamente se ressentiria por tudo que sua vida havia se tornado. Porque os problemas e questões permaneceriam. Eu precisava consertar isso.

Precisava consertar a mim mesma. Antes que eu me desse conta, o carro parou com um guincho em frente ao terminal de linhas aéreas. Eu me levantei do assento traseiro com a ajuda da mão estendida, musculosa, de Matteo.

— Venha cá — ele disse, puxando-me contra seu corpo escultural.

Deus, ele é cheiroso.

— Você ficará bem. — Ele deu um tapinha sobre meu cabelo, suas mãos deslizando lentamente por minhas costas. Matteo nunca me tocara daquele jeito. Senti deliberação em seus movimentos, mas nada fiz para impedi-lo.

Por que eu não estou impedindo-o?

— Eu odeio vê-la chorando — ele sussurrou em meus ouvidos, antes de enxugar minha face com o polegar.

Afaste-se, Cass.

Eu não me mexi. Os nervos ondulavam pelo meu corpo como ondas no oceano. Vigorosos e sem remorso, eles fluíam e refluíam de minha cabeça aos dedos dos meus pés. Meus joelhos começaram a tremer enquanto a batida de meu coração se acelerava.

Afas...

Antes que eu pudesse formular outro pensamento, os lábios macios de Matteo se colaram aos meus. A princípio fiquei rapidamente tensa, o choque e a incredulidade correndo em disparada pela minha cabeça. Fechei bem meus olhos, deixando que a diferença em seu beijo e seu toque dominasse meus sentidos. Sua boca se abriu e sua língua se ergueu sobre meus lábios, pedindo para entrar.

Imediatamente, meus olhos se abriram quando eu me afastei de seu corpo de Adônis. Limpei seu gosto de meus lábios com as costas da minha mão antes de cobrir o meu rosto para não ser vista. Minha mente corria para juntar as peças do que diabos havia acontecido e por que eu permitira isso.

Merda, e se alguém viu isso?

Eu rapidamente examinei a área, notando a ausência de olhos e câmeras bisbilhoteiros. Eu não podia ter certeza de que não havia alguém escondido, mas tudo pareceu livre.

Graças aos céus.

— Oh, Deus, Cassie. Eu sinto tanto... — Seus olhos se arregalaram quando uma expressão de horror passou por seu rosto. — Partiu meu coração ver você chorando. Você é bonita demais para chorar desse jeito. Eu só queria acabar com suas lágrimas e fazê-la feliz.

Analisei suas palavras.

Eu acho.

O que ele está dizendo exatamente?

Recusei-me a fazer um movimento pelo que pareceu uma eternidade, mas estou certa de que foi apenas alguns segundos.

— Hã... — balbuciei —, eu... eu tenho que ir embora.

Fui até o porta-malas aberto do carro, retirando minha mala.

— Cassie. Olhe para mim — Matteo disse, convictamente. Eu soltei a mão da mala, virando-me para encará-lo. — Por favor, não conte ao Jack. Eu sinto muito, eu nunca devia ter feito isso.

— Então, por que fez? — gritei, enquanto o embaraço e a raiva competiam ambos pela medalha de ouro em minha Olímpiada emocional.

Seus dedos longos, bronzeados, agarram a borda de sua jaqueta.

— Ora, vamos lá. Não me faça dizer isso em voz alta.

— Dizer o que em voz alta? De que diabos você está falando? — Eu não tinha tempo para isso. Não hoje à noite. Eu já estava um caco; não podia ficar aceitando mais merda nenhuma de ninguém.

A esta altura, Matteo, puxe este esgarçado fio de tecido e me verá cair em partículas de pele, roupa e pelos numa grande pilha no chão.

— Eu gosto de você. Eu não queria e sei que nunca poderemos ficar juntos, mas foda-se! — Ele começou a andar de um lado para o outro.

— O que quer dizer com gostar de mim? — gritei às suas costas. — Você não gosta de mim porra nenhuma. Somos amigos. É tudo que sempre fomos. É tudo que sempre seremos — insisti.

Seu queixo palpitava sob a ponta de seus dedos enquanto ele continuava a andar de lá para cá.

— Eu sei. Como disse, eu quebrei a cara. Eu não queria me apaixonar por você...

Eu interrompi, recusando-me a ouvir mais uma palavra.

— Você não está apaixonado por mim! Está me ouvindo? — Eu me aproximei mais de seu corpo, minha raiva crescendo. — Diga isso!

Ele parou de andar e balançou a cabeça.

— Dizer o quê?

— Diga que não está apaixonado por mim! Você só pensa que está porque passamos muito tempo juntos e você tem que me proteger. Mas você não está apaixonado por mim. Não realmente. Por isso é que eu quero que você diga isso, diabos. — Cutuquei seu peito duro como uma rocha com meu dedo repetidamente.

Ele deu de ombros, nenhuma palavra saindo de seus lábios. Eu o cutuquei outra vez.

— Diga isso! — E depois fiquei fora de mim. Comecei a gritar de pura frustração. — Diga isso, maldição! — insisti, batendo com meus pés sobre o concreto.

Ele deu um passo em minha direção e eu coloquei minha mão firmemente sobre sua barriga, imobilizando-o.

— Você sente alguma coisa por mim? Qualquer coisa? — sua voz suplicou.

Quis dar-lhe um chute nos testículos bem naquela hora e ali mesmo e falar a ele que ódio puro por ele percorria minhas veias. E, bem, isso era *alguma coisa*. Mas teria sido uma mentira.

— Matteo, não sinto nada além de amizade por você. Eu amo Jack. Eu sempre amei Jack.

— Então, você não se sente atraída por mim? Isso é simplesmente uma via de mão única? — Seus lábios formaram um rosnado e eu reprimi a ânsia de dar-lhe um soco bem no queixo. Ele apertara todos os botões errados nesta noite.

— Eu teria que estar morta para não me sentir atraída por você!

— Eu sabia! — ele gritou, satisfeito por minha revelação aparente.

— Mas não é o tipo de atração que signifique alguma coisa! — gritei em resposta, minha frustração fervendo tão quente e densa que pensei que minha pele formaria bolhas.

Ele enfiou uma das mãos pelos cabelos em frustração antes de se inclinar para mim.

— Que diabos isso significa?

— Só significa que, sim, acho você gostoso. Mas qualquer uma que tenha olhos também achará! Você é um cara bonitão. Claro que me sinto atraída por você — expliquei, baixando minha voz deliberadamente antes de continuar. — Mas eu não quero ficar com você. Eu não quero deixar Jack por você. Não é o tipo de atração que me faz questionar alguma coisa em minha vida, se é isso que está perguntando.

Seu olhar despencou, como se todo o vento houvesse sido sugado de suas velas.

— Oh.

A culpa vazou de meus ossos, alojando-se confortavelmente. Cenas das horas que passamos juntos passaram por minha mente como um filme de pontos altos de esporte. Eu teria lhe dado uma impressão errada? Será que eu o iludiria? Eu teria feito Matteo pensar que havia alguma coisa entre nós?

— Veja, sinto muito se eu lhe dei alguma impressão de que queria mais de você. Eu não quero. E não digo isso para magoá-lo, mas estou apaixonada por Jack. Quero que isso fique muito claro.

— Você não deu. — Ele fez uma pausa, soltando um suspiro tão grande que seu peito ficou escavado. — Você não me iludiu. É só que eu não passo realmente muitas horas com alguém que não seja você.

— É isso o que eu estou tentando lhe dizer. Você não me ama, Matteo. Eu juro que você não ama. Você só pensa que me ama porque estamos sempre juntos. Talvez devamos procurar outro motorista quando eu voltar para a cidade.

A ideia de um novo motorista me deu uma ponta de esperança. Os limites de nossa relação haviam se diluído tão frequentemente que eu de repente parecia haver ficado cega para isso. Matteo trabalhava para nós, mas a amizade que formávamos sempre tivera precedência. Os limites precisavam ficar claros outra vez... primeiro os negócios, depois a amizade. Mas como eu explicaria isso a Jack sem que ele suspeitasse de alguma coisa?

Seu rosto se retorceu enquanto ele soltava o freio, erguendo-se para mim.

— Por favor, não me demita. Eu adoro trabalhar para vocês. Este é literalmente o melhor emprego que eu já tive. Dê-me outra chance. Por favor, Cassie. Eu sinto muito. Isso nunca acontecerá novamente, eu juro.

Eu não podia lhe dar outras repostas, de modo que não as dei. Neste momento, eu precisava cair fora de Nova York e ficar longe de todo mundo.

— Tenho que ir.

— Você vai contar ao Jack? — Seu belo rosto pareceu nervoso; parecia estranho vê-lo com uma aparência tão desfeita.

— Eu não sei — admiti. Pensei em esconder o beijo de Jack, e só este fato quase me destruiu. Omitir a verdade ainda era ser desonesto. Eu estaria fazendo a primeira coisa que insistia que Jack nunca fizesse comigo: mentir.

— Ele me matará. — Matteo esfregou as têmporas.

— Sim. — Eu não podia discordar. — Ele matará você.

Não me importa quanto isso custará

JACK

Ver Cassie sair correndo pela porta da nossa casa na noite passada praticamente me partiu ao meio. Eu sabia que devia deixá-la ir embora, mas me matou ficar ali vendo isso acontecer. Eu tinha esperança de que Melissa pudesse injetar algum bom senso nela. A despeito de todo tormento e dor que eu causara no passado, sabia que Melissa ainda acreditava que Cassie e eu fôramos feitos um para o outro. Pensei que isso poderia ser levado bastante em consideração.

Convenci-me de que Cassie só precisava de algum tempo longe de mim. Ela veria tudo claramente dentro de alguns dias e voltaria. Eu sabia que estar sob os olhos do público podia ser insuportável, às vezes, mas, felizmente, valia a pena padecer com isso para que pudéssemos ficar juntos.

Certo?

Eu sabia o que eu queria. E o que eu queria era passar o resto de minha vida com Cassie. Eu sempre soubera disso, mas vê-la partindo desse jeito apenas solidificava o fato de que eu me recusava a viver minha vida sem ela. Eu queria que ela soubesse como eu estava levando a sério nosso relacionamento. Nada nem ninguém se colocaria entre nós novamente. Eu não sabia nadinha de joias, mas todo homem conhece a Tiffany's. O anel que Chrystle usava no dedo mindinho fora de sua falecida avó, de modo que tudo a respeito do negócio de venda de anéis era novo para mim. E nem poderia ser de outro jeito.

Abri caminho aos empurrões pelas tumultuadas ruas de Nova York em direção à loja que ficava a mais ou menos seis quarteirões de distância. Puxei meu boné bem para baixo e pus meus óculos de sol, esperando que ninguém fosse me reconhecer e tentar me parar para fotos. A dois passos da Tiffany's uma voz clamou:

— Jack Carter? — e meus pés pararam de se mover. — Oh, meu Deus, você é Jack Carter?

Voltei meus olhos para ver uma garota adolescente praticamente dançando sobre a calçada.

— Oi. — Sorri, não querendo atrair atenção sobre mim ou sobre a loja na qual eu estava prestes a entrar.

— Posso tirar uma foto com você? Por favor? — sua voz tremia.

— Claro. — Eu me inclinei em sua direção enquanto ela tentava tirar um autorretrato de nós. Peguei o celular de suas mãos trêmulas. — Me dê, eu vou fazer. — Estendi meu braço o mais longe que ele pôde ir antes de clicar o botão em seu telefone.

— Muito obrigada. Oh, meu Deus. Eu mal posso esperar para mostrar ao meu pai. E a todos os meus amigos. Eles acham que você é tão empolgante — ela falou, num jorro de entusiasmo.

— Só os seus amigos acham que sou empolgante? — provoquei, esperando aliviar o nervosismo da adolescente.

Ela riu, seu rosto ficando de um tom luminoso de vermelho antes de bradar:

— Obrigada outra vez. Tchau.

Eu me virei, examinando a área à procura de fotógrafos e passei pela entrada da Tiffany's só para ficar seguro. Quando ninguém mais se aproximou de mim, eu voltei e entrei precipitadamente pela porta giratória. Assim que cheguei lá dentro, eu quis vomitar. Digamos que achei opressor. Estojos de vidro enfileirados por toda a extensão da loja. Por onde eu devia começar?

— Olá, senhor. Posso ajudá-lo a achar alguma coisa? — Uma morena parou diante de mim com um sorriso afetado.

— Hum... — eu gelei. — Anéis de noivado.

Seu sorriso afetado se acentuou.

— É bem por aqui.

Ela me conduziu para além de uma multidão de pessoas que rondavam em torno de alguma coisa e me dirigiu para uma vitrine de estojos.

— Todos os nossos anéis de noivado estão aqui. Deixe-me encontrar um especialista para ajudá-lo.

— Obrigado — foi tudo que murmurei em resposta.

Baixei os olhos. Não era de admirar que as garotas amassem esse treco. Diamantes de todos os tamanhos e cores faiscavam como as luzes de um estádio de beisebol. Tudo parecia tão chique e vistoso — nenhuma das coisas combinava com o estilo da gatinha. Continuei a examinar os anéis reluzentes quando uma voz rompeu minha concentração.

— Boa tarde. Meu nome é Elizabeth. Sasha me disse que você estava procurando anéis de noivado. Você tem algum estilo específico em mente?

Sim. O tipo que servir na mão dela e a fizer dizer sim quando eu propuser.

— Que tal começarmos com uma tabela de preços? Você tem definida a quantia que pretende gastar? — Ela sorriu, os dentes totalmente brancos me ofuscando.

— A quantia não importa.

O rosto dela ficou iluminado. Seriamente... iluminado. Muito. Mesmo. Como se eu tivesse acabado de revelar que ela tirara a sorte grande.

— Ok. Então, há algum formato de que ela goste?

— Francamente — parei. — Elizabeth, é este seu nome? — Ela fez que sim. — Eu não tenho a menor ideia de que tipo de formato ela gosta. Eu só gostaria de dar a ela um anel que combinasse com sua personalidade.

— Tudo certo, então. Há um formato de que você goste? Há o redondo, o *cushion cut**, o princesa.

— Não sei o que nada disso significa além do redondo. Por que eu simplesmente não dou uma olhada nesses e lhe digo de quais eu gosto?

— Naturalmente. Pode ir em frente.

Que inferno, vendedores são irritantes.

Passei pelos estojos, procurando por aquele anel único que parecesse o certo. Vi todos os chamados diamantes "da moda", supondo que Cassie provavelmente odiaria um grande diamante cor-de-rosa ou amarelo em seu dedo. Parei diante de um estojo cheio de peças mais sutis. Pareciam mais clássicas, atemporais até, e gostei de sua aparência. E então eu o notei. Um diamante redondo cercado por todos os lados por diamantes menores. O aro continha diamantes também.

---

* Modelo de anel com formato quadrado e cantos redondos. (N. T.)

— Elizabeth, posso ver este anel, por favor? — Ergui os olhos, procurando por ela.

Ela sorriu novamente, correndo para me atender.

— Qual?

— O redondo ali com diamantes ao redor — eu disse, apontando.

— Bela escolha. Agora este aro vem com dois e meio, três ou quatro quilates no centro.

— Você está me confundindo — admiti.

— É o tamanho do diamante. O do centro deste aro pode acomodar qualquer um dos tamanhos mencionados.

Refleti sobre suas palavras, mas ainda não tinha nenhuma ideia do que significavam.

— Posso ver a diferença dos tamanhos? Não tenho ideia de quão grande ou pequeno isso é.

— Claro, vamos lá nos fundos.

Ela me conduziu em direção a um escritório particular nos fundos, o anel que eu escolhera indo conosco numa pequena sacola de papel.

— Por favor, sente-se. — Ela apontou para a cadeira de couro negro e eu me sentei.

Elizabeth abriu um porta-anel de veludo negro e delicadamente colocou o diamante dentro dele antes de abrir outro pequeno envelope e derramar três diamantes. Ela os dispôs impecavelmente sobre o veludo com as pinças.

Eu me recostei e os admirei.

— Ok, acho que ela odiaria esse de quatro quilates. Essa coisa é enorme e cobriria sua mão inteira.

Soltei um longo suspiro, querendo escolher o anel certo, no tamanho certo. Repuxei minha camisa para aliviar a tensão que me percorria.

— Que tamanho você acha melhor com esse aro?

— Francamente, acho o de três quilates divino. E o próprio aro é maravilhoso. Eles se complementam lindamente.

Fiz um sinal de assentimento.

— Acho que você está certa. Vamos, então, com o de três quilates.

— Excelente! — Ela sorriu. — Mais uma pergunta: você quer este diamante em particular ou quer que eu procure um melhor?

— O que você acha?

— Sinceramente? — Ela pôs um dispositivo negro sobre seu olho e examinou o diamante. — Este é um belo diamante. Não vejo nenhuma restrição, arranhão ou marca nele.

— Então, não é uma bugiganga, certo?

Ela sorriu de forma desconfortável, visivelmente aturdida por minha linguagem.

— Não, senhor. Definitivamente, não. Nós não temos nenhuma bugiganga em nossa loja.

— Ótimo. Levarei este.

Força

CASSIE

Eu disse à Melissa que não queria conversar na volta de Los Angeles. Encostei minha cabeça na janela de passageiro de seu carro e fechei os olhos por boa parte do tempo, fiquei olhando as palmeiras se distanciarem de nós. Quando passei pela porta de nosso velho apartamento, o alívio penetrou por todas as fendas causadas pelo fardo em meus ossos. A pressão que eu suportara vivendo em Nova York se tornara uma companhia tão constante que eu parara de ter consciência da opressão que pesava sobre mim.

Olhei por sobre meu ombro para Melissa enquanto tomava um longo e profundo fôlego, enchendo meus pulmões antes de praticamente me enroscar no sofá.

— Podemos conversar agora? — ela perguntou, lançando-me uma garrafa de água da geladeira.

Eu a encarei, querendo confessar tudo, mas não sabendo realmente por onde começar.

— É um tremendo alívio estar longe de tudo e de todos! Eu não tinha ideia do quanto eu estava esgotada até chegar aqui, sabe? — Enterrei minha cabeça em minhas mãos.

— Tenho uma coisa para você — Melissa sorriu antes de desaparecer em seu quarto.

Meus olhos se fecharam enquanto eu me perguntava o que ela poderia ter para mim. Ela nem sabia que eu estava fugindo antes da noite passada. Reapareceu com uma pequena bolsa vermelha de rede e se sentou perto de mim.

— Eu ia mandar para você pelo correio, mas agora não preciso mais. Abra-a. — Seus olhos azuis luminosos dançavam enquanto ela me olhava.

Puxei os cordões de seda e derramei o conteúdo da pequenina sacola em minha mão. Uma corrente com argolas de bronze portando uma velha chave de prata apareceu. Confusa, mas ainda assim gostando da ideia, eu olhei analiticamente para minha melhor amiga.

— É legal. Você comprou uma para você também?

Ela revirou seus olhos antes de retirar a chave de minha mão aberta e virá-la.

— Leia.

Eu examinei as pequeninas letras estampadas no topo, segurando-a perto dos meus olhos. Estava escrito FORÇA. Eu sorri, enfiando minha cabeça pelo espaço aberto da corrente sem abrir seu fecho. Vi a chave cair entre meus seios e gostei de poder escondê-la debaixo de minha roupa se quisesse.

— Isto é realmente fabuloso. Obrigada.

— Existe uma história que vem com ela — ela esclareceu e eu voltei minha atenção para o objeto. — Por isso eu comprei para você essa palavra em particular, porque acho que, com tudo que está acontecendo em sua vida agora, você poderia usar a FORÇA extra. Mas virá um dia em que você conhecerá alguém que precisará de sua chave e de suas palavras mais do que você. E, quando esse dia vier, você terá que passá-la para frente e dar sua corrente para esse alguém.

Minha respiração estancou.

— Então, terei que dá-la? — perguntei, esfregando meu polegar sobre o presente de que eu não estava querendo me separar por enquanto.

— Sim. É o conceito todo por trás dessas correntes. De que nós as damos em algum momento. Quando alguém precisa de sua palavra mais do que você. — Ela estendeu a mão para a chave, tocando-a brevemente antes de soltá-la. — Mas não agora. Você precisa dela imensamente.

Inspirei profundamente antes de expirar.

— Isso é realmente legal. Quero dizer, tudo isso. A corrente. A palavra. Dar a outra pessoa. O conceito e a ideia toda. Amei isso. Muito obrigada. — Eu me inclinei para ela e a apertei o máximo que pude sem me levantar.

— Eu sabia que você amaria. E de nada. Então, vai me contar o que está acontecendo? Você não veio para cá no último minuto à toa.

Meu sorriso se apagou quando meu lábio inferior se projetou num beicinho.

— Pare de tentar fazer psicanálise comigo.

— De jeito nenhum! — Ela balançou sua cabeça. — É nisso que sou boa. Além do mais, gosto de apontar todas as suas partes danificadas — ela acrescentou com um sorriso.

— Assim você fica agradecida por não ser você?

— Piranha! Não. Assim eu posso ajudar a consertar você. — Ela me deu uma cutucada. — O que Jack disse sobre a matéria?

— Não muita coisa. Acho que ele está apenas preocupado.

— Todos nós estamos preocupados. — Ela pôs sua cabeça em meu ombro e eu me inclinei sobre ela.

Duas rápidas batidas à porta antes de ela abrir e Dean entrar por ela.

— Você disse a ele que eu estava aqui? — sussurrei para Melissa.

— Irmãzinha. O que está havendo? — Dean praticamente pulou sobre mim. Eu amava quando ele me chamava assim, mesmo quando não era oficial.

— Como você soube que eu estava aqui? — perguntei, antes que ele me tirasse do sofá com um abraço de urso. Eu sentia falta de Dean e vê-lo me forçava a perceber o quanto.

— Jack me ligou, fora de si. Falou-me para vir vê-la e me certificar de que você estava bem. Ele disse que acha que você rompeu com ele. Isso é verdade? — A voz de Dean estava cheia de incredulidade.

— O quê? Você fez o quê? — Melissa perguntou em meio à sua surpresa.

— Eu não sei o que fiz. Eu só parti e disse a ele que não sabia se poderia fazer mais isso.

— Jesus, Cassie! Você está tentando acabar de matar o cara? — Melissa balançou sua cabeça. — Depois de tudo que vocês dois passaram?

— Por que é sempre com Jack e como minhas decisões o afetam? Por que nunca é comigo e o que toda essa merda faz comigo? — Desmoronei, as lágrimas se derramando enquanto eu me recostava no sofá.

Dean se deixou cair do meu outro lado, envolvendo-me com seus braços.

— Não quero que vocês rompam.

— Estou totalmente destruída por dentro. Você não enxerga isso? — Olhei para ele antes de desviar os olhos. Eu odiava desapontar Dean. — A matéria estúpida de Chrystle me levou além dos limites. Não posso suportar outra foto minha com legendas como "destruidora de lares" ou "vadia ladra de maridos". — Enterrei minha cabeça em minhas mãos, apertando minhas palmas sobre meus olhos.

— O que os outros fazem têm a ver com Jack? Quero dizer, de verdade? — A testa de Melissa se enrugou.

— Têm tudo a ver com Jack! — gritei, lançando minhas mãos para o alto. — Só estou lidando com tudo isso porque estou namorando ele. Isso continua acontecendo comigo porque eu sou a namorada dele.

— Então, se vocês não estivessem juntos, ninguém postaria coisas sobre você? — ela perguntou.

Eu soltei um ruidoso e irritado suspiro.

— É claro! Eles não se importariam comigo se eu não estivesse com ele.

A mão de Melissa pousou na minha coxa.

— Bem, então. Você deve definitivamente deixar esses desconhecidos ditarem sua vida amorosa.

— Não seja idiota. — Apertei meus olhos.

— Eu não sou. Francamente, não posso acreditar que estou sentada aqui ouvindo isso. Você deixaria Jack só para deter alguma fofoca estúpida?

Balancei minha cabeça.

— Você não sabe como é. Sei que provavelmente parece que eu não devia me importar ou devia deixar rolar, mas as pessoas leem essas coisas e acreditam nelas sem questionar. Elas gritam coisas maldosas o tempo todo nos jogos de Jack. Nova York pode ser uma grande cidade, mas às vezes parece tão pequena. Tudo que é postado, eu tenho que enfrentar. Não é outra pessoa. Sou eu. — Apontei para meu peito. — E isso é horrível.

Dean estendeu a mão para meu ombro.

— Cassie, deixar Jack não é a resposta.

Eu dei de ombros.

— Toda a perseguição pararia.

— Você acha francamente que ficaria bem *não* estando com ele? — Dean insistiu, sua voz se tornando mais agitada.

— Eu não sei, mas não estou bem neste momento e estou com ele.

Melissa tossiu.

223

— Você sabe que não é uma pessoa real para eles?!

— Uma pessoa real para quem?

— As pessoas que postam nesses websites, elas não conhecem você. Não sabem nada sobre você. É realmente fácil para as pessoas falarem merda sobre alguém que elas não conhecem. Especialmente quando é alguém que elas pensam que nunca viram na vida real.

Eu nunca fui desse tipo de gente que escreve coisas imundas on-line sobre pessoas que não conhecem. Eu lia sites de fofocas e via shows de celebridades? Claro que sim. Mas sempre me lembrava de que havia dois lados para cada história e nunca confiara no que era relatado. A mãe de Melissa incutira isso em nós duas desde pequenas. Risco ocupacional, era como ela chamava isso.

Eu funguei, enxugando uma lágrima, enquanto Meli continuava:

— Você sabe disso. Você simplesmente nunca esteve na ponta receptora como está agora. O ano passado foi ruim, mas nada parecido com isso. É horrível e ofensivo, mas as pessoas fazem isso porque podem. Elas se escondem sob uma tela de computador onde ninguém pode vê-las. Elas não são responsabilizadas por suas palavras. Elas podem digitá-las, darem um enter e cair fora.

— Mas eu leio essas palavras e elas ficam comigo. Quando alguém tira uma foto minha comendo um lanche e diz "Talvez ela devesse parar de comer...", eu baixo os olhos sobre minhas coxas olhando para a parede à frente.

— Eu sei. Fomos criadas aqui, cercadas por boatos de celebridades e paparazzo e toda essa loucura. Você sabe que as pessoas gostam de arrasar umas às outras. Elas dão o fora quando você é destruído — Melissa acrescentou com um rosnado.

— Nunca entendi isso. Por que as pessoas gostam de ver as outras sofrendo?

— Eu não sei. Por que as pessoas são pequenas, rasas e invejosas? Por que elas acham que querem o que você tem e, quando não é tão glamoroso, ficam felizes por não ser toda a maravilha que dizem ser?

Dean suspirou e eu dirigi meu olhar para ele.

— São garotas na maioria, você sabe.

— Garotas na maioria o quê? — Melissa retrucou, num tom defensivo.

— São garotas na maioria que leem essas revistas, veem esses shows e postam em seus websites. Vocês, garotas, adoram humilhar profundamente umas às outras.

Balancei minha cabeça, concordando.

— Isso é verdade. Você está totalmente certo.

— Bem, isso nunca vai mudar. — Melissa revirou seus olhos e exalou ruidosamente. — Garotas são piranhas competitivas.

— Mas por quê? Por que elas são assim? Quero dizer, se todas essas pessoas que falam merda pudessem me conhecer, eu tenho muita certeza de que gostariam de mim. — Olhei de Melissa para Dean, ansiando por conforto.

Melissa me pegou pelos dois ombros.

— É isso o que estou tentando lhe dizer! Eles não conhecem você. E nunca conhecerão. Você é alguém que eles veem na televisão ou numa revista, on-line ou até num jogo. Você não é alguém que jante na casa deles na noite de domingo!

— Então, você está dizendo que eu deveria começar a planejar jantares com desconhecidos? — Sufoquei uma risada.

— Sua piranha, estou dizendo que essas pessoas são horrorosas. Elas são. Não você. E você está punindo Jack pelo que essas pessoas estão fazendo com você.

— Ela está certa, irmãzinha — Dean acrescentou com um sorriso. — As pessoas sempre postaram coisas sobre Jack no Facebook e on-line. Eram mentiras, na maior parte, mas Jack nunca leu nada disso. Portanto, isso nunca o afetou.

— Tentei parar de ler tudo. Então, esta coisa estúpida da Chrystle foi publicada. — Eu me virei para Melissa. — Como ela pôde dizer todas essas coisas, seja como for? Elas são mentiras consumadas.

— Não parece que seja uma revista respeitável. É um lixo de tabloide. Eles são um tanto famosos por imprimir meias verdades. — Melissa inclinou sua cabeça.

— Posso processá-la por difamação ou calúnia? Alguma coisa... — ponderei em voz alta, antes de apoiar meus pés sobre a mesinha de centro.

— Não valeria seu tempo e esforço. Nesses tipos de caso, você tem que provar que foi afetada por sua história. Você teria que provar que sua reputação foi difamada por, digamos, uma perda de emprego ou de renda devido às coisas que ela disse. — Ela parou para beber um gole de água. — A mesma coisa sobre a calúnia. Você tem que provar que as declarações dela foram feitas maldosamente para causar mal a você. E você tem que provar o mal que elas de fato causaram.

Dean fez um rápido sinal de repulsa.

— Estou convencido de que aquela putinha sabia exatamente o que faria antes mesmo de começar a fazer.

Bocejei, cobrindo minha boca com a mão antes de enxugar meus olhos cansados.

— Estou tão cansada. Dean, posso ir ver vovó e vovô amanhã?

— É melhor que você vá. Eles sabem que você está aqui.

Nos levantamos ao mesmo tempo e eu abracei Dean com força, grata por ele ter aparecido, antes de entrar no meu velho quarto. Olhei em volta, para as paredes vazias; as memórias ainda existiam dentro dos limites desse espaço, mesmo que as lembranças não existissem mais. A porta da frente se fechou e Melissa bateu suavemente antes de abrir a minha.

— Sente falta de viver aqui?

Sorri.

— Sinto falta de você.

— Dã. — Seu rosto se franziu de prazer.

Eu me movi para sentar na cama e dei um tapinha no lugar vazio junto a mim.

— Então, diga-me que negócio louco é este que está rolando entre vocês dois. — Eu fiz com minha cabeça um sinal em direção à porta pela qual Dean acabara de sair. Melissa deu de ombros e eu me inclinei para ela. — Sei que gosta dele. Por que você o está torturando?

— Quem disse que eu gosto dele?

— Eu noto que você gosta dele. O que não consigo adivinhar é por que você não diz isso a ele.

— Eu não sei — ela admitiu antes de mudar de assunto. — Mas o que eu sei é que você está descontando suas frustrações na única pessoa que faria literalmente tudo por você. Romper com Jack não vai consertá-la ou deixá-la melhor. Irá apenas destruí-la mais ainda. E você sabe disso. Então, pare de fingir que não sabe disso.

— Ótima mudança de assunto.

Ela pulou da cama, deixando-me com suas palavras antes de soprar um beijo no ar e fechar a porta atrás de si. *Pirralha*. Eu odiava como ela me conhecia bem.

Acordei na manhã seguinte me sentindo renovada. Não conseguia me lembrar de ter dormido tão completamente um dia. Rolei para pegar meu celular quando percebi que ele não estava perto de mim. Eu o desliguei antes de deixar Nova York e não o tinha ligado mais. *Não admira que eu houvesse dormido tão bem.*

Normalmente, eu procuraria desesperadamente por ele, mas concluí que era ótimo estar desconectada e o deixei desligado em minha bolsa. Depois de escovar os dentes, entrei na sala de estar. Melissa estava sentada no sofá, vendo tv.

— Bom dia.

Ela desligou sem se voltar para mim.

— Bom dia. Com fome?

— Morrendo — reconheci. Eu não conseguia me lembrar da última vez em que comera alguma coisa, e eu não tivera fome a noite toda. Mas agora meu estômago vazio roncava e se retorcia.

Ela deu uma risada antes de se levantar e entrar na cozinha.

— Bem, eu só tenho cereal e torrada. Isso deve servir. — Ela apontou a cabeça por trás dos armários. — A menos que você queira sair para comer.

— Não, obrigada. Perfeito: cereal e torrada.

— Vá sentar-se. Dou um jeito nisso. — Melissa me tocou dali com a mão, e eu caminhei para a mesa.

— Você sabe qual é a pior parte de tudo isso para mim? — Fiquei olhando enquanto minha pequenina melhor amiga equilibrava tigelas, leite e caixas de cereais em seus braços.

— Que você é um caos emocional que pensa que sua vida será melhor sem Jack Maldito Carter nela? — Ela empinou uma sobrancelha em minha direção, e eu franzi a testa.

— Não. Espertinha. — Tomei um profundo fôlego antes de terminar meu pensamento. — É que se supõe que eu deva ficar em silêncio. Enquanto as pessoas postam todas essas coisas e dizem o que lhes dá na telha sobre mim e Jack, supõe-se que eu não deva me defender. E odeio a maneira com que isso é feito porque, de certo modo, sinto que estou sendo intimidada, sabe?

— Você está mesmo sendo um tanto intimidada — ela concordou, pondo tudo sobre a mesa antes de deixar cair dois pedaços de pão na torradeira.

— Então, sinto que, ao manter minha boca fechada, estou dizendo a todas essas pessoas que está certo fazer as coisas que elas fazem. Como se meu silêncio absolvesse seu comportamento. Não é certo ficar em silêncio. O certo seria tomar posição por mim mesma. — Derramei cereal em minha tigela até que ele transbordou sobre a mesa. Eu peguei os pedaços espalhados e os estalei em minha boca.

— É por isso que pessoas em sua situação normalmente têm um assessor de imprensa, um publicitário ou, até mesmo, um advogado do seu lado. Essas pessoas falam em seu nome. O que me faz lembrar de uma coisa de que eu sempre quis falar para você.

— O quê?

— Como sua agente pessoal de marketing, é minha função...

Eu ri, zombando de seu tom.

— Como minha agente pessoal de marketing?

Seus lábios se apertaram, seus olhos de soslaio.

— Dá um tempo, Cass. Se você contratasse alguma outra pessoa algum dia para ser sua assessora de imprensa, eu deserdaria você. E minha mãe também deserdaria. Eu posso fazer isso para você.

Melissa trabalhava na agência de publicidade de sua mãe nos verões e faria parte da equipe em tempo integral assim que tivesse o diploma na mão. Eu perguntara à Melissa quando ainda estávamos no ginásio por que ela se dava ao trabalho de entrar na faculdade quando podia aprender tudo que precisasse trabalhando diretamente com sua mãe. Mas a mãe de Meli insistia que ela tivesse a experiência da faculdade e não a deixaria começar a trabalhar aos dezessete anos. Eu me lembro dela dizendo: "Você tem o resto de sua vida para trabalhar, Melissa. Não fique tão impaciente por começar. Vá viver. Divirta-se. Curta a faculdade e tudo que vem com ela".

Encostei os cotovelos sobre a mesa.

— Continue.

— Bem, eu estava pensando — ela explicou.

— Isso é sempre um perigo — interrompi.

— Pare de me interromper! Isso é sério, Cass! Estou tentando ajudar você! — ela gritou, sua irritação crescendo visivelmente.

Prendi meus lábios, abafando uma risada.

— Sinto muito. Continue. Não vou dizer nada. — Fiz um X sobre meu peito com meu dedo.

Ela expirou.

— Ok. Então, fiquei pensando nisso a noite toda e achei a ideia brilhante! Você e Jack devem dar uma espécie de entrevista juntos. Como uma história de interesse humano sobre o que é ser um atleta profissional e, para você, sobre o que é namorar um deles. E vocês poderão responder a todas as acusações e mentiras de Chrystle também.

— Meli, pessoas que perdem a casa numa enchente ou uma comunidade toda varrida por alguma estranha enorme tempestade... isso é uma história de interesse humano. Não uma garota lamentando sobre como é difícil namorar um atleta e como as pessoas são más. Elas apenas me odiarão ainda mais.

— Não se isso for bem-feito. — Seus olhos azuis luminosos olharam dentro dos meus, suas sobrancelhas erguidas.

Balancei minha cabeça com toda força.

— Nós não somos uma história de interesse humano.

— Vocês são, sim. Esses tabloides não venderiam se as pessoas não estivessem interessadas. E, pode crer em mim, elas estão interessadas.

Meu peito se apertou.

— Você acha que as pessoas se importariam com o nosso lado da história?

— Claro que sim! Claro que elas se importariam! Mas a história terá dois propósitos. O primeiro será pôr aquela putinha mentirosa em seu lugar. E o segundo será sua imagem pública.

— Minha imagem pública? — Eu tentava acompanhar, mas estava confusa.

— Se as pessoas virem você como uma pessoa real, com problemas iguaizinhos aos delas, então vão parar de ser tão malvadas. Se souberem tudo pelo que você e Jack passaram como casal, simpatizarão com vocês ao invés de odiá-los. Você não será alguém inacessível e vista apenas a distância. Você será alguém familiar. É difícil odiar a garota de quem você seria amiga se conhecesse. — Ela sorriu, citando meus sentimentos da noite passada.

— Eu não sei nem se será permitido que façamos uma coisa dessas. Terei que ter permissão da equipe do departamento de publicidade primeiro. E quem é que vai querer publicar uma história como essa?

Melissa revirou seus olhos, minha questão parecendo-lhe estúpida.

— Neste momento? Aposto que poderia conseguir qualquer pessoa para publicar essa história. Mas você trabalha para uma tremenda revista, Cassie! Uma revista de interesse humano — ela me lembrou, oportunamente.

— Mas não é esse tipo de história que publicamos.

— Você quer me dizer que sua revista nunca fez o perfil de alguém da cidade? Você não faz sempre matérias badaladas sobre gente da elite de Nova York?

Apertei meus lábios antes de responder.

— Realmente, eles fazem, sim. Mas é apenas na versão on-line, nunca na verdadeira versão impressa.

Um amplo sorriso apareceu no rosto de Melissa quando suas mãos aplaudiram.

— Isso é ótimo. On-line pode ser tão eficaz quanto impresso. Você acha que sua chefe toparia isso?

Eu dei de ombros.

— Sim, na verdade eu acho. Ela mencionou alguma coisa sobre isso antes de eu sair. Mas preciso falar com Jack primeiro.

— Ele é fichinha. Fará qualquer coisa que a deixe feliz.

O amor faz a vida valer a pena

CASSIE

Depois de quase uma hora de discussão, convenci Melissa a me levar até a casa de vovó e vovô. Eu ainda não sabia por quê, mas ela ainda queria manter distância de Dean, e encontrar vovó e vovô não fazia parte de seu plano principal.

— Podemos parar na mercearia bem depressa para que eu possa levar um vinho?

— Sim. Vou pegar um também. Precisarei disso — ela sugeriu, deixando o carro no estacionamento do supermercado.

Olhei ao redor para constatar quão espalhado e espaçoso tudo parecia. Nova York era tão compacta. Eu me esquecera quão diferente o extremo sul da Califórnia era. E eu realmente sentia falta das palmeiras. Meu coração se apertou assim que eu as avistei.

— Você não vem? — perguntei à Meli antes de fechar a porta do carro.

— Estou indo, estou indo. — Ela digitou uma mensagem antes de enfiar seu celular no porta-luvas.

Depois de apanhar duas garrafas de vinho e um pequeno arranjo de flores, rumamos em direção ao caixa. Fotos do casamento de Chrystle e Jack de repente apareceram em meu campo de visão quando o tabloide surgiu na prateleira de arame, zombando de mim. Meu coração bateu forte e eu não consegui dar um passo à frente; minhas pernas tremeram intensamente.

E então outra visão chamou minha atenção. Mais fotos de Jack e Chrystle, dando pedaços de bolo um para o outro e posando com sua comitiva conjugal.

— Melissa — tentei gritar, mas todos os sons me falharam.

— Oh, merda. Cass. Cassie?

Eu me virei para encará-la, meu corpo entorpecido e os olhos já lacrimejando. Ela pôs nossas compras correndo na esteira.

— Vamos levar isso, obrigada.

— Posso ver alguma identidade? — a vendedora perguntou, e Melissa felizmente puxou sua carteira de motorista da bolsa.

Eu olhei para a revista mais nova e de maior sucesso na atualidade com horror. Chrystle tinha vendido sua história para não apenas uma revista, mas duas. O que mais ela teria feito?

— Você quer pegar isso? — Melissa perguntou, em meio ao meu choque.

Consegui balançar minha cabeça e a vendedora disse:

— Você o conhece? Jack Carter? Ele morava aqui, mas agora joga pelo Mets. Pode acreditar em tudo que ele e sua nova namorada fizeram com aquela pobre garota? É loucura. Acho que a fama leva você a fazer coisas horríveis.

Eu me virei para olhá-la, múltiplas emoções me percorrendo como um maldito furacão. Ela soltou um grito abafado quando notou meu rosto, sua boca se retorcendo num ligeiro rosnado.

— Oh, minha nossa. Você é ela! A namorada de Jack! Cassie, certo? — Seus olhos se fecharam com acusação.

Eu abria minha boca para dizer Deus sabia o que quando Melissa me salvou.

— O quê? Cassie mora em Nova York com Jack. Por que ela estaria aqui? — Ela agarrou o recibo, enfiando-o na bolsa antes de me puxar pelo pulso em direção à porta.

— Jesus, Cassie.

Eu saí de meu devaneio com a foto do casamento.

— Lamento — pedi desculpas, embora eu não estivesse muito certa do porquê.

— Não. — Meli balançou sua cabeça. — Essa foi brutal.

— Bem-vinda à minha vida. — Estendi minhas mãos com um dar de ombros.

Minha mente disparou com pensamentos sobre Chrystle e sobre Jack, e como até mesmo pelo interior do país eu não podia escapar do pesadelo de mídia em que agora vivia. Queria me concentrar em ser feliz neste exato momento, ansiosa por ver vovó e vovô. Deixei esses pensamentos me dominarem.

— Você vai amar vovó e vovô, Meli. Eles são fabulosos. — Olhei para ela, um grande sorriso falso colado em meu rosto.

— Eu não quero amá-los — ela respondeu, sem sequer olhar para mim.

— Que diabos há de errado com você? Depois que consertarmos minha vida, precisamos realmente trabalhar um pouco nessa sua merda de disfunção.

Recebi uma olhada. Uma olhada feia, maldosa. Ela estacionou seu carro junto ao meio-fio e eu pulei para fora, empolgada por saber que a família estaria lá dentro esperando por mim. Dean apontou sua cabeça por trás do visor da porta, seus olhos encontrando os meus. Eu os arregalei, e ele deduziu o que eu estava tentando transmitir e disparou pela porta para o lado de nosso carro.

— Que bom que você veio, Melissa. — Ele sorriu para ela, pegando a sacola da loja.

— Você só tem tentado me trazer aqui há meses... — Ela virou com um olhar feroz para mim.

O que está acontecendo?

— Cassie? — a voz de vovó veio por uma janela aberta.

— A gatinha já está aqui? — a voz de vovô veio rapidamente a seguir.

Arqueei minhas sobrancelhas para Dean.

— A *gatinha*? — perguntei com uma risada.

— Não pergunte. Ele começou a chamar você assim depois que você se mudou. Nós achamos engraçado, de modo que não o corrigimos.

Dean abriu a porta para nós, e foi como se eu entrasse no meu coração imediatamente, essa casa estava cheia de amor. Nada havia mudado desde minha última visita, exceção feita a três novas fotos em preto e branco sobre a parede.

Melissa apontou para elas.

— Cassie, você tirou essas, certo?

— Sim — respondi com um sorriso tímido antes de lançar um rápido olhar para Dean. Virei a cabeça, notando um novo retrato adicional.

Foi tirado no dia em que Jack assinou para jogar nos Diamondbacks. Cinco pessoas estavam na foto, e eu era uma delas.

— Você já é praticamente da família — Melissa disse quando viu a foto.

Se um coração podia crescer em tamanho, o meu aumentou ali mesmo. Eu me sentia mais em casa com esta família do que com aquela que devia naturalmente chamar de minha.

Pegando a sacola de Dean, comecei a caminhar em direção à cozinha.

— Vou lhe mostrar a casa. — Dean pegou Melissa pela mão, deixando-me sozinha.

Vovó e vovô estavam sentados à mesa, bebendo canecas de café. Vovó saiu correndo de sua cadeira e arrastou os pés em direção a mim, seus braços bem abertos.

— Oh, Cassie. É tão bom ver você. Sentimos sua falta. — Ela beijou meu rosto de lado e me abraçou tão fortemente quanto seus frágeis braços podiam.

— Sinto falta da senhora também. Veja, trouxe isso. — Peguei as flores e o vinho.

— A gatinha está aqui! — vovô praticamente gritou antes de me envolver com seus braços robustos, o cheiro de tabaco impregnando suas roupas.

Aspirei seu cheiro, que me lembrava de ter estado ali com Jack.

— Vovô! Sinto falta do senhor mais ainda. Não conte à vovó — sussurrei junto aos ouvidos dele.

— Eu ouvi isso! — vovó gritou da pia onde ela se ocupava arrumando as flores em um vaso.

— Venha sentar-se — vovô disse ao desabar em sua cadeira.

— Vamos abrir o vinho? — vovó perguntou, ainda arranjando as flores.

— Estou bem. Trouxemos estas garrafas para vocês aproveitarem no jantar. Guarde-a. — Pisquei para vovô que sorriu.

Vovó colocou sua mão em meu ombro ao passar por mim indo sentar-se. Ela tomou um gole de sua caneca antes de me olhar analiticamente.

— Então, querida, como vai tudo?

Meu sorriso se apagou mais rápido do que eu pretendia.

— Está tudo bem. Tudo bem — menti, ao perceber que estar com a família de Jack sem Jack era mais difícil do que eu esperava. Eu sentia falta dele. E eu sabia que não conseguiria deixar nada passar despercebido à vovó.

Vovó estendeu uma das mãos, tocando meus dedos ternamente.

— Vimos aquela revista pavorosa. Por que ela simplesmente não vai embora?

— Eu não sei, mas tenho pensado a mesma coisa.

— Jack disse que você está penando por ter que lidar com isso. Diga-nos o que está acontecendo. — Vovó tinha um jeito para fazer você falar sobre coisas que você queria evitar.

Olhei para os olhos cansados de vovô, as rugas de preocupação aumentando ao seu redor.

— Ele está certo. Estou penando por ter que lidar com a imprensa e a internet.

— Por quê? O que eles dizem? — vovô perguntou em meio à sua perplexidade.

— Só um monte de coisas mesquinhas sobre eu não ser boa o bastante para Jack. Sou gorda demais. Eles tiram fotos minhas e dizem basicamente o que querem sobre elas. Ficam apenas inventando coisas. E agora, depois de essa coisa toda da Chrystle, sinto que não consigo aguentar mais.

— Cassie, você sabe o quanto nós a amamos, certo? — vovó perguntou, e eu fiz que sim. — Partiu nosso coração ver o que Jack fez com você. Ficamos tão desapontados e tristes! Mas saber que você o aceitou de volta depois de tudo... nem conseguimos dizer o quanto isso nos faz felizes. — Ela estendeu a mão para apertar a de vovô.

— A imprensa parece assustadora. Realmente medonha. E eu nem consigo imaginar o que deve ser lidar com isso diariamente. Mas, querida, tudo isso vai passar. A imprensa, os websites, Chrystle — ela fez uma pausa —; tudo isso vai ser coisa do passado.

Ela se inclinou para a frente, segurando meu rosto nas suas mãos em concha.

— Sei que você pode viver sua vida sem todas essas coisas, mas você pode realmente viver sua vida sem Jack?

Eles já sabiam a resposta quando procurei conter minhas lágrimas.

— Acho que eu seria uma infeliz sem ele.

— Porque você o ama — vovô bradou, a alegria animando sua voz.

— Claro que o amo.

— Então, não desista. Um dia você olhará em volta e perceberá que todas as coisas que você achava que importavam tanto, realmente não importavam nada. — Vovó olhou atentamente para vovô, o amor entre eles ficando visível. — O que importa mais é quem você ama. Porque quando tudo mais for uma lembrança remota, as pessoas que você ama serão tudo que restará a você. E amar é a coisa mais importante que podemos fazer em nossas vidas. Dê amor. Receba amor. Ensine aos outros como fazê-lo.

Meus olhos se encheram de lágrimas novamente.

— O amor é a coisa mais importante? Acima de tudo?

— Com toda certeza — vovô disse com um sorriso malandro. — São engraçadas as coisas que você acha que vão durar para sempre quando se é jovem. Eu achava que trabalharia até morrer. Mas até o trabalho para, a certa altura. E você se descobre olhando ao redor, fazendo uma avaliação de sua vida, e percebe que não liga porra nenhuma onde você trabalhou ou o que fez para ganhar dinheiro, mas importa muito as vidas que você tocou. O amor que você compartilhou. A família que criou. Você se importa com quem está ao seu lado quando a merda é jogada no ventilador.

Vovó deu tapas em vovô duas vezes, presumivelmente por cada uma das vezes em que ele disse um palavrão.

— É verdade — ela disse. — Quanto mais velho você fica, mais você percebe que não importam as coisas materiais nem orgulho ou ego. Importam nossos corações e por quem eles batem. Eu sei que seu coração bate por Jack do mesmo modo que o dele bate por você. Eu não acho que um pode sobreviver sem o outro. Você acha?

Enxuguei as lágrimas que rolavam por meu rosto, suas palavras atingindo uma corda sensível dentro de minha alma. Como eu pude pensar que estaria bem algum dia sem Jack em minha vida? Eu seria capaz de me distrair por um certo tempo, mas, por fim, eu perceberia que meu coração jazia vazio e frio.

— Não. Eu seria infeliz sem ele.

— Então você tem que imaginar um jeito de deixar todo o resto de lado. Você tem que deixar Jack carregar um pouco do fardo por você. Se você esconder as coisas dele, ele não poderá ajudar.

Vovô ergueu a mão antes de rapidamente acrescentar:

— Sei que vocês, mulheres, gostam de pensar que podemos ler suas mentes, mas não podemos. Não sabemos nada que está acontecendo nessas suas cabeças, a menos que vocês nos revelem.

Concordei.

— Sei que o senhor está certo. É mais fácil quando se diz do que quando se faz.

Vovó não perdeu a oportunidade.

— Se você abandonar Jack, estará dando a alguém o que esse alguém quer. Chrystle vence. E eu odiaria vê-la vencer qualquer coisa. — Seus olhos se apertaram. — Mas você e Jack seriam os verdadeiros perdedores porque perderiam um ao outro. As pessoas passam a vida inteira procurando pelo tipo de amor que vocês dois compartilham. É tudo o que importa na vida.

Vovô interferiu:

— Amor é vida. Se você erra no amor, erra na vida.

Melissa e Dean entraram na cozinha com sorrisos patetas em seus rostos.

— Vovó, vovô, esta é a melhor amiga de Cassie, Melissa. — Dean sorriu radiante de orgulho ao apresentá-la à sua família.

Vovô sorriu.

— Oi, Melissa. Você é tão bonita quanto a gatinha — ele disse com uma piscada e Melissa não conseguiu deixar de sorrir com mais força ainda.

— É um prazer conhecê-la. — Vovó estendeu sua mão antes de dar uma olhada em minha direção e sussurrar: — Essa aí vai precisar de um pouco de trabalho a favor de Dean, não vai? — Eu fiz que sim, perguntando-me como diabos vovó parecia instintivamente saber de tudo.

Depois de umas duas horas de conversa educada e vovó nos alimentando de sanduíches à força, Melissa e eu nos despedimos. Dean se ergueu na varanda com um biquinho no rosto ao nos ver partir. Ela pediu a ele para ficar algum tempo sozinha comigo, mas ele reclamou que queria passar umas horas comigo também. Eles combinaram que esta seria a noite das garotas e que no dia seguinte eu passaria algumas horas com Dean. Eu dei risada da conversa deles.

— Você gostou deles, não? — perguntei à Melissa enquanto ela baixava o volume do rádio do carro.

— Eles são excelentes. Como foi seu momento sozinha com eles? Dean insistiu em que deixássemos vocês conversarem em particular. — Ela pareceu ligeiramente irritada pela sugestão de Dean.

— Eu gostei — reconheci, esperando aliviar sua irritação. — Eles são tão maravilhosos! Eles sempre parecem saber o que dizer e como dizê-lo.

— O que eles disseram dessa vez? — ela perguntou, seus olhos focalizados diretamente à sua frente.

— Falaram sobre a importância do amor. E como no fim é só o que realmente importa, e é tudo que lhe resta quando tudo mais se foi.

— Eles parecem tão espertos quanto eu — ela disse, e eu dei um tapa em seu ombro. — Ei!

Fiquei olhando quando passamos pelo restaurante onde Jack e eu tivemos nosso primeiro encontro, os rápidos solavancos de dor em meu peito lembrando-me de quanto eu sentia falta dele.

— Então, eles curaram você?

— Eu ainda preciso descobrir como encontrar algum equilíbrio, mas você está certa em tudo. Romper com Jack não resolverá nada a longo prazo. Eu me arrependeria no fim, e provavelmente nunca superaria isso.

— Você sabe, Cass, Jack não é o único que mudou. Quero dizer, você o mudou. Mas ele mudou você também. Quer você perceba isso ou não, é a verdade.

Ouvir Melissa dizer essas palavras concretizou o que eu vinha notando havia algum tempo. Ela me dissera a mesma coisa lá no colégio, mas a coisa agora parecia ter mais peso. Eu me senti como se houvesse crescido vinte anos ao longo dos últimos dois.

— Você está certa. Eu francamente não posso imaginar minha vida sem ele. E eu não quero imaginar.

— Então você precisa parar de fugir dele quando a coisa fica preta. Você faz muito isso, e no fim ele fica fulo da vida.

— Eu não fujo — reagi, defensivamente.

— É mesmo? Você saiu do estado! Você ou está fugindo ou está fechando as portas para ele completamente. E as duas coisas são horríveis.

Fiquei olhando as palmeiras virarem um borrão de listras verdes sobre o pano de fundo azul do céu. Melissa estava certa.

— Vou trabalhar nisso. — Eu engarrafara muitas das minhas emoções porque não queria sobrecarregar Jack com elas. E eu precisava aprender como clarear minha cabeça com Jack na situação, em vez de excluí-lo dela.

O celular de Melissa começou a tocar.

— Pode ver quem é?

Agarrei o celular e notei o nome de Jack brilhando num lampejo na tela.

— É Jack.
— É só falar no diabo... atenda.

Meu estômago caiu no chão.

— Oi — respondi nervosamente.

— Onde está seu telefone? — a voz de Jack estava tensa e agitada.

— Eu o deixei no apartamento. Por quê? O que houve?

— Verifique-o assim que voltar e depois me diga correndo — ele disse severamente.

— Jack? Alô? — Puxei o telefone de meu ouvido para olhar para ela. — Puta merda, ele desligou na minha cara.

— O que está acontecendo? — Melissa pareceu preocupada.

— Não tenho a menor ideia. Ele me disse para verificar meu celular. — Minha cabeça começou a girar enquanto eu me perguntava que diabos poderia ter acontecido.

Não pode ser

JACK

Meu celular soou, sinalizando que eu tinha uma nova mensagem. Em vez de um número para responder, o remetente era um e-mail anônimo. Pensei em não abrir a mensagem, sabendo que nada de bom poderia vir de uma fonte anônima. Depois de uma curta batalha comigo mesmo, cliquei a mensagem e uma fotografia apareceu.

Que porra é essa?

Matteo beijando Cassie foi exibido em minha tela e ânsias violentas romperam através de minhas vísceras. Meu temperamento foi tomado de ódio enquanto o fogo ardia por todos os meus poros. Eu queria arrancar fora a maldita cabeça de Matteo. Como ele ousava pôr seus lábios em minha garota? Como ele ousava sequer pensar em tocá-la?

Mas ela deixara. Ela não o estava repelindo na fotografia, ela estava correspondendo ao seu beijo. Que inferno, até seus malditos olhos estavam fechados!

Liguei para o número de Cassie, mas foi direto para o correio de voz. Novamente. Onde diabos ela estava? Encaminhei a foto por mensagem para seu celular.

Ela me abandonou no meio de todo o drama de Chrystle e agora isso. Como ela explicaria isso? Eu olhava para a foto, clara como o dia diante de meus olhos. Os malditos lábios imundos de Matteo colados aos de minha bela gatinha. Será que eu teria sido enganado todo esse tempo?

Entrei em nosso quarto e puxei a caixa de veludo do anel que enfiara em minha gaveta de meias. Ela estalou quando eu a abri para olhar para o diamante reluzente em seu interior. Como ela podia ter feito isso comigo? Com a gente? Balançando minha cabeça, apertei os olhos até fechar antes de abri-los novamente. A imagem de Matteo beijando Cassie atormentava todos os meus pensamentos.

Fechei a caixa com um estalo e a joguei com força pela porta aberta do armário. Ela se chocou contra alguma coisa com um baque ruidoso, e eu saí de nosso quarto sem me importar com o que havia acontecido ao seu conteúdo.

Talvez tudo isso fosse um elaborado ardil, sua inabilidade de lidar com a imprensa? Por quanto tempo ela e Matteo vinham se encontrando furtivamente pelas minhas costas? Teria eu forçado sua aproximação pedindo a ele para mantê-la em segurança durante meus jogos? Seria culpa minha? Perguntei-me quanto tempo eu teria até que a mídia tomasse posse dessa foto. Ela já devia estar postada por toda parte.

Liguei para o celular de Melissa, determinado a fazer contato com Cassie. Fiquei ouvindo enquanto ele tocava três vezes. Cassie atendeu, e ela pareceu nervosa quando disse oi. Perguntei onde seu telefone estava, incapaz de esconder minha raiva. Sua voz se ergueu, e ela na verdade pareceu confusa e preocupada quando me disse que o deixara no apartamento de Melissa e perguntou o que estava acontecendo.

— Verifique-o assim que voltar e depois me diga correndo — eu disse, e finalizei a ligação. Eu não queria ouvir mais nenhuma palavra de sua boca até que ela visse a mesma foto que eu vira. Esperei. E fiquei mais e mais agitado a cada minuto que passava. A imprensa já estava tendo um dia cheio com todas as acusações de Chrystle, agora eles teriam ainda mais merda sobre o que falar.

E, ainda por cima, agora eu precisava encontrar um novo motorista. O trabalho de Matteo estava terminado. Não importando qual fosse a história, eu não queria ver sua cara em lugar nenhum perto de mim, nunca mais.

Saí do apartamento, minha raiva crescendo enquanto minha paciência se esgarçava. Meio tentado a telefonar para Melissa novamente, meu celular de repente soou. Atendi à ligação, mas não disse nada.

— Jack? Você está aí? Não é o que parece, eu juro — ela suplicou pelo celular, e eu me flagrei surpreso com minha falta de simpatia.

— Então, ele não beijou você? Porque parece que ele está beijando você.

Ela hesitou.

— Sim, ele me beijou, mas...

Eu a interrompi.

— Há quanto tempo?

— Há quanto tempo o quê? — ela perguntou, sua respiração trêmula.

— Há quanto tempo isso vem acontecendo?

Ela inspirou profundamente.

— O quê? Nada está acontecendo, Jack, eu juro. Não há nada entre mim e Matteo. Ele me beijou e eu o afastei.

— Não parece que você o tenha afastado nessa foto. Você gostou do beijo? Os lábios dele sobre os seus. Está parecendo que você pode ter gostado.

— Eu o empurrei para longe de mim, Jack! Eu disse a ele que não! Eu disse a ele que amo você. — Ela começou a chorar.

Isso fisgou meu peito, o som de seu choro, mas fingi não me importar.

— Por que você não me falou sobre o beijo?

— Porque nós nem mesmo conversamos. Porque não significou nada. Ele pediu desculpas. Ficou morto de medo de perder o emprego conosco.

— Deve ficar mesmo. Porque vou demiti-lo ou matá-lo. — Ou *ambas as coisas.* — Você sabe, Cassie, que eu não culpo outro cara por se apaixonar por você. Não mesmo. Mas você... nunca esperei isso de você, entre todas as pessoas. Sinto-me como se nem a conhecesse.

— Não diga isso, Jack. Claro que você me conhece. Eu amo você. Voltarei para casa amanhã. Nós vamos consertar isso. Eu vou lhe contar tudo.

— Não — interrompi sua lamúria.

— Não o quê? — ela soou como se não pudesse acreditar no que eu dissera.

— Eu não quero vê-la — admiti, sentindo como se minhas vísceras fossem despedaçadas.

— O quê? Não faça isso. Jack, por favor — ela implorou.

Eu me encostei ao balcão de granito, os pensamentos em disparada, as emoções se chocando. Estava louco da vida. Trabalhava tanto para romper as muralhas desta garota, mas, não importando o que eu fizesse, nunca era bom o suficiente. Ela sempre acabava me colocando de fora e eu não merecia isso.

Minhas frustrações aumentavam enquanto eu sentia meu estômago queimar.

— Você vem constantemente escondendo coisas de mim. E quando as coisas ficam demais para você, o que você faz? Foge. Eu sei que você está acostumada a ser humilhada e desapontada, mas era de se supor que seríamos um time. Nos apoiamos um no outro quando um dos dois está para cair. Não fugimos e deixamos nossa outra metade se quebrar sozinha.

Ela ficou quieta, claramente sem defesa para suas ações, de modo que continuei:

— Você me deixou aqui para lidar com Chrystle e suas merdas sozinho. Sei que você está magoada e enfurecida, mas eu estou também. Você parou alguma vez para pensar sobre como eu me sentia? Como aquela matéria me afetou e me fez parecer? Não. Porque você me deixou aqui e sumiu.

— Eu sinto. Eu sinto tanto... — ela disse com um soluço.

— Sim? Por qual parte? — perguntei e a ouvi soluçando ao fundo.

— Sinto por tudo isso, Jack. Você está certo. Eu não lido bem com as coisas e prometo que vou trabalhar isso.

Eu expirei encarando a janela da sacada.

— É mais do que isso. Você guarda as coisas dentro de você e...

— Porque eu não quero importunar você com coisas que eu acho estúpidas. Não quero que você se preocupe com nada quando está no campo. Você já tem o bastante com que se preocupar.

— Você não tem que decidir o que é estúpido e o que não é. Se estiver importunando você, então você precisa me falar. Você precisa se comunicar comigo. Eu lhe digo absolutamente tudo. Divido tudo com você porque eu não quero que haja mais nenhum segredo entre nós. Eu não gosto de esconder as coisas de você, e não gosto que você esconda as coisas de mim.

— Eu não sei o que dizer além de desculpas. Sei que não sou boa em ser um livro aberto, mas tentarei melhorar.

— E eu sei que desapontei você no passado e você não confia em mim totalmente. Mas isso vai além e eu acho que ambos sabemos disso. — Ela fungava, e sua respiração se entrecortava repetidamente enquanto eu continuava: — Depois do jogo de hoje à noite, estaremos na estrada por alguns dias. Acho que devemos aproveitar este tempo para descobrir o que nós dois queremos.

— Eu sei o que eu quero — ela insistiu.

— Eu não — menti.

Claro que eu queria Cassie, mas estava magoado. Perdera a confiança dela num terrível momento de decisão, mas ela perdia pedaços da minha todas as vezes em que se fechava para mim, mantinha-me a distância, ou não se importava o suficiente com nossa relação para lutar por ela. Eu queria saber que éramos sólidos, mas suas ações apenas me confundiam.

— Ok — ela disse com mágoa em sua voz. — Farei qualquer coisa para remediar isso, Jack. Diga-me o que você precisa que eu faça.

Eu dei um longo e profundo suspiro. Era a minha vez, finalmente.

— Prove — eu disse antes de desligar o telefone. Agora ela saberia o que era estar na outra ponta desse maldito pedido.

Eu imediatamente liguei para o serviço de carros de aluguel onde Matteo trabalhava e pedi para falar com o proprietário:

— Oi, Sr. Lombardi. Jack Carter falando. Preciso cancelar todos os serviços com Matteo e pedir que um novo motorista comece ainda hoje.

— É claro, Sr. Carter. Matteo fez alguma coisa errada?

A mídia iria informá-lo logo, logo, se ele não sabia ainda.

— Eu só quero um novo motorista. Não me mande Matteo aqui hoje ou eu perderei o juízo. O senhor entende?

Ele tossiu.

— Eu, claro... entendo.

— Obrigado.

— Você ainda exige que o motorista fique à espera durante os jogos?

— Não, não exijo.

Apertei Fim no meu celular e digitei uma mensagem para Matteo por precaução.

Você está demitido. Não mostre sua cara aqui novamente e fique longe de Cassie.

Travei a tela do telefone com força, não esperando uma resposta, quando ele soou imediatamente.

Jack, sinto muito, realmente. Posso ir aí falar com você?

Estalei meu pescoço de um lado a outro, a ideia de ver Matteo ateando as chamas de minha irritação.

Não é uma boa ideia, cara. Não agora.

Vai levar dois segundos. Por favor. Eu sei que você quer me matar. Deixe-me explicar.

Explicar? Explicar como seus lábios tocaram os de minha namorada? Que diabos havia para explicar? Talvez ele quisesse que eu desse um pontapé na sua bunda? Dei uma olhada para o relógio na parede. Eu tinha tempo.

Certo. Mas não diga que não avisei.

Meu corpo ficou todo tenso quando a imagem dele beijando Cassie ardeu em minha mente. Dentro de minutos, ele bateu à minha porta. Eu hesitei, sabendo que, se começasse a bater nele, não tinha certeza se seria capaz de parar.

Abri a porta, a expressão desalentada em seu rosto quase me fazendo ter pena dele. *Quase.* Crispei minhas mãos, fechando-as em punhos enquanto minha mente disparava. Dei um passo recuando ante à porta, não querendo ficar perto dele. Não o convidei a entrar.

— Jack, eu realmente sinto muito. Não há desculpas para meu comportamento. É só que ela parecia tão triste e alheia que me doeu vê-la daquele jeito. Eu só queria que ela ficasse feliz. Minhas emoções me dominaram e eu fiquei todo confuso por dentro.

Ele tinha sentimentos por ela.

Olhei ferozmente para ele, fazendo esforço para manter a calma enquanto ele prosseguia.

— Eu me sinto muito mal e sei que você nunca poderá me perdoar, mas você precisa saber que Cassie me deteve. Ela me mandou embora e me pôs em meu lugar.

Boa garota.

— Nunca tive a intenção de desrespeitá-lo ou ao seu relacionamento. Em algum ponto de minha vigilância sobre ela durante os jogos, fiquei envolvido. Mas ela não tem nenhum sentimento por mim. Ela deixou isso totalmente claro. Sei que você nunca me perdoará, mas espero que você a perdoe.

Não sei por que, mas esse comentário bondoso me enfureceu.

— Não me diga o que fazer com ela. Ela não é assunto seu.

Sua expressão ficou tensa.

— Você está certo. Eu só queria me desculpar com você e lhe dizer o que aconteceu. Eu realmente sinto muito, Jack.

Engoli meu orgulho. E depois quase sufoquei com ele. Eu não podia culpá-lo por cuidar bem dela porque fora exatamente o que eu lhe pedira para fazer. Não é de se admirar que os limites houvessem ficado nebulosos. Ele a protegia tão frequentemente que não soube separar as coisas.

— Entendo como seus sentimentos por ela cresceram. — A tensão entre as sobrancelhas dele diminuiu ligeiramente. — Eu não o perdoo por enquanto por tê-la beijado. Mas, no tempo certo, eu o perdoarei.

Ele fez que sim.

— Obrigado. Isso significa muito. — Ele se virou para ir embora.

— Matteo — eu chamei. — Obrigado por ter vindo.

Um homem verdadeiro assume seus erros e os enfrenta. Mesmo quando eu o advertira a não ir lá, ele insistira. Não era difícil respeitar essa espécie de integridade. Sem mencionar o fato de que eu gostava de Matteo. Talvez eu pudesse voltar a gostar dele. Talvez.

Virando o jogo

CASSIE

Sentei-me no chão olhando para meu celular enquanto Melissa praticamente dançava em torno de mim.

— Que diabos está acontecendo? — Melissa perguntou puxando o meu telefone e vendo a fotografia de Matteo me beijando. — Oh, merda. Quando foi que ele beijou você?

— Na noite em que me levou para o aeroporto. — Balancei a cabeça, pensando em como consertaria isso.

— Por que você não me contou?

— Esqueci — admiti.

— Você esqueceu? — ela perguntou incredulamente.

— Eu estava tão envolvida com todo o resto que bloqueei isso completamente. Não era importante. Eu o empurrei para longe de mim e lhe disse que amava Jack. Fim da história.

— Fim da história? — Ela balançou a cabeça, seus dedos batendo na base de sua cintura. — Merda, Cassie. Isso é péssimo.

Olhei para ela de relance.

— Eu sei.

— Jack está muito irritado?

— Irritadíssimo. Mas ele está furioso com outra coisa também. Ele basicamente disse que devíamos ser um time, mas que eu não estou sendo uma boa jogadora.

— Você tem que dar um jeito nisso — Melissa insistiu, como se me dissesse uma coisa que eu já não soubesse.

— Eu sei! Preciso consertar isso. — Parei para olhá-la diretamente nos olhos. — Ele me disse para *provar o que sinto*.

Uma risada aguda saiu da boca de Melissa antes que ela pusesse a mão para tapá-la.

— Sinto muito — ela murmurou por trás de sua mão —, mas isso é uma puta de uma ironia, bem agora.

— Pode falar o que quiser. — Revirei os olhos.

Melissa se sentou perto de mim no chão, nossas pernas se apertando juntas.

— Primeiro de tudo, você tem que demitir Matteo. Quero dizer, você deve fazer isso para que Jack perceba que você está falando sério.

— Tenho certeza de que Jack o demitiu no momento em que desligou o telefone. Mas, se ele não o fez, eu o farei. — Encostei minha cabeça parede. — Você acha que devo ligar para Matteo e fazê-lo ir lá? Ele precisa dizer a Jack que eu não fiz nada. Foi ele que criou esta confusão!

Melissa balançou a cabeça.

— Eu não sei. Jack pode se virar contra você e ficar fulo da vida por você ter sido acessível ao cara. Além disso, eu não mandaria Matteo conversar com Jack agora. A menos que você queira ir ao enterro dele depois.

Suspirei, meus dedos tremendo enquanto estendia a mão para pegar o celular e digitar uma mensagem de texto.

Você tem que dizer a Jack que eu não fiz nada. Você tem que dar um jeito nisso.

— Para quem você está mandando mensagem? Para Matteo? — Ela empinou sua cabeça de lado, seus lábios apertados num sinal desaprovador. — Você não escuta nada do que eu digo?

Estremeci quando meu celular soou.

Eu já disse a ele. Sinto muito.

— Bem — ela bateu seu dedo sobre a cabeça com impaciência —, o que ele disse?

Eu movi a tela de meu celular em sua direção e esperei que ela lesse a breve resposta. Não havia mais nada que eu quisesse dizer a Matteo, de modo que pus meu celular no chão.

— Espero que tenha gostado de conhecer o cara.

— Isso é um pesadelo. E tudo isso teria sido evitado se eu estivesse preparada e conversasse com Jack, em vez de me esconder.

— Não se maltrate, Cass. Você precisava sair de cena. Não demorou mais que dois segundos de distância de Jack para você perceber que não poderia viver sem ele.

— Você acha que esta foto já está nos tabloides?

— Com certeza.

— Que merda!

— Então, temos as alegações loucas de Chrystle — ela ergueu um dedo — e uma fotografia de você e Matteo se beijando — um segundo dedo se juntou ao primeiro — e fotos de você saindo do apartamento com uma mala enquanto Jack está jogando em casa.

— Parece ruim, certo?

Ela retorceu sua boca.

— Não parece bom. Mas você precisa se preocupar com Jack primeiro e com o resto das pessoas depois. Vou procurar sua chefe e contar a ela sobre minhas ideias para uma história de interesse humano sobre você e Jack. Eu a informarei sobre todos os pormenores que ela precisa conhecer sobre Chrystle, e enfiarei Matteo nisso também. Você disse que ela é legal, certo?

— Ela é fenomenal. E ela quer ajudar, de modo que ela acolherá bem quaisquer ideias que você tenha. Você pode deixar claro que ficou sabendo que ela queria publicar a história, de modo que ela ache que a coisa toda foi ideia dela — sugeri, com um sorrisinho malicioso.

— Não seria ruim.

— Mas e se Jack disser não à entrevista? Quero dizer, e se ele não me perdoar?

Ela bateu as palmas da mão no chão.

— Se ele não perdoar você, eu voarei até lá e darei pessoalmente um pontapé nas bolas dele! Depois de tudo que você perdoou dele, ele bem que merecerá um negócio desses.

— E se ele não quiser? — Borboletas nervosas batiam suas asas em meu estômago. Odiava estar deste lado das coisas. Era muito mais fácil ser quem estava furioso. Era horrível ser aquele com quem alguém estava furioso.

— Ele pode ser um babaca teimoso, Cass. Mas ele ama você. Ele vai perdoá-la e superar isso. Ele pode matar Matteo, mas acho que todos esperamos isso.

— Até Matteo espera isso. — Eu ri.

— Então, quando você vai partir?

Olhei diretamente para as fotos que cobriam as paredes, perguntando-me como diabos ela me conhecia tão bem.

— Amanhã.

— Jack estará lá?

— Não. Ele estará na estrada.

— Isso vai lhe dar um pouco de tempo para você se recompor e provar. — Ela cutucou meu ombro com o dela. — Embora eu ache realmente que, apenas por voltar, já sirva como prova suficiente, mas que diabo eu sei?

— Você sabe muito, e eu amo você. O que eu faria sem você?

Ela me encarou, seus claros olhos azuis brilhando.

— Você ficaria perdida para sempre, procurando por mim. — Ela riu. — Tem sido bom estar aqui, e não on-line, não é?

Suspirei profundamente, não percebendo a verdade antes que ela perguntasse.

— Entre isso e ter meu celular desligado, tem sido muito mais estressante. — Empinei minha cabeça de lado. — Quero dizer, foi antes de todo esse problema com o beijo do Matteo.

— Só lembre: quando você voltar, nada de ficar nos sites de fofoca. Nós ainda não estamos na fase de voltar a lê-los, por enquanto.

— Nada de lê-los, certo — concordei de todo coração.

Ela estendeu o seu dedo mindinho no espaço entre nós e eu o enrosquei com o meu.

Entrei no terminal no aeroporto JFK e liguei meu celular. Eu rolei o número de Matteo para um canto, e, já que eu nunca iria chamá-lo como motorista novamente, especialmente agora, eu o deletei. Com sorte, isso ajudaria a provar a Jack que o temível beijo não significara nada para mim. Eu não voltaria a falar com Matteo pelo resto da vida, isso era definitivo.

Depois de pegar minha mala, esperei na fila por um táxi e, uma vez dentro dele, comecei a me sentir mal. Voltar a Nova York depois de passar um tempo em Los Angeles era como estar num universo diferente. Minha vida parecia tão diferente, dependendo do estado em que eu me encontrava. Eu não poderia me esconder em Nova York. E, muito embora houvesse cem vezes mais fotógrafos no sul da Califórnia, parecia mais fácil ficar escondida lá. Ou talvez eu conhecesse melhor os esconderijos?

Estacionamos junto ao meu prédio, onde três paparazzos estavam à espera. Eles tinham que saber que Jack e eu estávamos fora da cidade, e então, por que estavam ali? Tentei ficar indiferente, mas eles me reconheceram imediatamente, assim que tirei minha mala do táxi.

— Onde está seu namorado, Cassie?
— Por quanto tempo você o enganou?
— Por que Matteo não está dirigindo?
— Onde você esteve?
— Você realmente fez Jack abandonar Chrystle?
— Você fugiu com Matteo?

De volta ao centro do inferno, baixei minha cabeça e caminhei para a porta giratória, resistindo à ânsia de gritar na cara deles. Mantive minhas costas para as câmeras enquanto esperava a porta do elevador se abrir e me engolir inteira.

Atravessando nossa porta da frente, reparei na bagunça que Jack deixara. Pratos sujos se empilhavam na pia. Talvez ele não pensasse que eu voltaria para casa tão cedo? Ou será que ele pensava que eu não voltaria mais? Eu me encolhi por dentro com os meus pensamentos e limpei a sujeira. Eu queria mandar uma mensagem a Jack dizendo que eu retornara, mas lembrei que ele me pedira para deixá-lo só. Eu odiava estar em nossa casa sem ele.

Eu não conseguia superar. Eu odiava estar em Los Angeles sem ele. Eu odiava estar ali sem ele. Era hora de parar de contar com Jack para coisas que ele não fazia. E, se eu verdadeiramente não quisesse viver minha vida sem ele, precisava agir de acordo com isso. Ser forte e confiar que ele fosse firme o suficiente para lidar com minha bagagem emocional. Minha escolha de poupá-lo das coisas apenas colocava um fardo maior em meus ombros. E Jack nunca me pedira para fazer isso. Era apenas uma escolha que eu fizera para tornar as coisas mais fáceis para ele, mas, no fim, ela apenas me deixava cheia de ressentimento.

Passei os dois dias seguintes no telefone tanto com Melissa quanto com Nora, elaborando os pormenores em potencial para a matéria da revista. Nora estava empolgada em ajudar, mas deixava claro que havia a necessidade da história, principalmente agora. Ela pressionava para definir uma data o quanto antes, insistindo que quanto mais esperássemos para fazer revelações, mais as coisas tinham potencial para se avolumar. Prometi a ela que pediria a Jack assim que ele chegasse em casa, e então teria a esperança de que ele ainda falasse comigo. Melissa e Nora estavam armando alguma coisa, eu sentia isso, mas nenhuma delas admitiria.

Fiquei inquieta o dia todo em que Jack devia voltar para casa. Andando para cá e para lá enquanto esperava, praticamente prendi o fôlego até que ele cruzasse a porta. Uma garrafa de vinho foi providenciada por mim enquanto eu ziguezagueava, para que eu parasse e me servisse de uma taça. Eu precisava desesperadamente aliviar a tensão que me percorria.

Fui para a sacada e me encostei ao corrimão, o calor do verão batendo com força em meus ombros nus. Luzes foram acesas e os prédios se iluminaram pelo lado de dentro enquanto eu bebericava meu vinho, vendo a cidade ficar viva. Esta cidade tinha sua forma própria de magia. Você só tinha que saber para onde olhar.

A porta da frente se fechou com força, e eu me virei para ver Jack em pé na entrada, olhando-me fixamente. Eu queria saltar sobre seus braços musculosos, mas resisti, e apenas caminhei lentamente de volta para dentro. Ele parecia tão bem em seu traje de viagem, de calças negras e uma camisa de colarinho branco com uma gravata preta. Fiquei tentada a arrancar suas roupas e jogá-las numa pilha sobre o chão.

— Ei. — Ele fez um sinal lacônico em minha direção, sua voz esvaziada de qualquer emoção.

— Oi — respondi baixinho, aterrorizada por este poder ser o fim.

— Quando você voltou? — Ele deu uma olhada ao redor para a cozinha e a sala de estar.

— Dois dias atrás.

Ele deixou cair a sacola aos seus pés e abriu a geladeira. Puxando uma cerveja para fora, ele retorceu a tampa para retirá-la, tomando um longo gole sofregamente.

— Jack, ouça — comecei, incapaz de esperar mais para resolver as coisas entre nós.

Seus olhos se arregalaram quando ele se dirigiu para a mesa da nossa cozinha. Puxando uma cadeira, ele despencou ruidosamente.

— Sou todo ouvidos.

— Sinto muito por tudo que eu devia ter dito sobre o beijo no momento em que ele aconteceu, mas eu só queria esquecê-lo. E lamento por fugir de você sem sequer lhe dar uma chance de falar. Percebi que sou realmente horrível para revelar as coisas e prometo que vou trabalhar isso. Se você me deixar, quero dizer.

Meu peito se apertou quando olhei para ele, tentando avaliar sua reação antes de eu prosseguir.

— Deixá-lo totalmente sozinho aqui para lidar com a matéria de Chrystle foi um erro de minha parte. Você estava certo quando disse que eu não levava seus sentimentos em consideração. — Desviei os olhos antes de voltar a olhar para ele. — Eu nem mesmo pensei sobre como você se sentia. Eu só pensei em mim mesma. E estou muito constrangida para até mesmo admitir isso para você, mas é a verdade.

Eu tomei dois fôlegos curtos, reforçadores.

— Jack, sei que não sou perfeita, mas realmente espero que você não esteja disposto a desistir de mim agora. Eu não tenho presentes nem cartas de amor ou nada como o que você me deu. Mas posso lhe dar minha palavra, minha promessa, meu juramento para você. O que reforçarei com atos, por falar nisso. — Forcei um ligeiro sorriso e pensei ter visto sua expressão se suavizar.

— Prometo ficar ao seu lado e não fugir quando as coisas ficarem difíceis — eu lhe disse solenemente. — Prometo falar sempre com você sobre as coisas que estão me incomodando, não importa quão estúpidas e insignificantes eu ache que elas sejam. Prometo ser uma jogadora melhor no time. Porque não há um jogo no mundo que eu queira jogar se você não estiver ao meu lado.

Meus olhos se encheram de lágrimas enquanto minhas emoções me dominavam.

— Eu amo você. Não quero estar em parte alguma sem você. Você me disse uma vez que eu era aquela que o ajudava a virar o jogo, mas o fato é que você é isso para mim também. Levei algum tempo para perceber, mas finalmente percebi. Você é quem vira meu jogo. Porque nada mais importa se você não está comigo.

Jack saiu de sua cadeira e caminhou para mim.

— Eu amo você, gatinha.

Eu me aprumei e saltei sobre ele, esmagando meu peito contra o seu. Nós nos apertamos mutuamente como se nunca houvéssemos nos tocado, todo o espaço desaparecendo entre nós.

— Eu lamento tanto, Jack. Sei que sou uma chata.

Ele fez que sim.

— Sim, mas você é *minha* chata.

— Você me perdoa? — Pressionei meu rosto molhado contra sua camisa.

— Claro que eu perdoo você. — Ele ergueu minha cabeça e pressionou os lábios sobre os meus.

— Tem mais coisa — eu recuei do beijo.

— O que mais? — ele perguntou.

Eu hesitei, nervosa ao pensar que ele poderia odiar a ideia. Jack sempre fora uma pessoa reservada, e eu não estava convencida de que ele deixaria o público entrar em seu espaço pessoal.

— Eu quero consertar tudo. Quero que as pessoas parem de nos odiar e acreditar nas coisas que leem e pensam que entendem. A revista disse que eles querem nos entrevistar. Eles a chamaram de uma história de interesse humano, mas isso seria o nosso modo de corrigir as informações. Nora e Melissa acham que isso ajudará em nossa imagem pública. Especialmente à luz das acusações de Chrystle e da foto de Matteo, mas eles querem fazer isso o quanto antes.

— Vamos atropelar Chrystle?

— Pelo caminho todo. Poderemos dizer o que quisermos. Nora disse que teríamos muito controle criativo, mas ela garantiria que teríamos o máximo de destaque. O que acha?

— Vamos nessa.

— Verdade? — Achei que ele fosse discutir mais ou ficar mais preocupado.

— Verdade. Acho que é a melhor maneira de as pessoas ficarem sabendo da verdade. E, já que esta é a revista para a qual você trabalha, confio que o trabalho será bem-feito.

— Eu também.

— Então, você marca e eu estarei lá.

— Seu próximo dia de folga é segunda-feira. Podemos ir nesse dia então?

— Estou totalmente à sua disposição.

— Estou empolgada com as pessoas ficarem sabendo quem somos de fato. Talvez elas parem de ser tão críticas — eu disse com esperança.

— Quem se importa? Dá tempo para um sexo de reconciliação ainda? — Ele mordeu seu lábio inferior sugestivamente, e eu imediatamente senti ânsia de ter cada centímetro de sua pele na minha.

— Claro que sim. — Saltei sobre seus braços expectantes, colando meus lábios aos seus desesperadamente.

— Não se esqueça de suas moedinhas — ele zombou.

Não posso acreditar que fiz isso

CASSIE

Eu pulei da cama na manhã de segunda-feira cheia de expectativa. A entrevista devia acontecer em nosso apartamento, mas Nora pediu para se encontrar conosco primeiro no escritório. O pedido era um pouco incomum, mas, já que ela estava nos fazendo um enorme favor, concordei. Sem mencionar o fato de que eu ainda estava sendo remunerada pelo tempo de folga.

Armando meu longo cabelo num rabo de cavalo, encarei as bolsas sob meus olhos antes de passar com tapinhas um corretivo nelas. Apressei o resto de minha maquiagem de rotina enquanto Jack pulava para o chuveiro.

— Temos um novo motorista ou devo apenas chamar um táxi para nós? — Eu me encolhi ao trazer de volta à memória Matteo e o problema do motorista.

— Não cheguei a contratar uma nova pessoa. Apenas tenho usado motoristas aleatórios.

— Então, quer que eu ligue para a companhia de carros e consiga um táxi? — Uni meus lábios para passar batom.

— O que você quiser. Eu realmente não ligo.

Franzi a testa ao refletir sobre a aparente indiferença de Jack.

— Vamos apenas pegar um táxi. — Acabei de me aprontar enquanto Jack se vestia e desaparecia na área de estar. Odiei como não lhe tomava tempo algum para ficar com uma aparência maravilhosa.

Quando fiquei pronta, surpreendi Jack lendo uma matéria on-line, uma expressão azeda espalhada pelo rosto. Eu me postei furtivamente de pés erguidos por trás dele e joguei meus braços em torno de seus ombros antes de olhar para a tela do computador. Uma matéria imunda intitulada "Safadinha Destruidora de Lares" estava na tela. Obviamente, era sobre mim.

Ele balançou a cabeça, sua mão se estendendo para pegar a minha.

— Eu lamento tanto, gatinha. Não tinha ideia alguma de que era esse tipo de coisa que as pessoas diziam de você.

Eu me inclinei e beijei seu rosto.

— Não é culpa sua, querido.

— É, sim. Essa coisa toda é culpa minha. Não é de se admirar que você tenha pulado fora. Esta merda é horrível.

Dei de ombros.

— Nada disso importa. É só mentira, seja lá o que for, e nós dois sabemos disso.

— Você realmente não se importa?

— Eu me importo em como você se sente em relação a mim. Não em como se sente um bando de pessoas que eu não conheço. Estou ao menos tentando não me importar com o que elas pensam — admiti honestamente.

Puxei Jack pela mão para dentro do escritório da revista. Ele nunca havia estado lá.

— Onde é sua mesa? — ele sussurrou, quando meus colegas de trabalho se viraram para nos examinar, antes que disséssemos "oi", e excitadamente se apresentaram a Jack.

Eu avistei Joey lá na cozinha, recuado e parecendo visivelmente pouco à vontade, e lhe ofereci um ligeiro sorriso. Ele sorriu em retribuição, mas continuou imóvel.

Apontei para a parede do fundo e disse:

— É por ali. Vou lhe mostrar depois.

Eu bati na porta gigantesca de Nora.

— Entre — ela clamou.

Fechamos a porta atrás de nós. Nora se levantou e contornou sua mesa para vir se apresentar a Jack.

— É bom conhecê-lo, finalmente.

— Bom conhecê-la também. Soube muitas coisas excelentes sobre você — Jack disse respeitosamente, e eu fiquei impressionada.

— Então, sei que devíamos liquidar com as mentiras hoje — ela começou, e meu coração disparou.

Devíamos?

— Mas isso acabou de sair, e eu queria que vocês fossem os primeiros a lê-la. — Ela nos estendeu um exemplar de nossa revista com uma foto de capa de uma garota que eu não reconheci.

— É Vanessa — Jack disse ao abrir a revista e folhear até a matéria.

— Vanessa, a melhor amiga de Chrystle? — perguntei, e ele fez que sim.

— Leia a entrevista. Acho que você vai achá-la muito reveladora — Nora insistiu.

Eu passei os olhos por ela até que meu queixo caiu e fui forçada a parar.

— Puta merda, Jack. Você viu a parte em que Vanessa diz que Chrystle planejou isso desde o primeiro momento?

Eu li diretamente do exemplar da revista:

Chrystle conhecia todos os jogadores que foram convocados e tinham o potencial para finalmente jogar em nosso time. Ela pesquisou Jack e ficou sabendo tudo sobre ele antes que ele sequer viesse jogar aqui. Ela ficou obcecada. Sabia que ele fora criado por seus avós, que tinha um irmão mais novo, uma namorada, o tipo de carro que dirigia. Ela descobriu que seus pais não faziam mais parte de sua vida, e disse que ninguém poderia escapar ileso a isso. Chrystle acreditava que todo mundo tinha um ponto fraco e estava convencida de que havia se deparado com o de Jack. Quando mencionei que ele tinha uma namorada, ela não deu bola. A menos que Jack se mudasse para o Alabama *com* sua namorada, Chrystle o considerava uma presa fácil.

Meu estômago revirou.

— Jesus, Jack. — Olhei para ele, seus olhos ainda examinando a revista em suas mãos.

E, no momento em que Jack chegou, sem namorada, ela pôs seu plano em ação. Ela praticamente o perseguia, esperando pela oportunidade para seduzi-lo. Ela sabia onde ele morava e com quem. Em algumas noites ela ficava esperando do lado de fora do seu apartamento para o caso de eles saírem para algum lugar. Ela queria segui-los e fazer parecer uma coincidência quando eles apareciam no mesmo lugar. Ela era implacável. Eu sentia que Jack não tinha uma única chance contra ela. Ele não tinha ideia com quem tinha que se defrontar porque a maioria das pessoas não é tão manipuladora e determinada assim. Ela não pararia até que tivesse o que queria. E o que ela queria era Jack.

O entrevistador da revista perguntou:

Por quê? Por que Jack?.

E Vanessa respondeu:

Porque ele chegaria de qualquer modo às ligas superiores e ela sabia disso. Qualquer um que o visse jogar e soubesse tudo sobre beisebol sabia disso. A maioria dos caras no time nunca chegaria tão longe, e ela uma vez disse que se recusava a se juntar com qualquer um deles. Que eles eram apenas perdedores querendo ter sucesso. Ela queria o dinheiro, a celebridade e o estilo de vida que viria com ser a esposa de um jogador de uma liga superior. É simples assim.

Ler todas as palavras de Vanessa me horrorizou. Raiva, tristeza e dor passaram em disparada pelo meu corpo. Eu queria voltar no tempo e proteger Jack antes de este pesadelo ter começado. Ninguém merecia ser tratado desse jeito.
Estendi a mão, pousando-a sobre a coxa de Jack quando ele se virou para mim, balançando a cabeça.
— Inacreditável.
Nora bateu palmas e inclinou seu queixo em direção a elas.
— O resto da entrevista basicamente fala de como ela fingiu a gravidez, o aborto, e depois como ela foi arrastando a anulação.
— Oh, eu quero ler a parte sobre a falsa gravidez — eu disse, um tanto animada demais. Examinei as perguntas e respostas, procurando por ela.

Ela conseguiu um médico local para pôr seus planos em ação basicamente chantageando-o. Disse a ele que sabia que ele tivera um caso de amor no passado e ameaçou contar à sua esposa se ele não a ajudasse. Ela afirmava ter provas e inúmeras testemunhas. O pobre sujeito ficou aterrorizado pela possibilidade de perder sua família, de modo que fez tudo que ela pediu. Ele falsificou a papelada e as prescrições para ela. Ela voltou para casa depois daquela primeira visita ao médico com uma confirmação de gravidez, um prazo correto, um calendário, pílulas de ferro pré-natais e extras, e um gráfico que mostrava o crescimento de seu bebê numa escala de semanas. Tudo que vinha do consultório do médico parecia completamente legítimo. Não havia meio de Jack saber que ela estava mentindo. Nenhum de nós sabia.

— Ela é mesmo uma peça rara, essa garota — suspirei.

Nora se inclinou e bateu de leve na revista, significativamente.

— Em tudo e por tudo, a matéria pinta um quadro extremamente desfavorável dessa tal Chrystle e faz com que você e Jack surjam como vítimas, sem parecerem estúpidos.

Eu fiz que sim.

— Então, com a entrevista de Vanessa, a nossa ficará redundante?

— Eu acho que sim. Minha sugestão é que esperemos e vejamos como isso se desenrola. Não posso imaginar que haverá quaisquer perguntas a mais depois que as pessoas lerem esta entrevista, mas seria sensato para vocês dois fazerem uma declaração conjunta. — Ela bateu com dois de seus dedos sobre o queixo. — Talvez façamos uma matéria mais otimista e uma reportagem fotográfica sobre seu novo apartamento, suas vidas, como vocês estão felizes aqui em Nova York. Mais como uma imagem pública, uma matéria sobre estilo de vida. Mas não há pressa.

Sorri.

— Gosto disso. Acho que é uma boa ideia.

Jack mal sorriu, possivelmente ainda em estado de choque por tudo que a matéria sobre Vanessa havia revelado.

— Na verdade, tenho uma pergunta, se não se importa, Nora — Jack pediu.

— Claro que não.

— Como você entrou em contato com Vanessa?

Meus olhos se arregalaram quando percebi que nem havia pensado nisso. Nora sorriu e olhou para mim.

— Através da melhor amiga dessa aí...

Eu apertei meu olhar.

— Melissa?

— Ela é uma pequena incendiária, aquela menina — ela exalou. — Acho que ela pegou o número do telefone de Vanessa com Jack.

Jack inclinou a cabeça para trás em recordação.

— Ela realmente me pediu o número dela. Mas isso foi há meses. Depois da anulação.

— Ela fez isso mesmo? É esquisito — eu disse.

— Eu juro que ela me disse que queria agradecer a ela. Conhecendo-a, é provável que tenha feito.

Nora falou com franqueza.

— Bem, ela me repassou a informação de contato com Vanessa e eu estava preparada a ir procurá-la quando Melissa me informou que eu não precisava disso. Ela disse que havia conversado com Vanessa, e estava apenas ocupada demais para nos dar uma entrevista para a revista. Aparentemente, a pobre garota ficara enojada com os golpes de publicidade de Chrystle e Melissa a convencera a conversar conosco.

— Ela é o único motivo pelo qual Chrystle assinou os papéis de anulação. Do contrário, eu provavelmente ainda estaria tecnicamente casado com ela. — Jack estremeceu, dando um rápido aperto em minha mão.

— Ela foi nossa salvadora duas vezes — eu disse.

— Então, como disse, não há necessidade de fazermos a entrevista que estávamos prestes a fazer. Vamos programar a matéria otimista para mais tarde, e então esta matéria será publicada tanto na versão on-line quanto na impressa a partir de quarta-feira. — Nora sorriu. — Vocês podem ficar com esses exemplares. Verei você no escritório amanhã, Cassie?

— Estarei aqui. Muito obrigada. — Eu me levantei e caminhei em direção à sua mesa para abraçá-la.

Nora endireitou sua jaqueta e camisa quando eu a soltei.

— Não é nada. Só um trabalho bem-feito. — Ela tentou não sorrir.

Jack foi até a mesa para apertar sua mão.

— Agradecemos realmente por tudo que fez por nós.

Seu rosto se enterneceu.

— De nada. Agora, vá vencer alguns jogos.

Odiava admitir que estava aliviada quanto à entrevista "revela-tudo" ter sido cancelada. Eu a teria feito alegremente, mas parte de mim estava agradecida por não ter tido que fazê-la. As informações viriam de qualquer modo, mas não viriam de mim ou de Jack. Eu supus que haveria menos acusações, desse modo.

Assim que nos acomodamos na parte de trás do táxi, Jack lançou seu braço em torno de mim e perguntou:

— Como você se sente?

— Estou aliviada por não termos tido que fazer esse tipo de entrevista. Estou com raiva por ter sabido essas coisas, e triste por tudo isso ter acontecido. Mas feliz porque tudo isso acabará logo. — Inclinei minha cabeça sobre seu ombro e ele me puxou para mais perto dele. — Como você se sente?

— Fico fulo da vida por ter lido toda aquela merda. Estou furioso com ela por ter sido tão insana. Furioso comigo por ter sido estúpido. Eu só quero que isso fique lá para trás de uma vez por todas.

— Logo vai ficar — prometi.

Enquanto Jack pagava a corrida, eu saí do táxi e entrei na portaria de nosso prédio. Minhas pernas quase se dobraram quando vi uma pequena morena familiar na frente, conversando com nosso porteiro. Disparei pela porta giratória, ignorando nosso porteiro enquanto eu me contorcia de raiva. Ela se virou para mim, e eu gritei:

— Que diabos você está fazendo aqui? Antonio, ela não pode entrar aqui. Não é bem-vinda.

— Oh, vejam só — Chrystle disse com seu tom meloso. — É Cassie, a destruidora de lares.

— Por que você não volta para a Ilha das Piranhas agora mesmo? O que está fazendo aqui? — berrei para a última pessoa que queria ver.

Ela colocou sua mão na cintura e se inclinou para mim.

— Você sabia que há gente que ainda pagará milhares de dólares por uma suculenta história de fofoca? Eles nem mesmo checam mais os fatos.

Minhas mãos se fecharam em punhos enquanto ela sorriu para mim triunfantemente.

— A verdade virá à tona logo, e, então, todo mundo saberá que piranha mentirosa e psicótica você é — vomitei.

— Eu acho que não. As pessoas amam a coitadinha aqui. Eu sou apenas uma vítima nisso tudo e elas sentem tanta pena de mim!

— Acho que você superestima sua capacidade de enganar.

— Ela me fez chegar até aqui, não fez? E conseguiu fazer com que seu namorado se casasse comigo. Lembra-se disso? — Sua boca se retorceu num sorriso perverso ao apontar na direção de Jack.

Eu engoli o nó na garganta e puxei o braço para trás. Com o movimento mais impetuoso que pude arrancar de mim, esbofeteei seu rosto miserável, conivente, maligno. O som ecoou através da portaria enquanto ela soltava um grito sufocado, uma marca vermelha de mão traçada em sua face.

— Sua piranha! — Ela deu uma olhada para fora, onde eu não tinha percebido um fotógrafo isolado. Flashes de luz se refletiram nos vidros das janelas.

Ela armou isso.

Eu me recusei a ser sua vítima mais uma vez.

— Da próxima vez não vai ser um tapa. Não se aproxime de mim outra vez e fique o mais longe possível de Jack.

A adrenalina fazia minha palpitação cardíaca dar pancadas em meus ouvidos quando Jack subitamente surgiu ao meu lado.

— Que diabos você está fazendo aqui? — ele gritou para o traste indesejado.

— Oh, Jack! — Ela gemeu. — Sua namorada acabou de me bater. Faça alguma coisa!

Ele estufou seu peito, baixando os olhos sobre ela.

— Eu segurarei você se ela quiser fazer isso outra vez. Agora, caia fora daqui do meu prédio, sua piranha estúpida!

Ela soltou um grito sufocado, seu rosto amassado de horror.

— Vocês se arrependerão disso. Vocês dois. Só têm que esperar — ela ameaçou ao sair arrastando seus saltos altos em direção à porta.

— Você está bem? — a voz de Jack se tornou terna e preocupada.

Soltei um rápido suspiro, ainda tremendo pelo que fizera. Minha mão vibrava e pulsava devido ao impacto.

— Não posso acreditar que fiz isso.

Ele sorriu.

— Não posso acreditar que perdi a cena!

— Oh, não se preocupe. Alguém estava tirando fotos, por isso tenho certeza de que você logo a verá. — Gesticulei em direção ao fotógrafo que tentava alcançar Chrystle e Jack disparou para a porta.

Eu o ouvi gritar até que o fotógrafo deteve seus passos. Jack o puxou de lado e conversou com ele, enquanto Chrystle olhava de uma curta distância. Jack sorriu e depois foi entrando a passos lentos e firmes em nosso prédio.

— O que você disse a ele?

Jack sorriu.

— Eu disse a ele que seria melhor para ele não publicar essas fotos. Chrystle era uma perseguidora, eu estava entrando com uma ordem de restrição contra ela hoje, e que tudo que saía de sua boca era mentira. Mencionei que, se ele publicasse qualquer coisa que causasse mais dano à sua reputação, eu o perseguiria e enfiaria aquela câmera tão fundo no rabo dele que ele precisaria de um médico para retirá-la.

— Sei, querido — balancei a cabeça, sabendo muito bem que ameaças não funcionam com os tipos paparazzi.

— Depois comprei as fotos dele e exigi exclusividade. Se elas aparecessem em alguma parte, eu o processaria. Parece que vou conseguir ver você batendo nela, afinal. — Ele beijou a minha cabeça e se virou para Antonio, que parecia confuso e incerto do que fazer. — Aquela mulher é uma perseguidora. Eu vou entrar com uma ordem de restrição contra ela na tarde de hoje. Por favor, providencie para que ela não entre mais aqui.

— Sim, senhor — Antonio respondeu.

Jack se juntou a mim no elevador à espera e eu sussurrei:

— Você vai mesmo conseguir uma ordem de restrição?

— Ela está me perseguindo, ela nos ameaçou, e eu acho que ela é mentalmente instável — ele disse com um sorriso.

— Ela é definitivamente todas essas coisas. — Eu me ergui para tascar um beijo em seu rosto antes de pegar meu celular.

Digitei um texto rápido para Melissa:

Obrigada por ter conseguido que Vanessa contasse a história. É inacreditável. Você é incrível! :) P.S.: Chrystle acabou de sair daqui. De nosso prédio. E eu dei uma bofetada nela!

Melissa respondeu imediatamente.

Você deu? ESTA FOI DEMAIS! HAHA Soube que ela estava em NY tentando vender uma ideia em potencial para um livro. Assim que a matéria sair, ela estará mortinha da silva. Ninguém vai querer chegar perto dela. Obrigada? De nada. Vanessa estava assustada a princípio, mas ela realmente tomou coragem.

Eu rapidamente digitei respondendo:

Sim, ela tomou. Se falar com ela novamente, o que estou certa de que você fará porque eu conheço você... por favor, diga a ela que estou muito agradecida.

— Você está escrevendo para Melissa?

Eu ergui os olhos para Jack.

— Sim.

— Agradeça por mim também.

— Eu farei.

Uma proposta

VÁRIAS SEMANAS DEPOIS

CASSIE

As coisas mudaram assim que a matéria saiu com todas as revelações de Vanessa. O desejo de saber tudo do público não cessou, mas ao menos Jack e eu não éramos mais vistos como os vilões. Melissa me disse que as caixas de mensagens on-line estavam cheias de comentários sobre quão fortes nós devíamos ser como casal para termos suportado tudo isso e ainda estarmos juntos. Fiel à minha palavra, eu não havia acessado nada na internet para ler nenhuma delas desde a noite em que desmoronara. E Melissa estava certa, eu realmente me sentia melhor. Desconfio que a ignorância às vezes é uma bênção.

Eu também comparecia aos jogos de Jack sem o medo de ser ridicularizada... a menos que ele perdesse, então os fãs eram implacáveis. Até algumas das esposas mesquinhas comentaram sobre a matéria e que coisa horrível acontecera comigo e com Jack. Elas ainda não saíam de seu caminho para falar comigo, mas ao menos reconheciam minha existência. O que reconheço que era difícil às vezes, considerando que eu sabia o que alguns de seus maridos faziam pelas costas delas.

O trabalho ficou mais intenso para mim, e fui designada para minha primeira reportagem fotográfica em locação depois que um tornado praticamente destruiu uma cidade toda no meio Oeste. Foi mais difícil do que eu imaginava fotografar o desastre e testemunhar a dor das pessoas de perto e pessoalmente. Meu coração literalmente doía a cada imagem que eu captava.

Às vezes questionava se o que eu fazia possuía real valor. E me perguntava como eu seria melhor que os paparazzos, invadindo a privacidade das pessoas por causa de uma fotografia.

Mas, quando uma das minhas fotos foi escolhida para solicitar doações e outra foi usada para abordar a reconstrução da cidade, meus medos foram aliviados. Eu me convenci de que minhas fotografias faziam bem e ajudavam a trazer à luz a verdadeira devastação, de modo que outros a pudessem ver e serem convocados a ajudar.

Caminhei a curta distância da estação do metrô ao nosso apartamento, ansiosa por ver Jack. Seu time tivera um jogo de final na tarde daquele dia e eu não comparecera, em parte porque sabia que Jack não estaria arremessando e eu estava também sob prazo de finalização no trabalho. Era embaraçoso como eu me sentia excitada à ideia de voltar para casa para ver Jack. Ele geralmente não chegava em casa antes de mim e eu gostava de entrar pela porta e me jogar em seus braços expectantes. Ergui os olhos para o edifício de nosso apartamento, as sombras cobrindo a outra metade da rua, e sorri. Permiti a mim mesma me perder nos sons da correria do tráfego que passava por mim, encontrando conforto em seu acompanhamento constante.

Quando abri a porta da frente, um cheiro familiar me atingiu, e eu lutei para localizá-lo em minha memória.

— O que você está cozinhando? — gritei para dentro do apartamento com um sorriso.

Jack olhou cautelosamente pela parede da cozinha para mim.

— Você não vai acreditar o que eu consegui que vovó fizesse — ele disse com uma risada.

— Conheço esse cheiro! É o molho da vovó! — Corri para dentro da cozinha, estendendo a mão para pegar a uma colher antes de mergulhá-la na caçarola sobre o fogão. Soprei sobre ele ligeiramente antes de experimentá-lo. — Oh, meu Deus. Está tão bom. Foi você que fez?

Jack envolveu minha cintura com seus braços.

— Fiz com que ela congelasse um pouco do molho e então o guardasse de noite para nós. Ela ficou histérica o tempo todo.

— Isso é fabuloso. — Mergulhei minha colher mais uma vez, e Jack deu um tapa em minha mão.

— Fora daqui. Espere pelo jantar.

Eu me virei para olhá-lo.

— O que está planejando, senhor?

— Nada. — Ele soltou um suspiro. — Um cara não pode simplesmente fazer um jantar para a sua namorada?

— Claro. — Eu fiz que sim. — Posso fazer alguma coisa? — Eu dei uma olhada ao redor, notando um vaso de rosas vermelhas sobre a mesa.

— De jeito nenhum — Ele sorriu e me beijou no rosto.

JACK

Eu queria fazer a coisa da maneira certa. Foi por isso que procurei seu pai e pedi sua bênção dias atrás.

Eu sabia que não tinha que fazer isso. Cassie teria insistido que não era necessário, mas vovó provavelmente teria me matado se descobrisse que eu não havia feito. Deduzi que era a coisa certa a fazer, que eu teria ido em direção oposta se seguisse meu passado, mas segui meu instinto, de qualquer modo.

O telefone tocou enquanto meu coração batia com força em meus ouvidos.

— Alô — uma voz suave respondeu.

— Sra. Andrews?

— Sim.

— Olá, é Jack Carter. Eu estava pensando se seu marido está em casa, e se eu poderia falar com ele — perguntei tão polidamente como pude.

— Oh, olá, Jack. Tudo está bem? Cassie está bem? — ela perguntou nervosamente.

— Cassie está bem. Tudo ok.

— Oh, ok. É bom saber disso. Espere um segundo e eu vou buscar o pai dela.

— Obrigado. — Soltei um suspiro, querendo acabar com isso o mais breve possível.

O telefone tilintou na outra ponta e uma garganta masculina tossiu.

— Alô? Jack?

— Olá, Sr. Andrews. Como vai? — Eu odiava ser respeitoso, quando ele desapontara Cassie tantas vezes por tantos anos.

— Não posso me queixar. O que posso fazer por você?

— Bem, senhor — desviei, tossindo antes de continuar. — Primeiro de tudo, quero que o senhor saiba o quanto eu amo sua filha. Ela é a pessoa mais fabulosa que eu já conheci em toda minha vida.

— Ahã — ele disse.

Eu sabia que devia pedir permissão para me casar com sua filha, mas eu não queria fazer isso. E eu sabia muito bem que não precisaria de sua permissão. Ele não poderia me impedir de casar com ela, nem se tentasse. De modo que expressei isso de forma diferente.

— Eu só quero que o senhor saiba que planejo pedi-la em casamento e queria pedir sua bênção.

— Você acha que ela dirá que sim?

Que espécie de pergunta era aquela? Agarrei meu cabelo com minha mão livre.

— Sim, senhor, eu acho.

— Bem, tudo certo então! — ele disse alegremente dentro do receptor. — Você tem a minha bênção.

— Obrigado — eu sorri. Ouvindo gritos ao fundo, perguntei: — Posso falar com sua esposa de novo, rapidamente?

— Oh, claro, claro. Parabéns! E nos informe o que podemos fazer. Pagaremos por qualquer coisa de que precisarem e providenciaremos qualquer coisa que vocês quiserem.

Hesitei antes de perceber que ele nunca dava prosseguimento a estas ofertas. Cassie estava certa sobre quão fácil era ser envolvido por seu carisma e entusiasmo.

— Jack? Diga-me que pediu a ele o que acho que você pediu a ele!

Eu ri ao telefone:

— Pedi.

Ela deu um grunhido de prazer.

— Quando você vai pedir a ela?

— Não tenho certeza, e, por isso, por favor, não diga nada a ela se vocês duas conversarem.

— Não direi uma única palavra. Esperaremos que ela nos telefone com a grande notícia!

Suspirei de alívio:

— Excelente, obrigado. Conversarei com vocês depois, tudo bem?

— Tudo bem, Jack. E, ei... — Ela parou antes de continuar num tom sussurrado. — Obrigada por ligar. Sei que você não precisava fazer isso, mas foi bom você ter ligado.

Sorri para mim mesmo, finalmente convencido de que eu realmente fizera a coisa certa uma vez na vida.

O nervosismo percorria meu corpo, mas eles estavam tendo um dia puxado enquanto eu esperava para abordar a questão. Eu amava esta garota mais do que tudo no mundo e nós já havíamos passado por muita coisa.

Eu ansiava por torná-la a minha esposa, e odiava ficar sentado ali no jantar, esperando para pedir. Por que eu não podia pedi-la já, enquanto sua boca estava cheia de macarrão? Eu devia me ajoelhar? Eu me perguntava se ela farejava o que estava por vir. Eu nunca fizera um jantar para ela e ali estava eu bancando o chef gourmet gostosão.

E se ela dissesse não?

Ela não vai dizer não.

Merda.

Melhor ela não dizer.

CASSIE

Depois do jantar, Jack carregou todos os pratos para a cozinha e os empilhou na pia. Ele se recusou de todo a me deixar ajudar. Fiquei olhando para a linha do horizonte pela janela. Eu realmente amava morar em Nova York.

De repente, Jack estava se ajoelhando perto de minha cadeira. Quando ele pôs minha mão na sua e começou a falar, meu coração começou a bater disparado.

— Eu não conheço nenhum outro casal que tenha ido ao inferno e voltado mais do que nós dois. Sinto como se tudo que nós passamos somente nos tivesse tornado mais fortes. Aprendemos a trabalhar juntos. A ser um time. A apoiar um ao outro e tomar posição um pelo outro.

Comecei a tremer. A energia nervosa me consumia, e eu mal podia ouvir metade das palavras que ele estava dizendo. Meu cérebro começou a girar, e eu não pude me concentrar em nada senão no fato de que Jack estava ajoelhado perto de mim.

JACK

Seus olhos ficaram paralisados, e, conhecendo Cass como conheço, eu não tinha certeza de que ela pudesse mais me ouvir, mas continuei falando:

— Prometo levantar-me por você, ampará-la quando você estiver para cair e mantê-la sempre em segurança. Eu nunca acreditei que existisse uma garota para mim. Até que eu a encontrei. Você mudou tudo. E eu não quero viver sem você nunca. Eu a amo mais do que julgava possível.

Fechei meus olhos antes de tomar um fôlego profundo. Toda a minha confiança vacilou neste momento, quando percebi que Cassie tinha meu futuro na palma de suas mãos.

— Gatinha. Seja minha mulher. Case comigo. — Eu abri a caixa de veludo negro de anel da Tiffany's.

CASSIE

Ver o diamante dentro dela fez com que eu ficasse boquiaberta. Ele faiscava e dançava na luz. O diamante do centro era enorme e era circundado por diamantes menores. Parecia belo demais para ser tocado.

— Gatinha? — a voz de Jack interrompeu meu coma de deslumbramento, quando percebi que eu ainda não havia respondido.

Meu olhar pousou dentro do seu.

— Sim. É claro. Eu vou me casar com você. Com quem mais eu me casaria, meu Deus? — Sorri, ainda não pegando no anel maravilhoso.

Ele sorriu e suas covinhas apareceram quando ele tocou dentro da caixa e retirou o anel. Estendi a mão esquerda, e ele pôs aquela peça de joalheria fabulosa no lugar. Meus olhos estavam transfixados nos diamantes que iluminavam meu dedo.

— É enorme — eu disse sem fôlego.

— Não gosta dele? Podemos devolvê-lo.

Eu retirei minha mão da sua, puxando-a contra meu peito.

— De modo algum. É fantástico.

— Vamos ser muito felizes.

— Eu já sou.

Epílogo

DEZESSEIS MESES DEPOIS, 12 DE JANEIRO

JACK

Eu estava na ponta de uma passagem entre bancos de igreja improvisada no exuberante quintal de vovó e vovô. Ele havia se transformado num país das maravilhas cheio de luzes. Toda árvore, arbusto e galho estava coberto por pequeninas luzes brancas. Eu esperava sob a grande árvore onde lanternas bruxuleavam com candelabros que pendiam dos galhos. Gigantescos jarros Mason estavam dispostos em duas fileiras, formando a passagem, e cada jarro estava preenchido por algumas polegadas de moedas para sustentar a vela branca que brilhava dentro dele. Dei uma olhada para algumas mesas redondas decoradas de branco e sorri. Meus olhos roçaram por meus velhos colegas de equipe de Fullton State, os pais de Melissa, os pais de Cassie, vovó, Nora e, finalmente, Matteo e Trina, que começaram a namorar assim que Trina e Kyle romperam. Eu me flagrei sorrindo para nosso grupo de amigos e familiares que preenchiam o pequeno espaço, empolgados por compartilhar nosso momento íntimo conosco.

Amei o fato de que Cass e eu compartilhávamos os mesmos pontos de vista hoje em dia. Felizmente, nenhum de nós precisava de um grande casamento formal para marcar a ocasião especial. Embora, com toda honestidade, eu lhe teria dado qualquer coisa que ela quisesse, ambos ansiávamos pela privacidade e a segurança que apenas nossos amigos íntimos e familiares poderiam proporcionar. Por isso optamos por um cenário e um figurino mais informais. Baixei os olhos para meu terno cinza-carvão e ajustei minha gravata preta.

Onde diabos está Dean?

Sorri para vovó, que já estava segurando um lenço junto aos olhos, ao me afastar do altar. Ela baixou a mão e perguntou:

— Jack? Aonde você vai?

— Vou procurar Dean.

Saí correndo da casa, tentando não ver Cassie acidentalmente ao procurar meu irmão, que fora inventar de desaparecer minutos antes de eu me casar. Procurei na cozinha vazia. Dando uma olhada no terreno da frente e na sala de estar e, encontrando-os vazios, caminhei de volta em direção aos quartos.

As duas portas dos quartos estavam fechadas. Eu sabia que Cassie estava em meu quarto, de modo que bati no de Dean antes de girar a maçaneta. Não esperei por uma resposta antes de abrir a porta e entrar sem pedir licença.

— Merda. É isso mesmo? — Olhei para meu irmão, deitado sobre uma Melissa parcialmente vestida, sua língua passando pelo pescoço dela e suas mãos sabe Deus onde.

— Cai fora, Jack. Jesus! — Dean gritou, cobrindo o corpo de Melissa protetoramente.

— Você não acha que vocês dois podiam resolver seu problema depois dos votos? Eu gostaria de me casar hoje — eu gritei, minha paciência encurtando.

Bati a porta deles com violência e bati à porta de meu velho quarto.

— Gatinha?

— Não entre aqui, Jack! — ela gritou, e eu dei risada.

— Não vou entrar. Eu só queria dizer que mal posso esperar para vê-la. Faça aqueles dois realmente saírem do quarto, por favor. Diga a eles que podem transar depois dos votos.

— Oh, meu Deus! — ela bradou através da porta. — É onde a Melissa está? Estou esperando por ela há quase meia hora!

— Bem, você vai esperar para sempre se não a arrastar para fora de lá. Vejo você em breve — eu disse, inclinando meu rosto contra a porta.

Com outra batida impaciente à porta de Dean, eu gritei:

— É hoje, maninho! Vamos embora! — Já que ele obviamente não era de confiança ao ficar a sós com Melissa, esperei que ele saísse do quarto antes de caminhar de volta. Dei-lhe uma cutucada quando descemos pela passagem em direção aos bancos.

— Não dava mesmo para esperar até mais tarde? — sussurrei.

— Está brincando comigo? Com ela, mais tarde significa nunca. Tenho que pegar o que posso.

Balancei minha cabeça.

— Não invejo você, mano.

— Ah, é? — Ele deu uma olhada. — Bem, eu com certeza invejo você.

— Deve invejar mesmo — eu lhe disse, e falava sério.

Se eu não fosse eu, eu me invejaria. Eu me remexia enquanto esperava pelo melhor dia de minha vida começar. As pessoas sempre dizem ficar nervosas no dia de seu casamento, mas eu não estava. Se alguma emoção agitava meu corpo, era a de empolgação. Eu não podia esperar para fazer esta garota minha esposa e passar o resto de minha vida fazendo-a sorrir.

A música solene começou e todos se puseram de pé. Eu olhei para a porta de trás como se minha vida dependesse disso. Melissa caminhou primeiro, um enorme sorriso em seu rosto. Notei que ela trocava olhares fixos com Dean e não parou de olhar para ele durante sua caminhada toda ao descer pela passagem entre fileiras. Ela não estava enganando ninguém.

Todos os meus pensamentos desapareceram, minha mente ficando em branco, no momento em que vi Cass nas sombras. Quando ela saiu da escuridão e entrou no quintal, meu coração pulou de meu peito e voou para as mãos dela. Ela parecia tão fabulosamente bela caminhando em direção a mim naquele vestido branco sem alças. Eu sorria como um idiota. Sei disso porque minhas faces ardiam, e eu não conseguia impedir a sensação, mesmo que tentasse. Não que eu quisesse tentar.

Seu cabelo estava puxado para trás, revelando seu decote delicado, e minha mente disparava em pensamentos obscenos. Todo o sangue correu do meu corpo para um único lugar no segundo em que comecei a pensar em todas as coisas que eu queria fazer com ela. Merda, eu não podia me casar com uma maldita de uma ereção. Pense em outra coisa; pense em qualquer outra coisa. Pense em beisebol.

Merda.

Quando ela finalmente chegou ao meu lado, estendi a mão para pegar a sua, afagando-a com meu polegar enquanto ela me dava uma espremida sutil.

— Você está linda — eu sussurrei ao me inclinar para ela.

— Você está sexy — ela sussurrou e me deu uma piscadinha.

Vovô tossiu, e eu ergui os olhos para ele. Ele se erguia diante de nós com uma expressão profissional em seu rosto. Depois que fora ordenado on-line com a ajuda de Dean, vovó me contou que ele levava seu papel no casamento com muita seriedade.

— Tenho o mais importante dos trabalhos. Tenho que fazê-lo direito! — ela me falou que ele dissera.

Vovô engoliu em seco uma vez antes de perguntar:

— Devemos começar? — Ele principiou a ler as primeiras poucas linhas da cerimônia, e eu lutei para controlar minha impaciência.

Eu estava diante de minha família e amigos, casando-me com a única pessoa deste mundo com quem eu quisera me casar. Não haveria anulação neste casamento. Nenhum fim para este princípio. Nenhuma troca neste time.

As pessoas passam a vida procurando por um único amor verdadeiro, pela sua outra metade. Eu encontrei a minha no colégio, dançando no estacionamento de um alojamento de estudantes. Para minha sorte, foi ali que ela também me encontrou.

Mal posso esperar até que ela fique grávida.

Obrigada

ESTA NOTA SERÁ BREVE e terna porque a grande verdade é que este livro não era para existir, a princípio. E ele existe só por causa do amor intenso que vocês, meus caros leitores, sentiram por Jack Carter e Cassie. Vocês quiseram! Exigiram! Insistiram! E eu escrevi um pouco mais da história... e cá estamos nós. Espero verdadeiramente que vocês tenham gostado dele. Sou muito grata a todos vocês e quero fazer sempre o melhor. Obrigada por me apoiarem, por acreditarem em mim, por me incentivarem e por serem os melhores leitores que uma garota poderia desejar. Não sei o que teria feito sem vocês! :)

Obrigada à minha equipe: Pam Berehulke, Jane Dystel, Michelle Warren, Carmen Johnson e Rebecca Friedman. Editar, agenciar e planejar não teria sido a mesma coisa sem qualquer uma de vocês.

E obrigada a toda a minha família e amigos: a vida tem um modo engraçado de demonstrar a você quem o poupa de problemas e quem apenas cria. Obrigada por sempre me pouparem.

Conheça também a *Marked Series*:

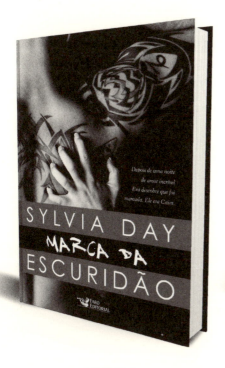
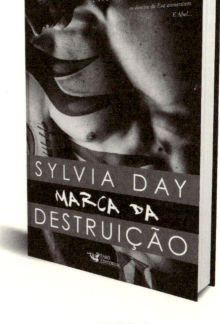

LIVRO 1 LIVRO 2

A série de suspense, ação e erotismo da autora *best-seller* em todo o mundo, Sylvia Day.

**ASSINE NOSSA NEWSLETTER E RECEBA
INFORMAÇÕES DE TODOS OS LANÇAMENTOS**

www.faroeditorial.com.br

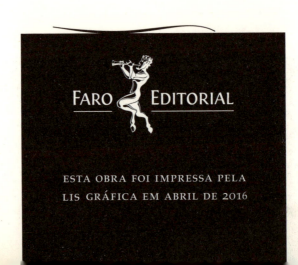